谨以六年来鉴证我成长的文字

献给我挚爱的亲人

孔乐乐／著

月色倾城

宋扶汹题

文化藝術出版社
Culture and Art Publishing House

序

叶永烈

“我很喜欢在机场的透明落地窗前仰望飞机起飞的姿态，你看它多么挺拔而坚强啊，由不得一丝犹豫与踟蹰，就那么直挺挺地去挑战它的蓝天，它的高空。每当这个时候我都会告诉自己，人要活得坚强、活得挺拔，才能活出色彩与希望。”

这段富有哲理的文字，出自孔乐乐小友的笔下。那架正在起飞的飞机，正是她的写照。

19岁的孔乐乐，用现在文坛上的流行的说法，属于“80后作家”。倘若四舍五入，她甚至可以归入“90后作家”。其实，更确切地说，她属于中国文坛“起飞的一代”。

面对着她充满朝气的文字，使我感受到青春的活力。她在10岁那年，就已经开始用文字记录自己的生活，而如今又学会了用文字去记录对生活的思考；她成为“全国十大小记者”之一，蝉联四届中国少年作家杯一等奖。应当说，她的“起飞”很成功。

起飞只是万里飞行第一步。飞机在到达万米高空之后，接下去便是漫长的飞行。这时，“续航力”的考验，比起飞更加严峻。只有“续航力”很强的飞机，才能飞得很远很远。

我不由得记起一个小故事：

我不知道“有恒为成功之本”这句话出自哪位先哲之口，只记得在我上小学的时候，学校走廊里的木牌上写着这句话，旁边还画了一只正在结网的蜘蛛。小小年纪，我连“恒”字都不识，更谈不上理解这句话的内涵。

后来，听了老师的解释，才明白蜘蛛的网破了就补，补了再破，再破再补，如此富有“恒”心，终于织成八卦网，“单捉飞来将”。

渐渐地，我体会到“恒”的魅力，“恒”的艰难，“恒”的喜悦。做学问离不了“恒”，做任何事情都离不了“恒”。“恒”，就是“续航力”。

很巧，跟孔乐乐一样，我也是从11岁开始发表作品。我在19岁时写出第一本书，迄今已出版近200部著作。每一篇文章，每一本书，都是一个字一个字写出来，需要“恒”心。日复一日地写，年复一年地写，需要持之以“恒”。迄今，我仍在日复一日地写作，年复一年地笔耕，“恒”字使我不倦，“恒”字教我坚韧。正因为这样，如今我依然清晰记得那块木牌，那只蜘蛛，那句不知出自哪位先哲之口的名言——“有恒为成功之本”。

这一句话，使我受益终生……

我愿把这句“有恒为成功之本”，赠给已经完成华丽起飞的孔乐乐小友，愿你努力加强自己的“续航力”，久久地、久久地翱翔于万里长空。

2008年8月21日于上海“沉思斋”

目录

旧巷余夕

这是我每天都要经过的一条旧巷，被长长的护城河包围着，微微地泛着潮湿的黄色，似乎在倾诉这里沉睡着的古老历史，巷中没有城市的喧嚣与嘈杂，取而代之的是空气中弥漫的潮湿。

总是在天空泛起深蓝的时候穿过巷中袅袅的炊烟，耳畔还残留着小贩的声声叫卖。我不会风一般穿过这古巷，那似乎与这里的气氛很不和谐。我会小心翼翼地配合着空气的脚步，还有暖风带来的酥糖的气息。

那是巷口阿婆卖的酥糖的香味儿，白白的一大块酥糖，上面散落着星星点点的芝麻，弥漫着香甜。总是有馋嘴的孩子，攥着带着汗渍的硬币，围着阿婆，细心地挑选着更大一点或更白一点的一块，这时，阿婆深深的皱纹中总是弥漫着笑意。我想，阿婆年轻时一定是个大美人！

还有小学校门口的小贩，拿着一个自制的木头盒子，卖些很便宜的小头绳或是一些小贴纸，他是很受爱美的女孩子们欢迎的！不仅是他那里花花绿绿的头绳，还有他的蜜嘴甜舌，总是引得小姑娘们一阵阵咯咯咯的笑声，就像银币撞击着铜铃，清脆而悦耳。

我是很喜欢这里的一家面包房的，店面不大，被挤在一个小小的角落，常被人们遗忘。每每路过这家店，心情就有种说不出的感觉——是愉悦！店主是个四十光景的胖女人，人很和气。这里一般没什么人，偶尔是几个没有吃早点的学生。适逢清闲，店主就喜欢搬把椅子放在玻璃门前，眯着笑眼躺在上面，沐浴着阳光。我不知道这家店是靠什么维持生计的，算起来，我也应该是常客了吧，隔两三天就会来这里买几个菠萝包——这是我很喜欢的一种面包，里面有香甜的糖浆和提子干，外面还有一层被烘得鼓鼓的奶油。久之，也与店主熟识了不少，但每天也不过是路过时打个招呼罢了。

护城河的河床很宽，沿着旧巷屈曲而下。岸边是长着青苔的大块石板，还有已被侵蚀了的枯木。偶尔有几个钓鱼的阿公，坐在老马扎上，并不神情专注。他们是来消磨时间的，因为这里通常没有什么大鱼，而若是遇到小鱼咬钩，他们则会将小鱼扔回河中。偶尔尽兴了，阿公们也会哼唱几句他们最得意的段子。

这是巷中的所有风景吗？我想不是的！因为还有更多的，是我没有接触的，我想，如此的古巷，怎会少了几个传说，几则故事呢？我是爱上这里的古韵了吧！但却无法融入其中，因为我毕竟是快节奏下为自己的未来而奔波不息的生命，而这里留给我的是与世无争的宁静。那古稀之年的老人，那尚不知人世的孩子，也许这才是真正的童话。

想想自己，我只是这疲惫的城市中一粒没有落定的浮尘，平凡是我的姓氏，空虚是我的名字。朝阳是我又一次为辉煌而拼搏的起始，我不会思考自己的未来是否渺茫，贪婪地追求着一切的光荣，也许这让这条旧巷看来是一种世俗的奢侈。我的灵魂被烙上虚荣的烙印，习惯于拖着躯壳不知劳累地做一些为未来奠基的事情，即使逆了自己的心愿。我是追求的奴隶，无法主宰自己的命运，甚至无法掌管自己的思想。我的灵魂被注入了世俗的硫酸，烧毁了一切本真的东西。旧巷的空气涨满了我整个并不真正属于自己的躯体，然而这并不能清洗灵魂的伤口。我想我是多么的渴望巷中的宁静与安详，又是在同时，斥责自己的不求上进，我想我是一台强大的机器，一台由血与肉交织而成的机器，因为忘却了一切的疲惫，所以得到了赞许与满足。然而，巷的宁静又让我矛盾于这可怕的争端。

小巷没有尽头，就像我这躯壳，不知要走到哪里才晓得疲惫。我不想知道结局，因为这不是童话，结局往往是不完美的。然而细品之下，安徒生给予童话的结局也并不完美，不完美于它太过完美，我们也许只能再续结局了，因为我们毕竟只是奔波于忙碌之中的浮尘，终将会死去。但旧巷呢？也许它会有童话般的结局，也许它也终将衰败，衰败……直至从人们心中死去。

旧巷启迪了我，却没有洗刷去我灵魂的肮脏。我依旧喜欢穿过这巷子的感觉，喜欢阿婆酥糖的香甜，小贩的蜜嘴油舌，阿公们得意的段子和面包店美味的菠萝包，但我也许只是这里的过客或看客，因为每每听到心跳的声音，我会警示自己——前方才是我真正的避风港，这里不能成为我停泊的港湾，只是我歇脚的茶馆，啜饮一杯清茶，歇歇脚，然而还要上路的啊，为寻觅真正的归宿而声声不息！

2003/3/12

发表于《中国少年作家》、《人民法院报》、《冰淇淋色心情》、中国创新作文大赛网、拔芽大赛网等十余家报刊媒体

左手青春　右手红尘

我站在老上海泛黄的里弄里，与她共沐同一缕晦涩的情感。

我们怀着对生活迥异的诠释，被光阴的坐标分散在不同的立足点上，思想的共鸣就此化为沟壑。

然而我依然以一颗热切的心灵追逐她的足迹，在每一段盛放的文字里嗅到痛与恨的锋利，爱与美的馨香。

我以为文字是不会老去的如玉娇颜，纵然我们都会毁灭于重生。所以她本就有那样的功力，去抵御退了色的岁月。

可她却说：生命自顾去了，没有说一句话，而我们，不知不觉就在红尘中老去，即使不舍，也要老去。

世界上没有任何东西可以永恒。如果它流动，它就流走；如果它存着，它就干涸；如果它生长，它就慢慢凋零。

我说的这个女人，她悠游于十丈红尘之中。

她叫张爱玲。

她的一支笔更多地记录的是愤懑与厌恶，也脱不开平庸与无能。我不知道前者是后者的根源，抑或后者是前者的滋生地，然而它们在张爱玲的文字里就是那样形影不离。

比如《花雕》里的郑川娥；《茉莉花香》里的言珠丹与聂传庆。从浸染了里弄的潮湿的《流言》，到满载怀疑与否定的《张看》，张爱玲总是用那双苍白的双手紧握时间，信信地点上几坛香，将故事的原委絮絮说开，在有着不同人格与相似的境遇的旅途中默默展开着，展开着。

看这个女人的画像，里面冷漠的面庞尖锐而棱角突兀，那分明，分明是一张将世事看得太透彻的脸。她略带轻蔑的目光弥散着冬上海的阴郁寒冷。她将这个世界剥蚀得赤裸裸，之后自己又被这样切肤的痛楚深深困扰着。

但胡兰成却说：张爱玲是民国世界的临水照花人，看她的文章，只觉得她什么都晓得，其实她却世事经历得很少，但这个时代的一切自会来与她交涉，好像“花来衫甲，影落池中”。

没有人可以对这些字句质疑，因为当张爱玲遭遇爱情的时候，她好若一个不谙世事的孩子，义无反顾地爱着。那种爱来得离奇也纯粹，像是隔离在真空之中，不容非议的侵犯。所以她有勇气在抗日的热潮中坠入胡兰成的情网，在麦卡锡主义盛行的季节里，走向共产主义者赖雅的生命。

她在拥有的时候若一团火焰，炽热地爱着，像她的外表一般凌厉而不容退让。只是她不知呵，人生最遗憾的,莫过于,轻易地放弃了不该放弃的,固执地,坚持了不该坚持的……

于是张爱玲平静而又更倾向于坚毅地说，倘使与你分开，我将只是萎谢了。

爱情之于她是甘露琼浆，也是一杯苦涩的鸩酒。因为她的生命舒展得不够淋漓尽致，终究要被一些真真假假的情绪蒙了头，截了尾。与其说她对爱的态度是一种欲望，更不如说是欲罢不能的遥望。

她的命运注定属于遥望。

张爱玲在文字里徘徊着留下一些爱的慰藉，于是有了《十八春》，有了《倾城之恋》。生活的艰辛可以锻造一份至真至纯的感情，也可摧毁热烈的欲望。当经过这一站的时候，有的人满载而回，有的人空余旧恨。

爱情？于千万人之中，遇到你该遇到的人，在时间的无涯里，没有早一步，也没有晚一步，唯有遇上了，也没有什么语言，只轻轻一声，“哦，原来你也在这里……”

其实归就这个女人的一生，可由一幅画卷来诠释。那是梵高的向日葵，

橙黄代表热烈的追逐，烈红代表郁郁的愤懑。

色彩之于张爱玲，是绚烂至极，是灰暗极甚，再艳丽的花红柳绿搭配其身，是掩盖不住的凄凉与哀婉，再黯然无味的低调隐匿着其色，也总是倾泻而出的高贵与典雅。她总能将这两种大相径庭的色泽糅合得恰到好处，于是忍不住地沉浸在她营造的生前死后的世界里，于是忍不住在扑朔迷离的流光溢彩之外截取一份温与暖，光与热。

如果如她所说，生命有它的图案，我们唯有临摹。她的梦与追随是不是也在造世者的模版中被狠狠地敲碎？

她把世俗的气概演绎成刺骨的冷艳，把落魄的情愫描绘成旷世的传说，用生命见证悲壮是一种完成，而苍凉则是一种其实。

旧上海的十里烟花场，在她淡定的目光中变成了一个又一个的惊叹号。她就是一口古井，清澈和透亮都是隐秘于只可观望的深处。

对她而言，生命本是一场安静的焰火，绚烂和华丽都是给大家看的，但留给自己的凄凉和悲哀都只能由自己承受。

我在一个静谧的深夜写下这样的文字，捧着那朵尘埃里盛开的百合，愿得冷落了天涯的春花秋月，温暖心底的沧海桑田。

2007/11/15

发表于《当代青年作家大辞典》等

静窗思

家住市中心的某花园，屋中甚是敞亮，这多亏了几扇明净的落地大窗。平素喜欢在窗前久伫沉思，下面是一片欧式的花园，闲来驻足，甚为惬意。

自然风光固有它已定格的美，古有“秀似谷中花媚日，清如潭底月圆时”，此地虽无这般颀秀，却也恰似一两分，只是少了一泓碧泉。也罢，这毕竟是花园洋房。

我想，若是这里久居了几位文人墨客，也是会掂量着为它泼墨几分的。只是住这房的，多是厮杀商场，争夺官场的俗尘之士，少得一分闲情逸致，却多了几分世俗气。一方水土养一方人嘛，试问这现代化的城市，又有多少不食人间烟火的淡薄名利之士呢？

人头攒动的钟楼庙宇，又有多少心纯念净的香客呢？若是古稀的老人，兴许还是会毫无功利掺杂地膜拜芸芸万物。就连那看破红尘的僧人，心中也铸世俗之根啊！如若不然，又为何开放寺庙这一片净土？为的不就是一份香火钱？

造世主是何等仁爱，造就了如此花花世界，却败笔于落了尘。

上帝有很多恩惠，不只是局限于官名利禄，心静的人，傍晚的一习清风，雨后的一阵凉爽才是最大的恩惠。心无杂念地享受一下清风的洗礼，对于很多人来说，也是奢侈的。

人生就是这样，忙着赶路不妥，停滞不前亦不妥。无论腰缠万贯，还是一手遮天，都不过是几十个365天的问题。人赤裸裸地来，亦赤裸裸地去，带不来什么，亦带不走什么。只是，若弄个一手遮天或是腰缠万贯什么的，兴许还会给世人留下“朱门酒肉臭，路有冻死骨”之类的千古名句。

罢了，一个人固有一个人的活法，我不能用自己的想法拟订别人，虽然我内心中也是俗尘之士，也不能将官名利禄置之度外，但能于内心开辟一片净土也是很可贵的。窗外还是那片花园美景，细品，只做精神食粮，只可惜我不是精神贵族，若是，这番陶冶洗涤定会养出一个胖子！

2003/4/23

发表于《中国少年作家》

申城初冬

无意中翻看到了儿时的随笔，凌乱地记载了一些猛然间感动的字句。记得小时候每次有新文章出炉时，我都会迫不及待地跑到父亲面前骄傲地念给他听，似乎每一次他都是在书房里，一面对着电脑不停敲打，一面又时不时地点头赞同。尽管我到现在都不知道那时的父亲究竟有没有听进耳朵里去，但我仍感到无比的满足。

很多日子以后，我依然乐于把一些感受以文字的形式记录下来，只是已经很少有那样一个机会让我把它们读给父亲听了。

日子在不知不觉中飞逝，只觉得离开家还是昨天发生的事情，猛然间翻阅日历，发现已近三个月。初冬的上海披着油亮的色泽，在视觉上淹没了阴冷与萧瑟。这种斑斓的冬季往往让人漠视了南方冬季的、不可抗拒的刺骨与阴冷。上海姑娘们还穿着齐着大腿的小短裤和露着膝盖的黑色丝袜，北方的来客们却已银装素裹，俨然是寒冬腊月的派头。

申城之冷，玄妙于气质——面色还是柔和温暖的，实已寒风瑟瑟，浸入骨髓。就像南方的人儿，阴柔多于阳刚，细腻多于粗犷。这不禁让我对家又产生了无尽的思念。北京的冬天不像上海那么扭捏内敛，冷即冷得彻底。街边的枝丫干枯萎谢，寒风呼啸着不留一点情面，但也光明磊落，冷在你赤裸的部位，决不往骨子里钻。北京的冬天也温馨，我便常常躲在暖风徐徐的房间，伏在天鹅绒的地毯上独享被落地窗屏蔽了寒冷的冬日阳光的那份含蓄与祥和。而与北京冬天大相径庭的是，上海的温暖锁在室外，你便是瑟缩在层层叠叠的被窝里，也免不了的战栗。这便给属于冬日的温馨大打了折扣。

临近圣诞，北京的这一时段向来是要下雪的，上海却仍是阴雨绵绵，冻彻肌骨，所以想家，那种想念过滤了曾经对于家乡的种种不满，种种苛刻。脑海中只剩下她的豪迈，她的大气，她的不拘一格，她的包容万象。而我这样一个天性豪放的女子，初到申城，为她的细腻到位而感动，日子久了，却渐渐对她的小气多生不满起来。

大降温的前一天，父亲远道而来，只是一面，送些御寒的冬衣便匆匆踏上异乡之路。记得那天他来时，我们的话始终是不间断也不汹涌的，那种情感很柔和，褪去了刚入大学时那种高中生的青涩，也还没有沾染社会风气的麻木。我讲学习，讲生活，讲工作，父亲认真而祥和地听着，那种神情饱含着欣慰，是一种寻求到共鸣后的欣慰。也许是我的语言触碰到了他在象牙塔里的那份纯净与新鲜的记忆。同样的，我的滔滔不绝中也暗藏了些许骄傲的色泽，第一次地，我思想的田地与一个巨人的青春有了接壤之处，我在以一种相似又迥异的方式继续着父亲的梦想。

然而有时我却在想，如果我所做的不是继续父亲的梦想，而是完整他生活中的缺憾，那我要怎样呢？我也许会给自己一个悠长的假期，没有一天飞上几个城市的辛劳，没有层叠着的会议的疲惫，没有累累文书的冗繁，没有会见会谈的刻板，没有酒堆砌出的人脉，也没有地位圈出的高台的禁锢，我只想替他保养一个健硕的身体，一份平和而充满阳光的生活。可我延续着他的高傲的血脉，传承一份不服输的坚韧。我想父亲可以什么都不留给我，财产、地位统统不屑，只这一份倔强与执著便够我享用个来世今生的了吧！

那样短暂而温馨的会面没有什么惊天动地的相见或是阔别场面，走的时候，我看着父亲一面有些不舍地向我的方向投来微笑，一面缓缓钻入轿车。若每一个离别的时刻一样，我像是满心轻松地耸耸肩，留下背影，只身离去，然而父亲不知的是，我闪身离开，不是源于冷漠，只是我也有我的恐惧，我害怕看到亲人的背影在夜幕中缓缓消失的场景，害怕捕捉到他那虽被夜幕修饰却仍然肆意的无以抵御的落寞、衰老与颓然。尤其是在这寒冷的异乡，阴风刺骨，阴风刺心。

这个时候，相见，不如怀念。

想念父亲的时候，他没有白发，没有皱纹，没有汹涌而来的岁月的侵袭。我可以在12月的北京赤脚站在他温暖的书房里，在暧昧的泛着黄晕的落地灯下朗读我稚嫩的文字。而现在，纵使我已挥别文字的羞涩，也往往只能独自品味它的甘甜了。

想念父亲的时候，他永远都是那个万众瞩目的舞台上最耀眼的角色，神采飞扬，文韬武略。没有奔波的风尘仆仆，没有夜以继日的劳顿。

想念父亲的时候，我不必为我的多生事端而向他愧疚，我只觉他是那样一个伟大的角色，是我心中那座日不落的城堡。

想念父亲的时候，我只是一个幼稚任性的小囡，没有扰人心烦的竞争与生活的琐碎。

想念父亲的时候，可以流泪，但不可以哭。

所以那晚，我在狂风四起的初冬的申城，穿着父亲送来的冬衣，我说："老爸，你真是及时雨啊！"微笑着，泪已连绵。

——在父亲42岁生日之际，谨以此送给我敬爱的慈父，祝他生日快乐，一生幸福！

2007/12/22

琴之歌

如果幽雅可以随着音符而起伏跌宕，那么我是否也可以如此这般轻盈飘逸。在你典雅的声线里，我迷失了自己。

如果真的可以忘记，曾经的那些颠沛流离。你的嗓音犹如圣母的低吟，沉沉地呼唤着我寻找蔚蓝天际。

我是这样爱你，恰如爱护自己。

我的琴啊，你静躺在淡蓝色的丝绒布中，一如恬静的婴孩。

你明亮的棕色的身躯泛着淡淡的松木香气，令我如此沉迷。

你那柔韧的，乳白的弓，总能拉出天籁般美好纯净的声音。

我轻盈的指尖在你那坚韧的弦上跳跃出欢笑，也压抑出伤心。

在过往的美好岁月里，你的身躯更加强健有力。如果你愿意，那么我们再来合奏一首小步舞曲，淡淡地拨动你的弦，驱走我的伤心。

如花岁月里，我们的容颜都在老去。我一天天守望着，守望着远方天际。于是你默默地陪伴着我，用你的声线感染我内心中的那些“小东西”。

你也曾哭泣。任性地用尽力气，崩断你柔美的嗓音。我不曾责怪聒噪时的你。因为我也在努力，努力依从你。

我以为我会放弃。然而当我注视到襁褓中的你，想起《很久很久以前》中飘逸的你；《The Two Grenadiers》中英姿勃发的你；《小步舞曲》中高贵的你；《广板》中成熟稳健的你……哦，我的小提琴，你让我如何不爱你？又让我如何忍心放弃？

我在一点一点地努力，追寻着登峰造极的境地。从今天起，我要用心去呵护你的美丽；我要让奇迹化为现实；我要把你的美丽歌喉献给全世界；我要我的指尖跳动出胜于天籁的声音。

请不要再负气离去，也不要聒噪叛逆。我愿向天主起誓，验证我的忠心。

哦，我的琴，贯通着我的每根神经；你与我的血脉一起黯然或是沸腾。

哦，我的琴，我又如何忍心抛弃你，让你向隅而泣？

哦，我的琴，生命中是如此安排的，我们的灵魂被紧紧拴在了一起。

哦，我的琴，这是多么美好的际遇，我们要永远在一起，给这个枯涩的世界一点点声音，一点点惊喜！

2004/07/19

发表于《正着成长倒着回忆》

永恒轮回

关于这个题目，它灵感于米兰·昆德拉的《不能承受的生命之轻》，——这个多位亲人都死于纳粹集中营的文学大师的杰作。有这样一段文字一度使我陷入沉思：“与希特勒的这种和解，暴露了一个建立在轮回不存在之上的世界所固有的深刻的道德沉沦，因为在这个世界上，一切都预先被谅解了，一切也就被卑鄙地许可了。”于是我又想到了一个看似与这个题目有关而又相当肤浅的事情，还有故事中的人物，童童。

我一直相信我们是有感情的，是感情，而并非爱情。就是这种若有若无、恍恍惚惚的感情让我们的故事两度欠费停机，他欠费，我停机。然后他又会再次找我，而我只是再一次地谅解，再一次地卑鄙地许可了。于是我们之间便形成了一种永恒轮回，但我始终相信，他欠我一个青春。

说到青春，我又会联想到席慕容的那些荡气回肠的语句。她说在写作的时候，她一无所求，因为在写作时她可以脱离企图，不受鞭策，不赶进度，更没有诱惑。然而对于这位对美术事业有着卓越成就的大师来说，她却无时无刻不受着“企图”的干扰，压抑着她手中的画笔，很沉重。

那么我或者童童是否也企图着什么，压抑着什么无法释怀的烦嚣尘事？抑或坚贞、忠纯、等待、守候都被尘封或是束缚了什么企图？在我们的感情逐步升华为爱情的道路上，似乎有一种轮回的力量牵引着我们前行或是羁绊我们，让我们停滞、争执、吵闹。就像这个社会，只有在生产力与生产关系发生矛盾时才会有进步。但我始终坚信，上过了的弦是会断的，抻过了的皮筋是会松的，适度的停滞才是最好的轮回。

于是我又想到了那些关于轮回、辅助轮回的感情因素，关于责任、现实、任务、感情……一切一切我们所需要承担的东西。突然我想，我们所不能承受的不是生命之轻而是生命之重。

接着说说我和童童。我一直相信他是最适合我的，因为我们彼此互相了解，知道对方所喜好的与厌恶的。在我的心目中，他还是个孩子，一个渴望坚强、勇敢，希望承担责任的孩子。他有他的脆弱与敏感，疲倦的时候会像一只受了伤的小猫，静静地蜷缩在墙角，向隅而泣，期待着关爱，更浓重深厚一点的关爱。我想他是有一点点恋母癖的男生，而我是一个有严重恋父癖的孩子，所以我们资源互补。这就是我的哲学我的理论，也是我一再谅解一再迁就的原因。

顺着我这些穷极无聊的谬论，我再次回到席幕蓉的话题，想到了她慵懒地躺在大落地窗下的躺椅上，轻抚着先生赠予她的安哥拉猫的那种小女人的神情，还有细碎的阳光穿插着槭树的枝枝叶叶，在明窗上留下的一块块斑驳的印记，那时我才真正明白什么叫做“没有企图地写作”。

接着我又轻描淡写地瞥了一眼身旁的吊兰，青翠可人，一副秀气娇柔的模样。还有上面羞羞涩涩地绽开的粉紫色小花，也就有个指甲盖大小，花瓣狭长，最内是淡色，愈生长就愈显得妖艳(当然，这是就最里面的小嫩瓣儿而言的)。最内的蕊似乎是与外瓣儿浑然一体的，嫩黄色。比起牡丹玫瑰一类的贵种，它似乎不起眼了些，但牡丹妖气肥硕，有股子盛唐的俗气；玫瑰慵懒奢华，我总觉得看多了是会破相的。而这不知名的小花(这里也就简称吊兰花吧)，却长得很挺，片片狭长的瓣，丝丝娇柔的蕊都很用力地向外伸展着，以至于丝毫不见上面的纹路。

我想我再次地把话题扯远了。接着回到永恒轮回，回到童童，回到我们的故事。

佛说：“前世的一万次回眸才可换得今生的一次擦肩而过。”那么我和童童又是在几世的轮回中修得了今生的缘分呢？那么今生，在我和他交往的同时，我们又和谁在修着来世的缘分呢？我想，一定不会仍然是彼此了。因为如果轮回中没有更改变迁，那么我们就会像被钉在十字架上的耶稣一样，亘古不变，了无生趣。或许那更像是一场老电影，一遍又一遍地回放着，索然无味，就算是惊悚恐怖片，也会变得如白开水一般。

我记得有这样一句话：

所有的时刻都很仓皇而模糊，除非你能停下来，远远地回顾……

我细细地斟酌着，斟酌着"仓皇"这个字眼。为什么要使用"仓皇"，而不使用"仓促"呢？是作者的生活很狼狈，很艰辛，甚至他(她)是在苟且偷生？如若不然，那么为何不使用"仓促"？在我的字典里，"仓促"被赋予了一种因忙碌而显得热爱的韵味。于是我给了这首残诗一个妥帖的备注——如果你的轮回不是圆滑风韵的。

再次回来，回到我们的故事。我不晓得当提到某个人的时候，心中会涌动出一股小小的力量，一点况味的时候是不是代表已经Falling in Love了，我只是记得那句话："当你年轻时，如果爱上某人，那么请你，请你温柔地对待他……"是不是前世今生都该如此呢？我不知道。因为此刻，我只晓得，我和童童的轮回，未完成。

2004/7/1

《首届全国拔芽作文大赛优秀作品选》、精品学乐网、全球华语作家网等十余家报刊媒体刊载

爱恨的陨落

——论贾谊

拿到这样一个题目，着实令我犯了难。想我的习作中并不乏论述人物生平的文章佳作，而面对贾谊这样一个古人，却迟迟不得灵感。这或许多是由于我对此人的性情风格无法苟同所致。像我这样对文学艺术倾注了更多一些情愫的人，应是对贾谊这样难得的才子万般敬重的，但究其性格而言，却又不得不暗生了一分厌恶之意。

18岁通诸子百家，24岁写出著名的《论积贮疏》，这些令人不禁一震的介绍，仅仅是粗略而肤浅地概括了才华横溢的他的不凡的履历，而我想要进一步论述的，是他不可一世的外表下掩埋的敏感、脆弱与自闭。

古人评他“不能自用其才”，“不善处穷”，对于这样谦和的评价，我个人认为是有不及而无过之的。

文帝珍贤重士，欲让贾谊在政治上大展宏图，而他却孤芳自赏，无视机遇的存在，反而顾影怜形，愈发自觉悲悯，终日郁郁寡欢，自认为怀才不遇，不得伯乐之人。文帝爱子，其爱徒坠马，贾谊善感自闭，自认为“为傅无状”，悲戚岁余，抑郁而死，终年33岁。尚且而立之年，他身强体壮，耳聪目明，却未得做出一番轰轰烈烈的大事业即郁郁而终，枉费了他的惊世奇才。

试想一个通晓百家之道的才人，却无包纳百川之肚量，与世无争之境界，无畏谪贬之气魄，却也不由得为他的满腹经纶而惋惜了。

为人总是要以气度为先的，想他堂堂男儿却欠了些许阳刚之意，也甚为遗憾。

再逐次回味诸子百家、文人骚客，凡成大业者，一生风调雨顺的还未曾听闻，但又有几个如贾谊这般自负？任他通晓百家诗书，却不得其中为人处事的精髓与人生的真谛、境界。惋惜遗憾暂且不谈，就他薄命的一生，为后人留下的诸多痛心也是无法不令人不悦的。或许更有甚者，若是自认与贾谊的遭遇大有雷同之处，不禁悲天悯人，甚至认为自己怀才不遇，终也落得个郁郁而终，岂不又沦为了反面教材？！也不要怪我偏激，贾谊对人格的浅薄的认识与对生命的不敬是使我为之愤愤不平的根源。于是我又得出这样一则理论，读万卷书，未必可以丈量生命的薄厚；通百家经，未必能看得透人生的深意。

或许可悲的不是他枉费了自己的机敏与才智，而是他未能将这些机敏才智付诸于大事业，没有将它们升华为一种人格的不屈，一种存在的境界。

我悲他没有继续到不惑之年便惶惑地走完了一生；

我气他无视傲人的博学，枉了上苍对他无限的眷顾；

我笑他恃才傲物，沽名钓誉，亡了去了，又有谁道一句对他孤僻性情的赞赏？

我怜他忠心护主，只是这份衷心来得太片面，留了太多遗憾在人间。

我又想，这人生的劫数是上天既定的，苍天不会将傲人的才华赋予庸庸的碌人，也不会将才气与运气萃集于某人一身。对于贾谊，是恨还是爱？其实是爱中有恨，恨中掺爱。

2005/3/10

发表于《高考作文辅导》

追随爱的步伐

这是一个活在古老魔法操纵之下的城市，每个人都会骄傲地穿过凯旋门，而后慵懒闲适地漫步在Avenue des Champs Elysees(香榭丽舍大道)，那种既定而又万变的姿态的转换，冥冥中注定了巴黎香薰般迷幻而不容侵驻的梦境。

踱过丽都夜总会的浮嚣，放眼大小宫殿，而后是协和广场上安逸的和平鸽，再由杜勒里花园到卢浮宫，每一寸土地都令你的心情是如此恬静而又澎湃不已。

女人，巴黎，两个相互纷扰牵扯不息的词汇。数不尽的明澈大窗后是太多诱人的光线——38号的ZAPA，46号的Disney Store，52号的Naf Naf，还有Virgin Megastore、娇兰、Sephora、Planet Holly-wood、LV、GUCCI……一串串令人心动而神往的名字。这应该是一个专属女人的国度，温和而浓烈的徐徐暖风滋养着肌肤，塞纳河畔宛润的小提琴声为心灵做着润泽的SPA……还有，比感动更深刻的天空。

午后3点，一个奇妙的时刻，刚才还在你身旁疾步走过的高挑女郎，此刻却慵懒地倚靠在藤椅上，享受着下午茶，所有匆匆的路人都开始缓步小憩。就在香榭丽舍的街旁，在一把把纯蓝色帆布大伞覆盖的藤桌藤椅上，放松所有神经去品尝一杯18世纪的道地宫廷下午茶吧。三层银质的托盘上分别盛放着曲奇饼干、各式精致的Cheese Cake和提拉米苏，以及幼润而令人不忍下口的各色布丁、坚挺的银色茶壶茶杯，还有一分乳白与棕红交错的茶奶。就在这一刻，所有的事物都变得如此宁静而安详，只有塞纳河畔美妙的音符伴随香薰一般神秘馥郁的香气在你的身体中贯彻……贯彻……而后是忘乎所以的轻柔，欢畅……

不要急于离去，慢慢地品尝口中和眼前的美景美味吧！一直等到薄暮袅袅的烟雾弥漫了通达而又慵懒的街道。夕阳一点点隐在了巴洛克风格的建筑之后，乳白，或是蜜棕的洋房边缘被微微地镀了一层金黄，身旁精致的银器也被映上了丝丝缕缕的金辉。这时你知道，该走了，已经到了这个城市真正开始享乐的时刻。

华灯初上，圆顶教堂，时尚Mall，英雄的凯旋门，挺立的埃菲尔铁塔……闪亮的色泽使它们在夜晚的隐藏与凸显下熠熠生辉，多了分不一样的韵味。去希尔顿享受一顿正宗的法式大餐，在红酒玫瑰与小提琴的醉人渲染中，你会发现味觉已升华为一种超现实的感知力，或许这个国度正是凭借这份特有的浪漫而孕育了诸多艺术大家，为他们带来勃勃的灵感之光的。

如果法式大餐使你意犹未尽，那么，去les Deux Magots de Saint-Germain-des-Prés感受一番异域所独有的闲适之夜吧，点一杯拿铁，要一份抹茶红豆，在昏黄的灯光下梳理一天的缤纷心情……其实人生就是介于奋斗与享受之间的物种，相互抵触而又相辅相成。

就这样奢靡而慵懒地生活着，感受时间的脉搏在身边跳跃，而后匆忙跑过。或许浮华是一种愈读愈浅的东西么？我们把它收藏在精致的水晶盒子里，却发现永远都无力挽住它的脚步。追随追随，终是茫茫一生无所得的后果……或许，真的没有什么会是永垂不朽的？

沿着无数条风格迥异的街道漫步，看着形形色色的人与你擦肩而过，他们或许并无异于其他西方国家的人种，然而却真真切切地有一种异类的气质，无论是保持着18世纪传统的西服革履的绅士，还是踩着高跟鞋铿铿作响，而又容光焕发的职业女性，抑或垂暮之年相拥散步的老人，打扮入时的小孩子们，在他们的骨子里都有一种祖先所嫡传的，亘古不变的东西，那是一颗热爱的心。即便他们有的人身着异国的行头，有的人讲着不地道的法

语，有的人极力推行别国的文化，然而他们都是流着一脉血液的法国人，祖先所遗留的对于生活的热爱，闲适的唯美的心境都是无可更变的。

你嗅到了么？波尔多的炽热情怀，在蒙田的影翳下是这般慷慨而澎湃。他说，“我随时准备告别人生，毫不惋惜。”是的，带着一种对于爱的无限求索与海纳包容，还有什么理由去畏惧死亡呢？因为热爱，他的热血在燃烧。《热爱生活》、《要生活的写意》，或许这些作品并没有过于斟酌的言语，却着实诉诸了一个法国人独到的感情，有些东西，我们可望却不可及……

追随18世纪的脚步，卢梭这样一个生活坎坷的思想巨匠为我们留下的却是对于生活的无限热爱。那一句“我身上有一种没有什么东西能够填充的无法释怀的空虚，有一种虽然我无法阐明，但我感到需要对某种其他快乐的向往”曾很多次地使我陷入沉思，或许，那个民族的血液中注定了一种以爱作为灵魂的生命的真谛么？当人们失去尘世间为之所托的信仰时，即会变得空虚而无助。或许是他们太过敏感了？还是我们太过麻木了？于是卢梭将爱投入了自然，去疼惜每一株花木。如若中国古人所说的：“一花一世界，一草一乾坤”，那么毋庸置疑，那种爱一定是一种博爱，隐约地爱着整个世界。

时光变迁，逝去了的，是事事物物的有形世界，不变的，却是古老灵魂沿袭下的对于爱的坚贞不摧。敲开19世纪的大门，法国著名女作家乔治·桑说：“我热爱冬天。”是的，爱有一个宽泛的领域，小爱，仅爱鸟鸣花红，繁星点点的璀璨世界，而大爱则是万物苍生，是眼中没有丑恶苍白，是包容是理解，是从各个角度发现美，诠释美。没有什么是毫无闪光之处的，只是我们爱得不够深沉，只是骨子里没有这份闲情雅致去寻找，去发现。

“由于地势的起伏，由于偶然的机缘，还有几种花儿躲过严寒幸存下来，而随时使你感到意想不到的欢愉。虽然百灵鸟不见踪影，但有多少喧闹而美丽的鸟儿路过这儿，在河边栖息和休息！当地面像璀璨钻石在阳光下闪闪发光，或者当树梢的冰棱组成神奇的连拱或无法描绘的水晶花彩时，有什么东西比白雪更加美丽呢？”我在斟酌这些语言的时候，脑海中这个女作家是如此圣洁，一颗驿动的心灵不染尘渍。所以，当雨果怀念这位女作家时，他说，乔治·桑是我们的世纪和法国值得骄傲的人物之一。这个誉满全球的女性完美无缺。她像巴尔贝斯一样有一颗伟大的心灵，像巴尔扎克一样有一颗伟大的头脑，像马丁一样有崇高的心胸。

每当这样一个杰出的人物逝世，我们便仿佛听到翅膀拍击的巨大响声；既有东西逝去，就有别的东西继续存在。或者，这就是所谓的永垂不朽么？一种对于世间无限的热爱，对于冗繁纷杂所包容的无限的宽广？在这个迷离而令人向往不尽的城市，不仅仅是红酒、香水、女人与喧嚣，还有一种藏在人们骨子里，埋在这片炽热土地之下的精神。若你只是走走香榭丽舍大道，攀登了埃菲尔铁塔，浅尝辄止地游览了巴黎圣母院与卢浮宫或是草草遥望了圣·米歇尔山(Le Mont-Saint-Michel)，坐着疾驰的列车穿越了诺曼底的鲁昂 (Rouen)便耀耀奇谈自己的“不凡之旅”，那么未尝不是一种对于神圣信仰的亵慢了。

我始终相信这是一个珠宝一样熠熠生辉的国家，无需更多赘述，向前辈们为我们预示的光辉前景致敬吧！

2005/8/29

发表于《行走在南纬23度以南》、《2006年度中国少年作家选》

温暖的老去

我的外婆曾是一名思维敏捷的数学老师，直至退休后多年仍可以娴熟地为我检查数学作业。然而我却不能确切地说出究竟是怎样的一段时光将她带入真正的老年时代。似乎是在我的外公去世后的几年，她像是突然枯萎了一般，渐渐地再也记不得常常讲给我的故事，再也想不起自己的拿手菜，甚至不敢独自乘坐酒店的电梯。

事实上在亲密相处的那段时间里，我也如一个缺乏责任心与耐心的年轻人一般，厌倦了外婆屋里垂垂暮老的气息，厌倦了她缓慢的动作、软弱的性格与偶尔的顽固不化。甚至有时，当她不认得来时的路，需要我将她送回的时候，我竟也会怒不可遏。

可我们终究都逃不过时光的荏苒。

最近的一段时间，外婆的记忆力每况愈下，甚至会将驱蚊药膏当作牙膏使用。当这种毫不掺杂演绎成分的衰老，鲜活地亮在我的眼前时，我开始感到莫大的恐惧与悲凉。好似一个满身狰狞如枯萎的老树一般的时间之神就站在外婆的对面，然后每天都向她索取一些时间，索取一些记忆。于是我的苍老的外婆，纵然身体康健，面容依然美丽迷人，却抵抗不了那时间的神把曾经的深深浅浅的回忆全部带走。

家人常常会感叹，如果我的外公还在，或许外婆会比现在的状况乐观很多。

在外公过世后的日子里，我常常能看到外婆形单影只地独自散步，身后是橙黄的夕阳不容滞留地跑下山头，带走光明与希望。外婆瘦弱的身躯包裹在一轮红日之中，成了那橙红中的一道黑色，看不清面庞，只看到一束束阴影随着夕阳扭转着。

他们曾经那么相爱，外婆细腻，持家有方；外公豪放，宽容大度。他们互相依附，纵使也有些细微的摩擦，但却更像是平凡生活的增色剂。他们在我小小的心灵中播撒下了爱与美好的种子，让我明白美满的婚姻就像是一加上一，结果却得到了超越永恒的数字。

如我们恐惧而不可抗拒的——或许不久后的某天，外婆就会因患上老年痴呆症而永远的忘记我们的名字，忘记我们最爱的故事，然而在她心中，或许有一种与外公更加贴近的感情会冉冉升起；那时的她，也许会天天对着窗外发呆，也会和镜子里的自己无休止地争吵，可我始终相信那些关于外公的美好回忆将如一股清泉汇入她干涸的心灵，从此她不必再被孤单的生活所困扰，他们穿越时空交汇在现实与梦境之中。没有他人的打扰，没有疾病的磨折，没有现实的困顿，只有那样一对耄耋老者，顶着花白而染满了历史的头发，祥和而安静。

当我们还小心翼翼地周旋在婚姻与人生的边缘时，我会想起他们相互依偎在夕阳垂柳下的背影，两个毫无干系的人，缘着对爱的执著，在绚丽的感情公式中加和到了一起，得出了万古的永恒。

2008/7/12

流憩的风景

杭州的清晨，和和爽朗的清风贯彻我的思绪。在这样随意一抹即可成画的园林中小憩，用我的肌肤贴近天赐的甘露。一些知名的或不知名的鸟儿放声鸣唱着，时而展展翅，时而搔搔毛，无比惬意自在。

眼前的山水潺潺流憩，波光炫目地将岸边勃勃的生机支离破碎地倒映着。我细数岸旁的树种，高高低低，形态各异，千奇百怪却都是为这里的灵气应运而生的。天成的错落，分明而掩映成趣。隐约地露出后方烟云一片的青山。那是沉睡的青山，披着薄雾氤氲的睡袍，还有天赐之露挂在渴睡俊颜的侧旁。

杭州，即是园林；园林，即要成画。

树是一种叫做白描的手法创绘的，线条分明，枝干各成一形，叶疏密有度。你不必为它所处的质地环境优劣而困惑，因为树是精灵，它们具有不可预知的潜在能力。而我印象中最深切的，有一种干形酷似龙爪槐，而叶片又酷似枫叶的小型树木。根根枝叶都平立着，即便身形着实是小些，但单看叶片，便觉苍劲有力。恰枫叶形叶片片片红得厚实，远看如薄暮的一块火烧云，缓缓游曳于半空。还有一种叫做香蕉树的树种，并不是真正产香蕉的树木，只因树木本身散发着一股香蕉的甜香气味而得名。

杭州的山是泼墨而成，不求棱角分明，只求缠绵朦胧，迷离而柔美。浅

淡地浮于天空，会有轻柔的云朵以一种翩然的姿态翻滚而过，如出浴的少女裹着滚边蕾丝的睡袍，氤氤氲氲的水汽附着在她的肌肤上，莹润而透亮。

杭州的水是勾勒而成的，清明朗淡，潺潺涓涓，与石、鱼相映成趣。岸浅而纯澈，会有调皮的孩童在岸旁踏水游戏。

山、水、树，我挖空心思地寻觅一些较这更为生机盎然的事物，但确凿是不可遇见了。自然的灵隐曼妙，在于它从未真正地展露，也不由得你去深究，如沉睡了千百年的美人，沉睡着，也将永远沉睡下去。我很想问问这旷世的博大，究竟是否会有某种东西是永驻的？就算我足下的一草一木，枯后重生，是否还是原来的那个鲜亮的灵魂？……如果它们是有灵魂的……自然的力量，就是不遗余力地使每一个人都可以从不同角度去领略新生命的广大与伟岸。而我想，生命的广大不在于未来而在于过程，如一道风景，无可预知，它将带给我们什么，或是带走什么。

青山，白日，水云间；

小憩，驻望，不知还。

流连忘返。

如果生死都是无法预知的，如果映在我的眼帘中的，是旷世的奇美，就不必去过多地追究生命的时间。很多时刻，就这样精致地死去，也未尝不是一种慰藉。

洞庭四月，阳春白雪。

清凉恬淡的空气贯彻我的躯体，着实爽快得很。想即将与这绝世佳境作别，心中不禁会泛起一阵凄凉，不是我没有时间多加驻足，只是一种主观的因素蠢蠢驱使，我们越留恋的，也是越应有所回避与保留的。如果我只是肤浅地探尽每一处花鸟虫兽，或许此刻蓬勃的心潮便会变得平静而无所叙。一个融入天堂的人，如何去洞悉天堂之美呢？留下下次再来驻观的意想，即便在钢筋水泥的森林里过得空虚无奈，也不必要有所神伤了，毕竟这大千世界还是有那么一处足以畅叙幽情的地界。就这样怀着淡淡留恋，淡淡不舍地离去，未尝不好于将这里的风景烂熟于胸。

我坐在高处幽静的草坪上，清风有些冻彻，足下流水涓涓，波光倒影，别有风味，浅看，不作过多的深究，这才是陶冶的意境，只是去净洗心灵，为自然的博大所感动，为追求生命的信念而不息，为有缘涉足尘世而屏息凝神，诚挚地膜拜芸芸万物与造世者无尽的智慧与灵秀！

2005/5/3清晨

于杭州国宾馆内西湖河畔

猫的哲学

勇于抉择

前几日被琐事打扰，心情很是烦闷，恰巧住的公寓楼下蜗居了一群自生自灭的野猫，于是友人建议我闲暇之余随他一起去喂喂猫。当日入夜，裹上厚重的衣裤，百无聊赖地拎着友人买的香肠和鱼罐头来到它们的定居点。刚一定住，就有一只毛色油亮的大花猫迎了上来，不住地在我脚上摩挲乞食，我也不好吝啬，于是掏出大把肉食抛给它。

就在大花猫吃得不亦乐乎之时，其他的一群野猫也都围了上来，有的朝着我脚下散落的香肠步步逼近，有的在远处跃跃欲试或是静观其变。有趣的是，站在远处观望而不敢上前的猫通常都是一副干瘦而落魄的样子。

眼看五六只大胆的猫儿几乎把我手中的食物吃尽了，于是我将剩下的一些一把撒向远处的那几只，可它们非但不领情，却四散而逃，等了良久却最终也没吃上一口。这时有人若有所思地对我说：你看，只有那些有魄力、有胆量的猫才能吃到食物，而那些犹豫不决，前怕狼后怕虎的几只，直到最后也只是空腹而归。

这样稀松平常的一句话似乎起到了一语惊醒梦中人的作用，我想自己这多日面对困惑常常左右不前，非但不能得到一个清晰明朗的答案，却愈加混淆自己的视线，被消极情绪所笼罩。小时候我的父亲曾要我背诵一段欧洲哲人的诗句，原文现在已模糊了，但大致记得是这样的：森林里有两条小路，我选择哪一条都要错过一些风景，但选择哪一条也都会得到一些收获。然而我想这也就是生命中每时每刻都在面临的问题，只是愚钝的人选择自责或是后悔，聪明的人选择利用或是宽慰。

懂得感恩

自那以后，我常常在入夜时分带着食物去喂那些野猫。只不过三四天的工夫，就和那些野猫熟络起来，了解了这群野猫的组织结构，也都给它们取了不同的名字。上文中所提到的大花猫是种群里的老大，另外还有一只背部花纹是规则菱形格子的漂亮小猫也十分惹人注意。这只小猫虽是中途才加入的，可我第二日喂它的时候，它便已经能够准确地理解我的意思了。通常，别的猫总是一见食物便一哄而上，唯独这只小花猫，常常是先在我的腿边穿梭，然后将脑袋趴到我的鞋子上与我亲热。吃过食物后也不会立刻跑开，而是一直将我送到公寓楼中，见我走上楼梯才起身离开。

只几日的时间，我们之间已产生了感情，于是它便总是跟随着我，即便是我已消失在楼道中，它仍依依不舍地坐在门口的台阶上喵喵地呼唤着什么。友人不忍，又无法饲养，便对它说“我们不能养你啊，回去吧，回去吃东西”，谁知这猫儿竟这般乖巧，话毕便恋恋不舍、三步一望地走了回去。

那以后，我总是为它单独留下一份食物——很多时候，别人的帮助都是不求回报的，但我们却应该去做一个懂得感恩的人，哪怕只是以最简单的关心或是微笑的形式来表达，也能带去满满的欣慰与温暖，也正是这小小的感恩，却更像是一种纽带，将与人为善、助人为乐的精神传承下去，而不至因为人世的寒冷而夭折。古人讲滴水之恩，涌泉相报，我想感恩虽不至如此，但很多时候这种懂得感恩的精神却是维系人与人之间仅存的亲近的最好方式。

学会放手

冬季降临，万物沉睡，我因为一些事情回了北京，这些猫儿便又失了固定的一餐。数日后返回，路过它们的定居点，看到它们又开始自食其力，为食物奔波起来。有时我在想，习惯了每日鱼肉伺候的野猫们突然又回到食不果腹的日子，会不会极为不适，然而后来看到它们在垃圾桶旁悠然美食，在阳光下闭目养神的得意洋洋之气，也放心了许多。

我们常常会为失去的东西而黯然神伤或是捶胸顿足，但很多时候“面对”之于“后悔”而言，前者是一剂良药，后者却更像是一杯烈酒，借酒消愁，愁更愁。生命本就是一场得失之间的游戏，看中所得的人会快乐常驻，看中失去的人只能孤独一生。当失去已为注定，强求只是自我折磨，宽容、面对与积极地解决是通往明朗的必由之路，正如古人对我们的训诫——亡羊补牢，为时不晚。

后记

上海的天气已是寒彻脊骨，对于夜半喂猫的习惯，我这个北方人也有些心有余而力不足了，加之几只小猫常常对我恋恋不舍，这让我十分不忍又为难，所以这癖好也就随着冬天的步步走近而冬眠了。但这多日从猫的身上感悟到了不少，也渐渐走出了阴霾，所以特作此文，也算是对那些猫儿们的感恩吧！

2008/11/25

四月夜莺

如果说张爱玲是悠游于十丈红尘之内的传奇，输进了人间的悲欢离合，那么她就是将理想与现实相织结得无懈可击的女人，林徽因，纵然清癯羸弱，却用她单薄的肩膀承载了如此之多的颠沛流离与情感磨折，以其生命之坚韧，铸就了理想的丰碑。

曾经，她以一个19岁妙龄少女的娇艳，在那个文字浪人的天空划过一道醉人的爱痕，于是有了《再别康桥》的温存；《偶然》的暧昧；《你去》的忧伤，然而那些浓得化不开的情愫却没有迷惑少年敏感而单纯的心灵，空余那个伤心的诗人在康河柔和的波光中独自追忆。只有可以理智选择自己心灵方向而追随灵魂归属的女人，才可回归真正的自我。

曾经，她热衷于寻访中国那些泯灭在历史尘烟中的残垣断壁，那些记录历史，彪炳智慧的文化宝藏；曾经，她在灰尘飞扬，蝙蝠掠过的荒僻庙宇中虔诚地守候着光阴的穿梭而浑然不知；曾经，这位22岁便就职于宾夕法尼亚大学的年轻助教，没有沉沦于如鱼得水般的生活，却执著于她凋敝的祖国，以及那些为愚昧所毁灭的古建筑文化。

于是她决然地选择了她的信仰与爱，肩负事业乃至人格的重量。有什么爱与坚守，可以更加铭心而汹涌？

“你是光，你是暖，你是人间的四月天。”

本应做一枝夜百合，在风中飘零，然而她却选择做一只在风雨中高声吟唱的夜莺，经历迫害与放逐，漂泊与流浪，她的诗中却仍溢满阳光与花香，星空与泉涌，忧愁便好似云烟，清淡淡，信仰不移。

她的生命若宽广的河流，有过山谷和平原，逆流与急湍，然而她所展现的，是至刚至柔的坚韧，将生命流淌为风景，汇入无涯的大海，精神永存。

而我，伫立在她精神的彼岸，因为目睹满岸绽放的百合，和一切为这不可战胜的光的河流所征服的小小生命，竟也不恣地写下赞颂，诚乞自己亦可以拥有如此完整而明亮的灵魂。

她若一只夜莺，为了心灵最柔软的一个地方而勇敢地将自己的胸膛，抵向尖利的刺。

暮春的夜莺在爱情的枝丫上吟唱着不倦的恋歌，绿树和皎月分享着美丽的时刻，自由地唱吧！春光明媚，万物复苏，一切都刚刚开始……

2006/8/12

通向光明的地铁

喜欢独自坐地铁中穿梭于喧闹的城市之下，这种感觉甚至胜于坐私家车的舒逸。因为正是在那样一个萃取了世间万象的小社会里，我可以独自欢乐，独自悲伤。身边是匆匆而过的路人，或许我们一生中只有这么一次擦肩而过的际遇，或许多年以后的某一天，我们突然成为朋友，而彼此却不知曾在一个地铁站口错过。这是多么奇妙的事情，如人的命运般变幻莫测。

地铁是一个可以梳理自己思绪的好地方，当列车穿入隧道，车厢内弥漫着暧昧的昏黄，坐着的人有的在闭目小憩，有的环顾四周，偶然恰遇他人的目光便急忙躲避，略带尴尬。站着的人多是在看报纸，一手紧握扶杆，一手紧握报纸，看得津津有味，殊不知身体随车厢左右摆动的形态着实十分滑稽。

除去列车快速行驶的轰鸣，厢内几乎没有喧闹之音，偶有大声喧哗者则是“众目睽睽”了。其间常有卖报人穿行，这些行走的卖报人可以说是“非法”的，卖的也都是小作坊印制的劣质绯闻，其中“赵忠祥自杀”与“刘德华被黑帮暗杀”这两条是经久不变的卖点，起初，也会有一些乘客购买，然而久之，绯闻的拙劣性被大家识破，卖家也再无生意了。

另一类穿行者是乞丐。地铁里的乞丐基本都是专业乞丐，选择了这样一个没有风吹雨打，来往的人又颇多的地方着实也是富有经验了。因此就路面上那些终日风吹日晒的乞丐而言，地铁乞丐也是最不值得得同情的乞讨者了。我常听人们说："上帝在为一个人关上一扇门的同时也为他打开了一扇窗。"或许这个理论亦可以歪用于此吧。地铁上的乘客相视而坐，若是一个乞丐来你面前，整厢乘客的目光必将停于你的身上，不给则是有失颜面。于是乎，这些每天花上三块钱即可丰收大把银子的乞丐现象是越演越烈。

前几日坐地铁外出，车厢依旧安静，突然有一个稚嫩而纯净的声线飘入耳中，众人侧首——是一个四五岁光景的西藏男孩，唱着听不懂的藏文，音调着实好听，只是他的行为遭到了人们的不满。小孩子依次到每一个乘客面前唱歌，若施舍了他一些钱财便离开。这个孩子一看就是训练有素的乞丐，专挑年轻的男乘客，这类人多是不好意思不给，也不好意思少给的。列车里的乘客大都低着头，恰若做错了事的孩子，都是恐怕孩子过来，给，心有不甘；不给，众目睽睽下有失颜面。过了一站，孩子在门口瞄准了乘客较多的另一个车厢，立刻快步跑了过去。

看者觉得有趣，然而事后思忖，着实是令人痛心了。一个四五岁的孩子，人生最纯粹的始端，人格却已走向了不健全的一侧。这就是在这个地铁小社会里最能发人深省的片段。人们总说孩子是这个世界上最纯净的星星，他们眼中的世界是一个七彩的万花筒，所接触的也是最真实的片段。殊不知，正是因为这样的真实，当他们的童话世界破灭了，便是一片血淋淋的惨状，甚至比成人们所目睹的一切更加淋漓。

成长在某种角度上是命运的惩罚。所以《铁皮鼓》中的小奥斯卡选择做一生的孩子，于是他便成了侏儒，然而当他用孩子的视角洞悉到世界上更清晰的悲凉时，他终是奈何不住，回到了成人的世界。

或许逃避与麻痹即是成人世界的代名词。当孩子破茧而出，成了大人，他们是该欢愉还是悲哀？

犹记得史铁生先生曾说：童话的残缺并不在于它过于完美，而是它太娇弱，不足以面对现实的世界。儿童的心灵薄如蝉翼，一颗昆虫的泪滴即可将他们浸透；而成人即可喻为手心的老茧，混浊了边缘，麻痹了内心。

暂且回到我们的主题。地铁里最拥挤的地段莫过于换乘车站，上下车的乘客络绎不绝，车厢内更是拥挤不堪，上下班高峰期时，被挤成"照片"的事件也是屡见不鲜了，若是有幸占了个宽松些的空间，且看四周，情侣伉俪们各个相拥，甜蜜无比，或许此刻，拥挤也不是如此令人头痛。

很多美满的婚姻也是构建在地铁站的偶遇上的。比如几米写的《地下铁》，还有一度热播的电影《开往春天的地铁》。地铁爱情屡见不鲜，也夹杂着一丝丝浪漫与命运的暧昧。然而我是尚无缘于此了，但却曾遭遇星探，……地铁，是一个以貌取人的地方。

有时你看着地铁矫健的身躯穿梭了一站又一站，心中却莫名地多了一份失落，那不就是我们的日子么，在每一个灵魂停靠的站点，搭载形形色色的人进入我们的生命，是这样无以捉摸的际遇冥冥中注定着我们的轨迹。

新的一年，我的祝福，如土耳其诗人塔朗吉的《火车》：

去吧，
美丽的火车，
寂寞的火车。
愿桥都坚固，
隧道都光明……

2006/2/12

发表于《中国少年作家》、《三个世界的摇篮》

写给我的父亲母亲

我一直是一个安静而又有些许自闭的孩子，习惯了一个人享受生活的恩惠，如传说中的鸟岛女子冰蓝色的眸子，融通了深邃与幽冷。然而成长消磨了那些本该坚不可摧的魂灵，我目睹着自己点滴的改变，那颗恬静宁和的小小芯子如深秋飘零的叶，慢慢剥落了无忧的青春。它变得柔软而多情。于是我学会了畏惧，畏惧那些不该属于我的悲伤。是一些悠然间击碎我的碎片，让我在瞬间洞悉了未知的力量。命运冥冥中注定了我们何去何从，悲哀的是我们无力改写生死的宿命；可喜的是，我们还可以在有生之年有所努力。

很多个“第一次”都会使我莫名地落寞，第一次不能再买半价机票，第一次被别人称作“小姐”而不再是“小朋友”，第一次发现自己已出落为一个比妈妈还要高挑一些的少女……它们都是成长带给我的礼物，或许我本应因为这些成长的欣喜而流下汩汩的热泪，然而我却变得失落而迷茫——爸爸，妈妈，他们都老了。

他们都老了，虽然还在不息地奔忙着。有时我望着妈妈那张光洁无瑕的面庞，怎能想象她已是人到中年？或许就在未来的某个日子里，这张美丽的脸庞上会突然青痕满布，再也找不到任何一个关于美丽的词语去修饰了。还有爸爸两鬓斑驳的颜色，是那么快啊，一根根肆无忌惮地滋长开来，我却爱莫能助。

每一天，每一年，我都在努力地成长，如果我们真的无力改变时间的沧桑，那么就只能用珍爱去谱绘梦想。我只是想努力地成长，可以用自己的双肩承受那些使爸爸妈妈的身躯日益趋于佝偻的世事的无奈，让他们的生活如梧桐下的阳光般纯粹而宁和。

妈妈是个柔弱而又不甘示弱的女子，世间的寒冷总会或多或少地割痛她多情的心，在逝去的若干年中，她以一个母亲的身份坚强地抵御着一切的侵害，撑起了我的美好与纯净，在未来的日子里，我愿承受一切一切的冰峰冷箭，去平复那颗曾经千疮百孔的心，让她做最幸福而纯净的女子，享受生活中本该属于她这样善良的女人的恩惠。

我愿走遍天南海北，去寻觅容颜不老的秘密，留下妈妈楚楚的容颜永不老去。

当妈妈手脚已不再灵活的时候，我会为她梳理蓬乱的碎发，挽起高高的发髻；我会搀扶着她在花园中散步，为她讲述每一个关于美好的故事。

如果有一天妈妈已经忘记了如何书写自己的名字，我会手把手地教给她，我会毫不厌烦地一遍遍为她重复被她遗忘了的事情，会将那些她再也看不清楚的文字念给她听。

妈妈的脚不好，这多是由于工作需要而不得不穿的高跟鞋所引起的，或许当她老去的时候会步履蹒跚，那么我就每天用温热的水为她洗脚，轻轻按摩着那布满老茧的双足，将每日发生的细碎小事一件件讲给她听，直到她的嘴角含笑睡去，然后为她轻轻盖上被子，亲吻她皱纹满布的面庞。

还有爸爸，他是一个为人民鞠躬尽瘁的政府官员，也是学术界的权威，他的刚直不阿与桀骜不驯在某种意义上都或多或少地伤害着他，或许一个顶尖的学者本就不该走上那条利弊兼备的官场大道的，然而父亲是如此选择了，并且努力地将它们融合，这是一程辛苦卓绝的旅历，而我力所能及的就是用剩余不多的童真去排解爸爸的重压。

爸爸的应酬很多，虽知饮酒伤身，却又是不得已而为之，我只是想快快长大，为父亲承担那份不得已的重担，还要学习烹饪，每天都为他煮可口而养胃的饭菜。

我要为爸爸建一座漂亮的花房，让他在鲜花的滋养下释放一切生活的纠结与不快。

当某一天爸爸突然发现自己再也肩负不起那份沉重的权责时，我就将他接入我的小宅，每日为他按摩那由于长期久坐而疲惫不堪的腰肩，陪他聊天看书。

我要每天清晨同爸爸一起跑步健身，帮他消减那个由于繁忙的应酬而日益丰满的肚子。

我要为爸爸请技艺最高明的医生，根除他的老胃病。

我会选很多优美的乐曲，让它们陪爸爸度过每一个不眠的夜晚。

爸爸喜欢喝茶，那么我要找来最甘醇的泉水为他沏茶。

爸爸嗜书如命，所以我要每周都陪他去书店逛逛，为他买下所有他喜爱的图书，在我为他布置的宽敞而温馨的书房，让它们填充爸爸最真实的快乐。

我还要买一栋坐于深山的房子，它不消有多么的宽敞豪华，却要温馨而精致。我要陪着爸爸妈妈一同享受生活的天伦之乐，陪他们一起采撷清晨的露珠，感受夕阳西下的美丽黄昏。

尽管我们无力挽留走过的时间，也无力停下生命的步伐，但我们还有爱，那是生命无尽的泉源，每每我们热切地拥抱，试图遗忘留不下的欢乐，然而却遗忘了横梗于我们之间的更真切的伤痛。或许某一天，当我望着两位步履蹒跚的耄耋老人相互搀扶着走向生命尽头的时候，我会微笑，也会流泪，欣慰我曾经给了他们幸福与爱，也缅怀我们一起走过的岁月。

我爱你们，爸爸妈妈，那些爱不曾被明示，却深深地刻在心里……

2005/7/19

发表于《少年作家优秀年度优秀作品选》

云水淡

这是我的第二家乡，有着温润如玉的性情。同里小镇，周庄水乡，如婆婆讲不完的过去，微微泛着淡黄。鸣虫翠鸟，崇山峻岭，恰似一张嫩绿的璇玑，召唤心灵的皈依。

晚笛

清明的雨是潇潇的日暮，寂寥地播洒。雾阶吻过青苔的足跟，湿漉漉地蔓延。山原润泽而秀俊，嵌在黄昏与清晨的边界，没有北方喷薄而出的朝阳，却更类于袅袅炊烟中烘托出的一轮月圆。且驻足聆听，雨水跌落青石掷地有声，音律蜿蜒不齐，宛若浑然天成的骊歌。烟波江上迷离的船只，那是寂寥的矫健，默默承载着江南小镇的世代变迁。

阿婆

阿婆是洞庭的溪流，洞彻了百年历史的厚重抑或荒诞；阿婆是老树上的藤条，攀附着生命的枝干任光阴剥落；阿婆是丝绸上的绣线，时光荏苒中自成一抹色彩。阿婆有讲不完的传说和绣不尽的花色。阿婆是孤寂而安详的，伴着那把摇了半个世纪的老藤椅，在巷口景观涓涓细流与世事沧桑，心中暗自勾画了多少部人生的心海经。阿婆是纯净的，纵然历经了几十年的漂泊，却在人生的末梢变得豁达而无欲无求，抑或人生恰若一个圆，生之初与死之末都是要归于同一个圆点的。

木船

没有渔船的矫健，没有竹筏的清爽，你如低调的夜曲，在弄中河边缓缓前行，不愿打扰一草一木的安眠。我只身坐在你的顶端，耐不住内心的充溢与满足，悠然间幸福的泪水溢入心田，此刻我已化身彩蝶，飞舞云端。纵然风光迤逦不尽，你仍是这般沉稳而内敛，伴着周身被河水琢蚀了轮廓的雕饰，默然来，默然去。你快乐么？抑或静观既是快乐的一种方式？你的深邃与悠远是我无法企及的高度。

江河

是一条条胭脂粉腻的流淌，绵亘在溪水中，江河边，我心里。含蓄而幽静，令人忘却了逝者如斯的痛楚。孤寂地穿梭，而后生命一次次地逆回，尽管潺潺的鸣唱掩盖了你们生活的直白与平淡，然而无尽的轮回中却抹不去你们的落寞。多少离人的相思载入你们的心间，从“潭水深千尺，不及送我情”的离愁至“人道海水深，不及相思半”的眷恋，你们是地域与时空的峦嶂，也似情愁思念的纽带，维系了江南小令的温润柔软。

梦回

喜欢在深夜把江南的俏丽捧在掌心，以她的祥和宁静来沉淀心灵的繁杂无助，然而每每设身处地，却又按捺不住内心的焦急。我也是被地域所同化了的孩子了，有着干净而又复杂的外表，纯真而又困惑的心灵。生命中有些人、有些事都是要敬而远观的，若神明般隐秘，不容亲近的亵渎，第二家乡，心灵最圣洁的高地，且听，且嗅，却不要将她放在手心上。

2006/8/21

发表于《45度缅想》

每逢佳节倍思亲

中国的九月是个团圆月，因为这个月份恰好囊括了两个团圆的节日，教师节和中秋节。教师节是与老师团聚，中秋节是与家人团圆。而依我看来，它们本就归属于同一纪念性质——家人，很多时候也是我们的老师，而老师，即为我们的家人。

寒窗十余载，我接触过的老师也已上百，有些人早已忘记，而有些人却会铭刻在我心中，终生不移。有这样一位老师就是使我终生不忘的人，她也始终占据了我整个关于团圆这个字眼所派生出的思绪的主旋律。她姓史，是个年逾六旬，慈眉目善的数学教师。那时我正值小学升初中的关键时刻，作为一个在众多老师眼中都是极其聪慧而又格外顽劣的学生，我仍对学习不感兴趣，凭着过人的聪明勉强处在上等的学习水平。基于对于我有很大的提高空间的考虑，学校的班主任老师为我介绍了她的朋友，也就是当时已经退休的史老师为我辅导数学，作最后冲刺。

初见史老师的时候只觉她体形富态，和蔼可亲，并且笑容可掬，这种形象似乎更契合于“奶奶”这个角色。她爱养猫，家中窄小的空间里居然栖居了二十余只大大小小的猫儿，而大部分都是无家可归的流浪猫。直到今天我仍然可以记得那几只尤为艳丽的大花猫，懒洋洋地趴在老屋陈旧的木地板上，享受着小窗中透出的午后的一点点阳光时的惬意。

史老师对于这些猫咪总是特别宠爱，每每看见它们调皮地伸伸爪子搔搔毛时，都会情不自禁地眯着眼睛陶醉地笑起来。有时大猫生了小猫，她就在床下的一小片空地里用棉絮纸箱搭了窝供母子们居住，也会小心翼翼地悄悄为我打开小门，给我介绍新生的小家伙们。有时我想，养这么多猫咪对于这个并不富裕的家庭来说无疑是一个负担了，而史老师却毫无怨言，尽心饲养着这些不速之客，付诸了很多爱心。

当然，史老师除了养猫一绝外，教学水平也可称奇的了。她是一个极其有耐心并且富有经验的数学老师，六年级最后一段时间的冗繁的数学题目在她三言两语的评点与看似简单的思路分析下很快便可得到解决，这也使得贪玩的我在成就感的鼓舞之下很快就爱上了学习，爱上了繁杂的课业，成绩不消多讲，自然是飞速上升，连当时在学校的授课教师都唏嘘不已。我在众多题海中徜徉自如，每天把所有的精力都投放在了做题之中。史老师发现以后，马上与我沟通，要我多加休息，不要太过投入。同时也与我的母亲联系，让她监督我去做学习以外的事情。

这种情形是我始料未及的，自然也就慢慢地怠慢了学业。可是好景不长，没多久，史老师便在我的练习中发现了浮躁的情绪。我始终记得那个酷热的下午，我在史老师家狭小而整洁的小屋中做着模拟练习卷，一份卷子很快就完成了，然而以往经常满分的我那次却因为粗心而犯下了很多小错误。我本以为极度温和的史老师教育我几句也就罢了，然而她却发了火。那是我第一次看到她生气的样子，颦蹙的眉宇间写满了对我的充满爱意的怒火。她先是十分生气，言语尖利，而后又慢慢地平静了下来，温和地为我讲述了很多道理。那是我今生受到的最美好的一次批评，不知为什么，当听到史老师气愤的言语时，我却感到尤为释怀，或许是这位老人对于我的爱护与帮助实在太过深厚，让我的感激已达到了愧疚么？那以后，我真正地调整好了自己的心态，学会了“松弛有度”，毕业考试中也无疑拿了好成绩。

然而恰好那年小学升初中改成了“就近派位”制度，如若想进入好的学校则需自己联系。我由于社会工作成绩突出，在区里也是较为炙手可热的学生了，所中意报考的学校自是很多。史老师在这一方面给了我甚多帮助与意见，也搜集了很多信息，甚至因为怕我赶不及学校报名而决定代我排队索取信息。

有时候这些事情或许在没有经历的人的眼中是微不足道的，然而对于这样一个萍水相逢的孩子，一个已经退休，本应在家安度晚年的老教师却如此尽心尽力。她不仅仅在学习、生活当中给了我极大的帮助，同时，也在我的心灵中培育了爱的种苗，这就是一个凡人的伟大。而她，却只能终生冠以小学教师的名衔，尽管栽培了万千有用之才，却只能清贫地生活在那栋简陋的小楼中，住着几十平米的小房子，负担着更多的流浪猫儿的生活。

毕业那么多年了，只在刚升入中学那年看望过史老师，现在我已长大，不知史老师是否还住在那所简朴的小屋之中呢？还有那几十只猫儿，是否还会时不时地在老师怀中撒娇？也不知史老师是否会时时想起我，因我多年不曾看望而有小小的失落呢？每次想到这些，心中都不免愧疚，然而确凿是太过忙碌了，没有时间看望她，也不知她的身体是否康健。那么也只有在这个中秋与教师节共同来临的时候虔诚地为她祈福了，祝福好人一生平安。

或许真的应了那句古话，“每逢佳节倍思亲”。

2005/9/10

发表于《新京报》

不朽的历史永恒

穿越历史的长河，是中华五千年浩渺的深邃之韵于山海之巅闪烁；谱一曲大匠不斫的磅礴，以抑扬的笔触勾勒中华圣经典籍，仁义礼信的永恒图腾。齐鲁遗风，以其不朽的卓著，深铭我们热切的血液与灵魂。

一部深长的《诗经》以“风”、“雅”、“颂”为基底，阐释了生活的曲折，以平凡的笔触，抒发内心最淳挚的情愫。那是古人简易的笔端下对于身心理智的刻画与琢磨，是引流曲水，将礼信智勇的美德灌于我们的血脉之端。

那是一位五千年长河中功勋卓著的勇士，尽管不曾砥兵砺伍，枕戈汗马，却以他不朽的思想之剑永存世世的灵魂——孔子，一位圣贤凭着对精神世界的最高感悟，引领我们走出你抢我夺的原始野性，将“人”的暗义注入我们的躯体，我们的骨髓，铸成我们的墓志铭。

列国之游，沿途的履历造就了多少经典的篇章，又有多少佳话应运而生？以“仁”的视角去宽容万物的悖逆；以“义”的精神去结识金兰交好；以“理”的风范去洞悉世事的无常；以“信”的品德去善待每一份信赖——那是我们的至圣先师遗留下的最珍贵的精神财富。

逝者如斯夫，一部史家之绝唱，无韵之《离骚》定格了多少青痕驳杂的岁月我们不能忘，于逆流中傲然挺进，一个古人给了我们对于生命潜在力量的启示。活着，刚直不阿地活着！纵使这广袤的大地有千排万斥，因为信仰，没有什么是挥之不去的。

迎面而来的，是唐宋的多娇。也许易安居士宛然长叹时它恰好吹动一片斑驳的秋叶，而那沧桑的表面恰似她沧桑的容颜。它抑或是无意中卷进了陆游与唐琬的相思，触手处便引发为风帆，吹动满墙春色，一堤杨柳，暗恨了欢庆与悲苦，深谙了许多无奈的心绪。相传它总是在日暮徐起，撩拨起游子的乡愁客心，让他们望明月俯澜江，吟诵出许多“烟波江上使人愁”的辞句。

它抑或如甘甜的清泉，在老杜的粗瓷旧碗中沏些醇厚的山茶。磊落而坦荡的一生，杜甫有“会当临绝顶，一览众山小”的豪情；有“明日隔山岳，世事两茫茫”的负气；有“但见新人笑，哪闻旧人哭”的忧伤。他愤愤地入世，誓以男儿的热血，挥洒茫茫中华大地，他又郁郁地出世，成为了腐朽之流的孤立者，选择将一切的愤然付诸于笔端，留下了世世无尽的思索。

继而不可遗漏的，是站在圣唐之端的酒仙太白。千红一窟，万艳同悲，旷世之奇才却因耿直的性情，不阿的品性终被世事的无奈所背叛。一杯酒，两行泪，五月不可触，猿声天上哀。

而它也有悲壮与豪迈，如风一般，在雪花如席的塞北，吹折百草，吹送血一样凝重的铁器，吹乱将军的怒发，如吹乱初秋飘零的叶子，在塞冬的深夜吹起一片肃杀，一片荒芜，还有一片恸月的胡笳。

那就是古典经文的精髓，在《诗经》中还入晶薄的词藻里一丝回眸的迷茫，《古诗十九首》中又成了哒哒的马蹄声敲痛温香玉软的江南。北国，它还席卷着狂沙，扬起大漠不羁的豪情，可在浩浩湘水之滨它又如一支鸣笛，轻抚那淡淡胭脂般的波光。

那是悠悠华夏不可泯灭的足迹，在历史的甬道上饱受岁月的淘洗，儒雅清淡抑或多情善感，字字句句，都以一种悠扬的姿态在我们的面前展现。乾坤再转，拂不去圣章精文于我们心中的弥足之位。让我们振奋精神，立起日丰的肩膀，以新生的血液，继续儒史唐宋的经幡起舞，亘古永驻。

2005/4/19

发表于海峡新生网

海蔚蓝

我在蔚蓝的海上找寻着自己的记忆，关于你的、我的还有我们的。这里似乎也曾留下过你的脚印，如若不然，海水又为何如此温暖平静？在仲夏的海滩上，我试图温习你走过的轨迹。携手并行的恋人们，一次又一次地冲击着我的瞳孔，它在一点点地放大，再放大——你离开时，我已经死去。

天空的氤氲隔开浑然的海平面，我的心如潮水般一遍遍翻滚出那些烙在心中的字迹，然后我又开始一次次地死去。狂风在一点一点地侵袭我心灵的高地，湿透的，是我冰冰凉凉的心情。本以为海是可以抚平你带来的那些伤痛的，却发现海的黑暗会压抑出更多伤心。留下的脚印很快就会被细沙填平，可是心中一旦有了空缺，带来的只能是疼。思绪纠缠不清，纷扰着我。我突然读懂了海狰狞的表情。你是飞鸟，而我是小人鱼，我们又怎能在一起？

传说每一颗贝壳都会承载一个故事，关于忧伤的，幸福的。我在沙中翻动，希望能够寻觅到属于我们的贝壳，或许找到了，我们就可以不再难过。

我用指尖一点点记录下曾经，但为何每一次留下的你的名字都会被海浪带走？你是留不住的，对么？就像我们赖以生存的氧气一般，慢慢地抽空我整个躯体。似乎每一次谈及长久的理由都会理屈词穷。

我感觉自己的指尖在流血，一点点地滴落在那个被海水带走了一部分的你的名字上，成了一朵破碎的奇葩。它被慢慢地熔断了枝叶，碎开了。

你的故事中曾经出现过那么多真真假假的恋情，当我思维的触角一点点搜索着你的那些深厚的记忆，整个人便开始抽搐。曾经，现在，又有多少不可告人的秘密？是不是爱并不代表专一？就像我们都同时眷恋着自己的父亲与母亲。或许你真的爱我，但爱的不止我一个。

如果说我放宽了心，更不如说我在逃避，逃避我该去怀疑的东西。但为何我偏偏不曾多情？海应是广博的象征，而我却傻傻地守候着你感情的主干上发出的一根怜爱多于喜爱的分支。你是那么多女孩的上帝，后宫也许深藏着三千佳丽。我呢？不起眼的一笔。

如果大海可以洗去我所有的罪过，那么感情的圣母可不可以不要再如此地惩罚我？为何我要的幸福就在不远处，却怎么也抓不住？

究竟谁能拯救？我们又可不可以不难过？我感觉海在咆哮地掠过，掠过我的腿，我的腹，我的双肩……我在下沉吗？为何有一个浑浊的声音告诉我——我正在走向梦中的乌托邦。

小人鱼还是回到了汪洋的祖护中。日子如水一般在指缝间流过，她偶尔也会抬头仰望那片天空，因为有一只飞鸟曾掠过。

2005/7/3

发表于《夜里醒着的一座小岛》

再追诗韵

写下这一行文字的时候，窗外飘落了酉戌年的第一场雪，瑞雪兆丰年。心情如雾岚跌落，淋漓清冽。雪花以悠扬的姿态飘摇远方，我睹见四散的回忆如夏花般悠然粹落，嵌以乳白色的烙印。此刻，是子美风清月白的蜀郡在我的心中流淌，人生几多沉浮，你任时光的漂洗，命运的折磨却仍守着一份人性的刚直不阿，诗人的生命第一次疏朗得惊艳。或许正如余秋雨先生所说的：人世间总有一些不管时节，不识时务的人，正是他们对于时间的漠视，才留下了时间的一份尊严。

然而老杜，请你告诉我，守护灵魂与背叛宿命孰轻孰重？抑或你亦是纠泥在这样的漩涡之中，倾其终身却未获一解？那么你累么？或许也曾久跪灵隐佛祖之前，面对千年不移的笑嗔，寻求一份心灵的皈依；抑或也曾思付着如陈叔同一般，在人生的巅峰之上纵身一跃，官名利禄，娇妻幼子弃之无睹，去冥求性灵的完好？

是的，你是对的，在那个封建的空气窒息着每个驿动的灵魂，扼杀着每一份灵秀的智慧的年代，你用你犀利的笔端悲痛着世间的疾苦，愤怒着当朝的糜乱。然而你不是孤立无援的。在盛唐千红一窟，万艳同杯的莲花宝鼎之上，屹立着一个朝代的绝才——李白。你是孤傲的，自负的，亦是刚直的，不屈的。人们赞你满腹绝才，绣口一吐就是半个盛唐，然而只有你自己知道，生命的凄凉就是守着一坛清酒，在迷醉中遗忘或是逃避。

你也曾无视高力士的权贵，给予他代你脱靴的尴尬；你亦可藐视天子，违了他唤你来朝的心愿。然而冥冥之中你又奈何生命的悲切，带着那杯凛冽的清酒驾鹤西归。没有人知道，那是一场意外还是你抉择生命的一种方式，只是你走了，盛唐的历史便悠地短了一截——你是人性与人欲交织的一份春愁，悠悠地流淌在中华的大地上，永远泽被后世。

多少个百年纷纷流转，杜牧如新生的一轮朝阳，在那个权倾朝野，凋敝破败的年代，磅礴地一吼：六国闭，四海一，蜀山兀，阿房出。雄浑的声线划破寂静而沉闷的夜空，终是有人敢于指责先辈的奢靡与腐败了，一句“弃之逦迤，亦不甚惜”道出了多少人郁结于心的痛楚。

看那油脂粉腻的渭河，它所承载与印刻于心的，仅是世世代代无尽的愤懑么？

中国的诗史，如一盏幽香的陈酿，少一分刚硬则腻，多一寸活络则油，注一杯愤则香，染一缕悲则醇。沿着时代巨匠的步伐，我眺望山海迤逦之大美，人性之大美。恰如一条古道，他们将它踏平了，于是有了今天的康庄大道。

你且看那一脉历史的智慧，结在我的心原之上，涌动千年。

2006/2/7

发表于海峡新生网

心情咏叹调

这篇文章的灵感由来着实有些蹊跷，只是因为偶然看到一篇关于90后孩子的颓然生活日志后萌生的写作想法，采集了很多朋友们的经历背景，这里就先感谢了。

我一直拒绝青春文学，疼痛落寞又缺乏思想性，然而这里写过，只作副业，娱乐大众，也是缅怀所有逝去的青春，青春的娇艳。

（一）写在秋天

秋意已经渐渐在这个城市彰显开来，一个人坐在落地窗前的秋千椅上，淡淡的寒意包裹着我，在滚边蕾丝的睡裙外加了一件手工绣制的丝绒外套，然后打开电脑，在这个烦扰的地方寻找我孤寂的生活。

亲爱的朋友，你们还好么，又是一个忙碌的时节，每个人都在用不同的角度透析继续的方式，我选择了更深刻的自负和玩世不恭。学会了很多不应该滋生于我的身体之上的东西，比如愤恨的言语，然而唯有那样才可诉诸我的不快乐，是的，不快乐。不知从何时起，我已忘记，微笑的感觉，比快乐深刻些，比痛苦简单些。

形形色色的人与我擦肩而过，我们性格迥异，阅历有别，然而我却迷茫得不知如何定位自己。就在每天放学必经的通往地铁站的那条路上，我一次次颦蹙着眉角，不知应去往何方。我还有什么？比虚伪更恶劣的友谊？还是一份仅仅基于女人身体之上的恶浊的爱情？于是想起了负四，那个正沉溺于童话之中的幸福的小女人。真好……

又起风了，到了不属于我的季节，身体的温度在一点点消散，我是一个冷血动物，身体总是异常冰冷，感情亦是如此——朋友们如是说。我是怎样的？冰封的秋夜，在畏人的外表下，抱着一颗异常脆弱却又异常坚强的心，慢慢凋谢。

17岁的生日即将来临了，17岁，飘着纷纷落雪，我尝试微笑，然而笑得却十分苦涩

——写在秋天

（二）写在仲夏

已经很久没有将自己的心情付诸于文字了，这段时间游历了很多地方，充实地度过了暑假中最后的日子。我始终相信自然才是人类最本真的栖息地，只有在亲近自然的时候我才能真正获得解脱与释放，才能真正看清我窘迫的处境——很简单，很冷清。原来我无休止的纷杂与怒火不过是因为偶然遭遇了感情而生出的。是的，仅仅是感情，而不是爱情。

去了一个美丽的海岛，我们在仲夏之夜的海滩点燃五彩缤纷的烟花，感受海风习习的凉爽，那不禁使我想起了很多曾经遗失了的记忆，在欢闹的人群之中，我却感到莫名的落寞。

乘着海轮，在浩渺的海心钓鱼，神情恍惚的我一无所获，突然感到那么浩荡的世界，我不过是沧海一粟，又会有小小的悲哀在心头弥漫。

还有繁华的城市，匆匆的路人。我和家人在河旁沙滩上的酒吧感受晚风的凉爽，四周高楼林立，硕大的液晶投影在身后的摩天大楼上放映着这个美丽的城市的每一隅的风景。我要了红豆抹茶，是一个菲律宾女佣推荐的，她很瘦小，很清秀，让人不忍去拒绝。沙滩上有幽幽的路灯，各型各色的情侣相拥在一起，轻轻地刺痛了我的心。

突然，很想你……

朋友给我的问候邮件迟迟没有回复，也不想回复……就留一份感动在彼

此的心底吧，算作情感回馈或是一种报答，又何必用过于冗繁的语言去打破那份无言的深情呢？仅仅是在心底，默默怀念。真正的朋友是不需常常联系的，就像三毛与她的书友，她们亲密无间，然而她们却有着某种陌生的感情。我们都需要隐私与空间。就让情感如水中的明月，静观，而不去触碰。

——疲惫的夜，在归家的飞机上

（三）写给我的知己

鹏：

当你看到这封写给你的心情小叙的时候，或许我正在海岛的午后享受醉人阳光，抑或用思绪追随你曾经给予的心灵的慰藉。你的生日到了，我却不能留下来陪你一起见证成长的感动，真的很抱歉。没有我的陪伴，是否也会有一丝寂寞掠上你的心头呢，我微妙的知己，超越世俗与行为桎梏的朋友。

很多次，当我默然神伤的时候，你总是第一个出现，最后一个离开的人。很多难言之隐，我甚至只能将它们诉诸于你，而你呢，只是甘愿永远做默默守护在我身旁的天使，没有怨言。

记得那天，你曾说，现在和我在一起时已经不曾有幻想了……谢谢你，谢谢你将爱深切地隐藏在心底，然后竭力地呵护我。还记得我们去找旋转木马的那个夜么？在拥挤的地铁里，你用身体为我支撑起一片舒坦的安全感，好温暖，有温润的东西汹涌心间，是一份对于哥哥那种角色的依恋吧。

我们牵着彼此的手，我们挂念着对方的生活，但我们却不是恋人。

很多时刻我都无法找出一个恰如其分的形容词来诠释我们的关系，我叫你叔叔，然后你就佯装生气地对我说，叫哥哥！呵呵，哥哥，我们初识时，我都是如此称呼你的呢。

又是一年夏天，我们走过了很多风景。

记得和你在餐厅吃东西，卖花人对你说“给女朋友买枝玫瑰吧”的时候，你那令人忍俊不已的表情，我在一旁笑红了脸。可惜那玫瑰很快就凋谢了……

在地铁站里，因为我的一个玩笑说要小朋友手中的气球，你居然上前问小朋友的妈妈买气球给我。那些小孩子叫你叔叔，看着你无奈的神情，我幸福得像一个孩子。

我是个标准的大路痴，又会经常迷迷糊糊地搞错时间地点，你总是敲着我的脑袋，耐心地同我坐在出租车上绕圈子。我们经常会因为找不到目的地而苦思冥想，捶胸顿足，然而不觉中时间却又如此之快。

还有还有，我用你的汤匙吃沫茶尖上的奶油，你会很乐意；我不喜欢钻出租车，你就先上车；我经常迟到，你从不介意，而且会笑着说“不会等很久啊”；你性格温和，而面对我所遭受的伤害，你又相当猛烈；你告诉我你的QQ密码，然后我用它来给你惹事，你不会常常骂我；你对我总会有求必应，却不肯带我去酒吧喝酒，你不用肉麻的话来劝阻我，只是淡淡地说是因为不想背我回家的缘故；遇到可怕的人，你习惯将我掩在身后，而进出门时，却总推着门让我走在前面……

你说，我们拍的大头贴被你们同学看到后问你要我手机号码的事情使你怒不可遏；还说我是一个总会伤害到爱我的人而冥冥之中又被伤害了的孩子；你又说，一年的时光让我长大了很多。

我亲爱的鹏，我不知道该用何种方式来感激上苍蒂定的我们的际遇，或许这是多少次膜拜芸芸苍生都换不得的恩赐。我只是遗憾，遗憾不能左右自我的情感，如果可以，那么我会选择爱上你，然后一辈子，好好呵护我们的爱情。

如果我爱你可以让你幸福，
我就爱你；
如果我不爱你可以让你幸福，
我就不爱你；
那么我的幸福呢？
我最大的幸福就是看着你幸福……

含着热泪，再次重温了这几行诗句，鹏，谢谢你，我一辈子的朋友，哥哥，知己，亲人。

2005/7/14

发表于《追梦人日记》

MASSACHVSETTS INSTITV

厮守幸福

北京的天气近来有些闷热，让我这个刚刚从异地赶来的北京人着实有些不适，心情也随着气候变得愤懑起来。就在不久前的几个小时，我便与一个朋友起了一些争执。争执是由对于他所做的一些事情的不满而引起的。此人因为厮守着一份无厘头的诺言而拒绝了一些情理应当的事情，令我大惑不满，于是我近乎刻薄地对他说：你应该对你所伤害过的人负责，而不是一些渺无目的的诺言。就此以后，我们的关系又陷入了尴尬的僵局。仔细思忖，相识五年，我们的友谊似乎总是处于一个步入巅峰又凌空坠落的过程，于是断断续续地联系着，遗忘着，最后却又不得不承认他属于我的某种意义上的亲人。纵然此刻他肆意施展少爷脾气，我也毫不吝啬地推己及人，求全责备。对于这份感情可以肆意而为，甚至有些怙恶不悛的意味。然而并不是所有情感的恩赐，心灵的依附都可以这般肆无忌惮的。很多时候，我们只是在某个瞬间的短路便造就了刻骨铭心的遗憾。

我认识这样两个人，同为中国人民大学的教授，同是不惑之年的女性。

前者在学术界也曾名声大噪，出书讲学，奋力入世，然而却在事业的巅峰，纵身一跃，成了心无杂念的僧尼，不再苦于学问与功利的抵牾，去冥求灵性的完好。此刻，她见到自己朝夕相处的家人，却要恭恭敬敬地叫上一声“施主”。就好比在方兴未艾的事业坦途上突然冒出个冲动的魔鬼，于是一切苦心孤诣的成就一夜间成了废纸。当然，我们也不能否认若干年后佛学界也许会飘然而出一位“得道高尼”的可能性。然而我们更无法否认的设想是，此刻的她是否真的得到了心灵的慰藉与满足？还是更加怀念尘世的扰扰，陷入进退维谷的境地了呢？

往往深刻的冥性的思考才可助我们断守真正的幸福。

这第二位教授有着和前者大相径庭的际遇。大概是六七年前的春节，此人全家老少一起开车回乡省亲，途中遭遇不幸，除却这个教授以外，家中父母、丈夫、孩子无一幸免地走上了黄泉不归路。这个教授也遭遇截肢的厄运，然而就是在这样凄惨的万难境地，她竟冷静地承受了下来，并坚持拒绝截肢。若干年后的今天，当家父参加一次学术研讨会时与她相遇，她竟可以自如站立，气色也甚为润泽健康。

亦是一个思想抉择的关卡，当大多数人会在激动的情绪中选择死亡来了结时，她却毅然战胜了精神上无数个冲动的瞬间，勇敢地活了下来。就是这样漠视灾难的行为给人类的精神以一分无以磨灭的尊严。就是一个又一个这样的瞬间，使她与幸福贴得更紧，一场灾难，多个精神的低落促使她断守着自己的幸福。

当然，如此的事例并不仅仅存在于我们触手可及的身边。追溯至荷马的史诗时代，《阿喀琉斯》中，如若古希腊的国君不是一时敌不过色念的侵蚀，抢走了手下最强大的将军阿喀琉斯的爱妻，那么也不会在与特洛伊的战争中如此大伤元气，当然，也是阿喀琉斯在战胜了愤恨的情绪后才挽回了希腊的不利局面。

一个冲动，即可让希腊君王从黄金宝座上坠落而后一败涂地。一分冷静，希腊的神圣就此绵亘不绝。不得不再次重复我们的主题，一个瞬间，决定我们是否可以断守幸福。

当然，这段战争中还有一个插曲是不得不提及的。希腊与特洛伊因一个绝色美女海伦，而恶战了6年，6年之后，满堂高坐的元老们在论及战因时提出，为一个女人而劳民伤财数年之久着实是不值得的，于是他们决定停战，正在决定预备下达时，海伦姑娘娉婷而入，座中元老看得瞠目结舌，于是他们说：“再战6年也值得……”

又是一个瞬间的突发事件，却赔上了以后的数年厮杀。纵然爱美之心人皆有之，然而这样一个女人即使有着怎样无懈可击的美貌，也无法与两国人民的幸福匹敌吧？所以此刻，不得不片面地断言，幸福往往取决于一个个瞬间。

当然，曾经在某个瞬间遗失幸福的朋友也大可不必自怨自艾，我始终相信机遇的瞬间恰《如利·波特》中魁地奇世界杯里的金色飞贼，如若一次无法捉到它，那么万不可垂头丧气，因为就在这个瞬间，它可能恰恰再次经过你的身边。

2006/8/18

发表于《45度缅想》、《少年作家优秀作品集》

不灭的傲骨之香

飘然而至的雨，不经意间润湿了你心绪的温柔，收复了所有喧嚣，教我们入静。闭上眼睛聆听二月里的一份缠绵，恰若踟蹰于深夜，在转瞬间遭遇梨花。

是乡愁，是春怨，是易安居士的小令，把温婉的情仇溅在绿肥红瘦的宋词之上。只是那也急风骤雨，手肘之亲与血脉之源的相继逝世为她的幸福上了枷锁。命运如霜，打在她愈发羸弱的娇肤玉体上。纵然她也曾向隅而泣，孤枕边印着“才下眉梢，却上心头”的苍凉梦呓，却决然地向着宿命抛下蔑视的豪放与霸气。于是有了“生当作人杰，死亦为鬼雄”的千古绝句，有了一种精神万古流芳。诗人的傲骨此刻疏朗得惊艳。

泉过山涧冷自出，风吹松雨暗香来。那些曾让诗人们舞之蹈之的平仄韵句批淋盛唐的光辉，想象的坐标拉出第四纪冰川的光耀，让人分不清谁是歌者谁是歌，谁是舞者谁是舞，谁是诗人谁是诗。在那千红一窟，万艳同悲的莲花宝座上，他的名字不曾被人遗忘，太白啊太白，权势利害在你的眼中俨然不过一些无意的音节么？抑或选择挑战腐浊的官宦权威本就为你的本性所愿？于是你将高傲的下颌扬起，让高力士饱尝为你脱靴的奇耻大辱，历史为那一刻桀骜的感动而热泪盈眶。你高洁的灵魂与精神将永生泽被后世。

泠泠古弦上，清愁总误音。拨断的总是不能胜悲的弦子，哭泣的常为不堪重负的心灵。杜牧，如历史星河中每一个留下足迹的才子，他心忧大千世界，心愁芸芸众生。纵然仅瘦笔一支，却终是笔耕不辍。如果他曾屈服，他曾畏惧，如果他不愿意满腹卓识挑战命运的不济，那么今天的我们还可追随“六国闭，四海一，蜀山兀，阿房出”的大气磅礴？痛惜“弃之逦迤，亦不甚惜”的骄奢淫逸？

是风沙星辰的大漠，是让胡儿眼泪双双落的边塞，是只知戎马倥偬而不解风情的高原，使泊船瓜洲的江南，即一种不灭的光点昂首于命运之巅，权威之上，让人性之大美在岁月的舞台上绽放，在精神的天空中迤逦不尽，绵亘不绝。

2007/2/11

彼岸

终于还是分开了，尽管我们曾经试图用不同的方式来缅怀即逝的岁月。这是一个属于离别的夏天，我们怀揣着深深浅浅的眷恋各自奔向了未知的明天。

“前辈”选择学文，而我却学了理。说好不哭的。我一个人很安静地打点着留在这个承载了一年悲欢的教室中的无数美好回忆，准备离开了。“前辈”不住责骂我“无情”，我知道，她心里难受。还是要走的，每个人都可以在不同的时间与地域爱上不同的人和事，并不是谁离开了谁就无法生活，遗忘也可以让人坚强，我如是地自我安慰。

“前辈”说：“贝贝，再抱一下好么？”我猛然纵情扑入这个可爱女孩的怀中，泪水不由分说地汹涌而出，哽咽得我已无力将自己的万般不舍诉诸于语言了。我们相濡以沫的生活步履轻盈地走了，或许未来的某天，当我回望曾经的纯真年华时，这道伤痕会异样地刻骨铭心，抑或早已沉入茫茫心海。生活，还是要继续的，我们无法主宰未来的命运，或许此刻我们还相拥哭泣，时光匆匆，某刻后却变得相敬如宾。

小弟发信息问我，你还好么？我说我好害怕，在这样一个陌生的班级，会有莫名的落寞。“上帝在你身边，”他说，“祝福我们。”

感觉有温热的东西彷徨地下落，原来我是如此的脆弱而不堪一击，如诗人的那句箴言："生命的本质就是孤独？"

岩岩承诺会常常来看望我，我透过氤氲的目光勾勒着她秀丽轻巧的小小身影，那样小巧而轻柔，像一只春天里的小飞燕。是善良如水的女孩啊，让人不忍施任何世尘于她。她的乖巧与可心常常令我对她多了些许怜悯与喜爱。她也是我难以割舍的密友，陪我走过了很多快乐忧伤。然而在我们班这个贴心的小圈子里，我又能割舍得下谁呢？

是成长令我变得善感了，还是因为那颗善感的心令我长大了？

透透什么都没说，只是不住地看我，目光局促难舍。透，你知道么？你是我所见过的最美丽的孩子，尽管你的外貌并不出众。

我永远无法释怀的是朋友们真挚的笑容。对于体弱多病的我的照顾已不消多说，最刻骨难忘的是你们陪我度过的16岁生日，从未有过这样一个生日，那么多的朋友都在真诚地祝福着我，生命之泉悠然间无比闪亮。我真的，很爱你们。

缘着某种对于生活的孜孜不倦，我试图找寻一片疆域，不必辽阔，亦不必富饶，只求我们可以相濡生活，共同守望祝福。我们可以如此地亲近，如彼岸的花朵在微风中绽放着美丽的梦幻，而那之间是我们共同流下的汩汩的泪水，透明而汹涌，将我们与那些馨香的故事分开。

我们热切地拥抱着，以为这样就可以将那些离别的痛楚遗忘，然而在我们之间却横亘着一道更残忍的伤痛。回忆如贝壳，斑驳地覆于浮尘之下，当微风拂去沙土，它们便会悄然露出齿边，或完整，或残缺，都能轻轻割痛我们的心。青春的故事或许本该就充满了淡淡的栀子花香，我向着风的方向守望。

彼岸，在彼岸……

2005/7/14

发表于《中学生时代》

咖啡研究

我并不多么爱好品尝咖啡，毕竟是中国人的唇舌与口味，不与时代而变迁。但我却对其有着深深浅浅的些许研究。然而研究咖啡却不仅仅是对口味的斟酌，而在于诠释历史与文化，剖析深棕色的丝绸岩浆里的韵道。

知名咖啡之榜首，当属蓝山黑咖啡，其做法简便——只需要用咖啡机煮沸咖啡豆。勿只看其简，这简单中也融会了很多学问——首先是咖啡豆的选用——煮蓝山咖啡一般可以选用两种咖啡豆，若用阿拉比卡咖啡豆，煮出的咖啡便为深褐色略带淡红且泡沫丰富；而选用罗布斯塔咖啡豆，煮出的咖啡则呈深棕色略带灰色条纹，泡沫也较为稀少。而在品味蓝山咖啡的过程中也有很多学问，此咖啡有别于其他咖啡——所谓品尝一杯蓝山黑咖啡应是在冲泡的过程中便开始了。因为在冲泡此咖啡时，就会散发出一股浓郁的芳香。而一杯简单的蓝山黑咖啡中也融入了四种口味——香、甘、淳、苦，因此品咖啡必须小口慢慢啜饮，才能感悟出其中的美妙及苦后的回甘。

而对于不太喜欢过纯的咖啡的人来说，CAPPUCCINO和拿铁咖啡应算得上是至上之选。因为它们都配有浓郁的奶油。CAPPUCCINO咖啡是在纯正的咖啡中溶入柳橙和奶油，因此味道不会过苦，且浪漫，因此此咖啡在女性中较为盛行。而拿铁咖啡则单纯地溶入了大量的奶油，因此更被初尝咖啡的人所接受。但对于大多数咖啡爱好者来说是不敢恭维的。

偶尔疲劳的时候，我会饮上一杯重度烘焙的碳烧咖啡，咖啡虽焦苦，却不带酸味，细品之下，那浓郁的咖啡香会在唇齿之间蔓延很久，缠缠绵绵而又轰轰烈烈，那种强烈的感觉就像火焰一样激情地燃烧，毫不拘束。

对碳烧咖啡而言，摩卡咖啡则偏重酸的味调，但风味独特。且此咖啡的颜色鲜艳又不乏深沉，望上去便心生喜欢。而冰冻后的摩卡咖啡则可以让你的胃感受到加倍的宠爱。

前些日子有本很畅销的小说叫做《爱尔兰咖啡》，此咖啡着实是有些历史的咖啡上品。煮爱尔兰咖啡是一个复杂而具有一定危险性的过程，因此更多咖啡屋老板喜欢只需要咖啡机和咖啡豆的咖啡。

爱尔兰咖啡的咖啡杯类似于高脚杯，但杯腿短且身材丰韵。杯肚的上方有两条金色线，并非装饰，而是另有蹊跷。

爱尔兰咖啡的选材中并没有规定特定的咖啡豆，因此选用蓝山或曼特宁都是可以的。但更多人偏爱曼特宁，并且要浓郁。在煮曼特宁咖啡的同时，将威士忌倒入爱尔兰咖啡杯中，倒至靠近杯底的那条金线即可。这便是上面所讲的金线之用。煮爱尔兰咖啡所选用的威士忌必须是爱尔兰威士忌，并不完全为迎合咖啡的名字，更重要的是，大多威士忌都是以大麦为原料，经过蒸馏两次而成。蒸馏过程中，为使麦芽干燥，会用泥煤去熏，因此酒中常有一股烟熏味，而这种烟熏味跟咖啡混合时，便会抢了咖啡的芳香。但爱尔兰威士忌就不同了，它只具有浓烈的大麦香，却没有烟熏味，酒味虽较淡，酒香却更醇厚。与咖啡结合时，香味就越加吸引人。因此选用爱尔兰威士忌，也以此命了名。这时将爱尔兰咖啡杯放到一个酒精架上，呈45度角且杯肚正对酒精口。加两匙糖在威士忌里面，点燃酒精，以文火慢慢加热，一边加热还要一边旋转，使酒杯受热均匀，并将糖溶于威士忌。在威士忌即将燃烧时，必须及时拿开酒杯，以免爆炸，再将刚刚煮好的曼特宁咖啡倒入至上面的第二条金线，然后将冰冻的奶油打到发泡，加至杯子的边缘，至此，一杯爱尔兰咖啡才算出炉。

因为穿过冰冷的鲜奶油，所以咖啡便不再烫嘴，但切记这种咖啡是万不可以搅拌的，因为搅拌会破坏咖啡上的奶油。咖啡中的酒精的作用使咖啡下肚后，一股温热的感觉即会蔓延周身。咖啡本身的醇香勾兑酒气，酝酿出独特的味道。

一般的咖啡勾兑美酒后，仍可从中轻易分出这二者，但爱尔兰咖啡巧妙地融合了这两种味道，使你无法分辨出究竟是咖啡中有酒，还是酒中有咖啡。

人说咖啡苦涩，苦涩中却润着回甘，溶着人类对于美好生活的追随与渴望。我们也多少地生活在浑浊的咖啡间，苦尽甘来，尽享生活的责备与奖赏，幸运的是，无论是怎样愉悦或是痛苦的经历，我们终究是未被生活所遗忘的。东方有位哲人曾这样说过，“人生就像一面镜子，你对着它笑，它就对着你笑；你对它哭，它就对着你哭。”

看看镜中笑脸，我们是多美啊！

2001/8/12

雕琢

一直想为自己写些什么东西，在这么明媚的早春，心里很空洞，又容不下别的什么。那些“歇斯底里”或是“奋不顾身”都已成既往，匆匆远去。我仍在努力，却又漫无目的。本以为付出了就可以有收获，才知道都是入不敷出的东西。想，为何我的泪水未曾风干?因为我从未痛哭疾泣——泪水在心里。

我在攀爬天梯时跌得遍体鳞伤，过路人却说我要学会坚强。他们只是过路人啊!怎能设身处地地洞悉我的悲伤?禅师说：“孩子啊!你的人生之路还很漫长!”他是对我讲话吗?“孩子”?多么悠远而又纯净的字眼!似乎在梦境或者传说中感受过它的光度。而梦醒了，我们就该回到现实的禁锢里。那星星点点的悸动又被冷却成了冰河时期的冷梦。

曾期待也曾守望，总是告诉自己不要把逝去的东西放在心上。而我却从未真正洒脱过。生活中的许多负累都是我们不想又不得不去面对的。藏在记忆中的那些画面，像是被埋在沙中的贝壳，当岁月带走浮尘沙土，它又悄然露出齿边，或完整，或残缺，都能轻易硌痛你的心。

而我们仅仅是一只飞鸟，在天空中悄然掠过了，什么都不带走，什么也都留不下。

我静静地观察沙发上沉睡的外婆，那张美丽的脸已被岁月雕刻得有些浑浊，生活攀附在上面的痕迹也愈加细密。生命，弧线般轻轻划过夜空就再也无法颠覆了；璀璨一次过后便永远暗淡下去。人说成长的坎坷是不能磨平那些执著心灵的棱角的，那么在外婆的内心深处是否还有悸动，还有对生活的无限憧憬?是不是时间只能熄灭心灵之火，却无法抚平那些伤痛?还有那么多无法释怀的烦嚣。

我轻抚着眼前的十字架，渴望仁慈的主可以把我带到小王子的梦境中。我要勾着他的手，踏过一片片油绿的麦田，来到无限的森林中。我们安静地观察着小生灵的繁衍生息，体察着它们的喜怒哀乐。是清晨的一阵鸟鸣，是虫儿们静吮着纯清的露珠，是蝉儿蜕去稚拙的甲衣……当这些最真挚的画面轻轻叩响灵魂深处的感激的那一刻，我的眼中噙满泪水。

他吻了我的面颊，告诉我岁月是璧，需要人的雕琢才会绽放光彩。当我们还为痛苦、忧伤、悲苦，这样的主观情绪黯然垂泪时，岁月已悄然流逝，慢慢殆尽。

外婆还在沙发上沉睡着。我在她的脸上找到了一丝不易察觉的笑容，轻轻牵动着岁月的沟壑，是那么安详与从容。她琢了一辈子岁月，经历了各种痛苦、疾病、欢乐与忧伤，到头来才发现，匆匆，太匆匆。

琢过的岁月，无论是贫穷、富裕、高尚还是卑贱，它都是美的。即使那只是如流星般划过即逝的感动，但有了这样的美丽际遇，也是真实无悔的存在过了！

2004/9/23

发表于《中国少年作家优秀作品选》、少年作家网

灵魂的事

暮春的夜莺在爱情的枝丫上吟唱着不倦的恋歌，绿树和皎月分享着美丽的时刻，自由地唱吧！春光明媚，万物复苏，一切都刚刚开始……

这样一个深刻的题目源于我所敬重的中国作家史铁生先生的散文集《灵魂的事》，恰是在我开始习惯于夜阑人静的时刻做一些文字工作的时候，那本书曾陪伴我度过了很多心灵无所寄托的子夜。两年后再次捡起，适逢一个朋友的亲人的溘然长逝——是他的外公，没有留下最后的嘱托就谢了生命的大幕。

于是又联想起史铁生先生曾说的,老人们活得已经不那么在意死了。所以他常常觉得死神就坐在墙角，随时都会站起来对他说：“嗨，我们走吧！”纵然任何一个时刻都会觉得仓促，但他仍会毫不犹豫地尾随着生命的另一个起始。

即使我们的躯体与灵魂能存在很久，也终有消失殆尽的一天。

朋友问我这个世界上是否真的有灵魂。我个人认为是有的，这样的观点并不与无神论所悖逆。灵魂是一种可以在人的精神世界里永生的意念，它不同于那些触痛人的恐惧与胆怯的鬼魂，反之，它是一种可以给予存在的人们精神支持的形式，简言之，灵魂，是爱与怀念的永存。

对于朋友外公的过世，我似乎更有资格做一个劝慰者。因为我的外公，那个最疼爱我的外公，早在十年前就离开了我，没有最后的嘱托，甚至连最后一面也没有见到。

那个时候年纪还小，不明白死亡是怎样的概念，只知道我和外公长期生活在不同的城市里，不常常见面，而这一次，也许会很久很久都见不到了。后来慢慢长大，很多次在抉择生命的时刻会感觉到那个慈爱的老人，感觉他正握着我的手，护佑我勇敢地走下去。

然而真正开始明白失去的疼痛时，还是因听了外公那段令人心酸而肃然起敬的往事。外公的肺是在年轻时为了抢救国家的一批被瓢泼大雨冲刷的水泥而被砸坏的，他一个人，在大雨倾盆的深夜艰难地拉着一车沉重的水泥，途中被滑倒，摔在泥泞的小路上，一整车的水泥砸在他的身上，他当场吐血，自此，外公永远地失去了半片肺。

还有很多个感人的瞬间，我却踟蹰着不能将它们记录下来，因为那些记忆似乎演变为一种尖刺的东西，每每回忆起来，就会在我的心里划出一道血痕。是的，因为那些爱的债务本不该由我的外公来偿还，因为对于这位经历了太多波折的老人，所有他爱着的孩子，都与他毫无血缘关系！

我在十七岁的夏末听到这个讯息，不知不觉，眼泪已经决堤，那一次我哭得很安静，微笑得很淡然。真的，我那时深刻地感觉到上苍对我的不薄。因为这位和我毫无血缘的老人给予我的爱，像一件密密织织的外套，也许我常常忽略它，然而当遭遇伤害的时候，它却将我裹得紧紧的，紧紧的。

这个世界是有灵魂的，因为它们要留最后的怀念在爱它们的人的心中，然后以一种无声的方式护佑着存在的人们，所以要对所有失去亲人的朋友们说，我们要快乐，因为我们的快乐是对冥界守护我们的灵魂的最大的慰藉。

以另一种心情体味死亡，它其实是上苍赐予的，凝结了超脱的快逸的恩赐。是死亡，让回忆继续，让爱永恒。

2006/7/30

发表于《45度缅想》

停泊

一江怅然的秋水，漫天带霜的星子，声声宛润的小笛，翩翩缠绵的薄雾。你满怀壮志，一别山野十余年；你深涉官场，沉沉浮浮，却无言；你明珠暗投，悔恨青春终白费；你披蓑戴笠，隐退幽幽见南山。

你是否，是否也曾年少轻狂，试图以傲然的才学与不羁的气节去开拓一片明朗的天地，是否也会在夜阑人静时分，畅想人生的勃勃雄姿，是否也曾洋溢热血的豪情在年轻稚气的面庞。你选择了出世，义无反顾地踏上那座摇摇欲坠的独木之桥。或许年轻的旅程本就是基于磨难之上的，尽管你曾坚信生活的坎坷磨不平那些执著心灵的棱角，然而当磨难一次次肆无忌惮地侵袭时，年轻的心灵终是夭折在了壮途。你退却了，如晨曦中的浪潮，汹涌而来，又黯然而去，没有带来什么，亦没有带走什么。

你恨么？是的，你也恨啊！枉费了生命中最珍贵的岁月去履历一段风烛枯槁的风景。于是有了“富贵非吾愿，帝相不可期”这样自负的诗句，我说你虚伪，同时也深刻地同情着你的处境。那就是宿命，缔造了一个人的本性，同时也为它所缔造，冥冥中注定了某种凄迷的色彩在这个时代浪潮中逆流而行的桀骜不驯的灵魂之上。

如果青春是一曲写满仓促与悔恨的骊歌，那么你或许已经汲取了风雨后的智慧，选择了恰如其分的留驻。如果生活不能为生命所改变，那么就去学习改变自我。追求的颠覆与转折使你疼痛么？然而或许你深知，按图索骥地继续不过是对于命运更深刻的透支，透支那零星清癯消瘦的温存。一切都结束了，你是一个文人，骨子里有着那份沽名钓誉的情节与对于自然无限的眷恋。尽管你也企图与鸟虫山水别离，去寻一份尘世的喧嚣，可是此刻，你就是你，陶渊明，诗中的侧影，画中的风景。

息交游闲夜，卧起弄书琴。此刻的你，已将这份闲情逸志深刻地融入心底，无需负气逃避，只需将这份缘自心底的情愫付诸笔端。在氤氲的山雾中把酒当歌，吟几句人生的离愁别绪，心无杂念地膜拜芸芸万物与造物者无尽的仁慈。春秋多佳日，登高赋新诗，就背起竹篮吧，就把住马鞍吧，在无尽的原野上策马扬鞭，奔向一轮不落的朝阳，朝阳之下是原野的淳朴与亲情，它们活在每一个山冈河畔，那时那刻，鸟鸣，鹰扬，梦里花落。

此际，你在马上，勒马后顾，三十功名和八千里路的日月风尘，远去了，远去了，只剩下，一段唯美的停泊。

2005/9/24

发表于《45度缅想》

病后呓语

蜷缩一隅，
仰视明净的几扇大窗，
映着前朝旧事。
回忆如浮萍，
温柔地陷我进去。

人在什么时候最寂寞？
什么时候可以脆弱地摒弃信仰？
是病痛的时候啊，
执著的堡垒崩摧，
坚强的攀爬坠毁，
我望着窗，
竟虚弱地，
没了语言与思想。

人什么时候最落寞？
什么时候透彻生命就是一场孤独的流浪？

是病痛的时候啊，

风光不再，

身边的人也寒暄着走开，

我们都封闭在各自的世界里，

呼吸着隔阂的空气，

我望着窗，

懦弱地成了病痛的奴隶。

人什么时候最渴望感情？

什么时候恍悟那句“终只有一人陪你到尽头”，

是病痛的时候啊，

没有喧嚣的谋杀，

没有判决的凌迟，

纵是再坚强的人，

也猛然地失了方寸。

奈何终究是女子，

不得不低头，

骄傲与尊严散落了一地，

混着阳光刺伤眼睛。

我总是快乐的一人，

以为尽可独享这别样的自在，

我却也成了最孤单的人，

任这病痛轻蔑地挑衅我的尊严，

不知该有谁陪伴。

是谁动了我的寂寞？

不是你，不是他，不是任何错过的未至的人，

是我，是我，

以为青春就是绽放就是挥霍，
却，
错误地放弃了不该放弃的，
固执地坚持了不该坚持的，
没有觉察的时刻，
机遇在指缝中流走。

谁触动了我的孤独，
如掉队的孤雁，
忧愁融于眼泪中，
哀叫着落入深潭。

谁触动了我的孤独，
凉风，落叶，落日，
悲秋的原野，
离人的背影。

谁触动了我的孤独，
爱情，亲情，友情，
别离的声箫，故去的呐喊，
一个人的聆听。

谁都可能是，
我手中的一捧细沙，
有的挽不住，
有的，
竟在徘徊的时候，忘记了挽留。

可明天太阳升起的时候，

还是要忘了伤中痛，
自得其乐地流浪，
寻觅，
寻觅那光，
那暖，
那人间的四月天。

2008/1/21

洋装生地
マルナン
調剤薬局
処方せん受付
15% 18%
A館
アコム
3F
8-20
KITCHEN
BAR
クスリ
EZテレビ
ワンセグ

手心的太阳

清明见暖，童心未泯的爸妈在踏青途中，从街边小贩手里买来一双小鸡与一双小鸭子。

四只小绒球被安置在一个水果箱子里，下层铺了报纸和暗花儿的麻布垫子，爸爸又煮了一小碗黄米，滤水后放进塑料小盒里给他们吃。两只馋嘴小鸭一闻到食物的味道就猛地抢先一步，把饭盒团团包围，扁平的喙子从一边呷到另一边，发出拍打水面的“啪啪”声。有意思的是，这两个小东西每吃进一口食物，都要用力地甩甩脑袋，两只小鸡就很无辜地被甩了一身湿漉漉的小米，吓得叽叽直叫。小鸭可不管这些，一门心思地盯住食物，一颗都不可放过，说着就扑到小鸡身上继续吃，毫不客气。坚硬的小喙子在小鸡的羽毛里甩来甩去，惊得小鸡们四处逃窜，它们两个就奋力地追，叽叽呀呀地打成一片。

到了第二天，两只小鸡就禁不住小鸭们的这番折腾，双双死去了。两只胜利占领“全部国土”的小鸭子大有“相濡以沫”之势，常常对贴胸脯卧在小角落里，胸口一起一落，喃喃地发出叽叽叽的声音。爸妈在客厅休憩，正对着水果箱。两只小鸭子推推挤挤地把脑袋从果箱侧面挖空的把手处伸出来，好奇地望着爸妈，黑亮的眼珠子里透着点出神的味道。妈妈佯装生气地轻声斥道："看什么呢！"两个小脑袋"嗖"地一下同时缩了回去，可这一个"同时"不打紧，却生生地把它们死死卡在了把手边上，急得它们叽叽乱叫，甚是滑稽。

日复一日，本以为两只活蹦乱跳的小鸭已基本初离了死亡阴影的笼罩，然而天不遂人愿，在它们来家3周时，一只小鸭很突然地死了，连一点先前的迹象都没有。妈妈把僵挺在纸箱中紧闭双目的那只小鸭处理后，仅存的另一只终日惊恐地高声鸣叫，围着盒子局促不安地走来走去，很是令人心疼。

鸭子虽没有猫狗一类宠物的聪慧，却是很善解人意的一种动物，尤其是对于孤单无依的幼崽而言。同伴死去几天之后，被我们亲切唤作"鸭鸭"的这只小鸭子就理所当然地将爸妈当作了自己的家长。4月中的一个阳光灿烂的周末，爸妈将鸭鸭装在小纸袋里一起外出踏青。到了茂密清脆的草坪上，小心把它放出，第一次如此亲近自然的鸭鸭甚有"初生牛犊不怕虎"的气势，兴奋地在草丛中窜来窜去，不时啄起一些沙石或是草根。玩累了，就在妈妈脚边找一块温暖的地方卧下，用喙子梳理胸脯和后背上的绒毛，并不时歪过头来找找爸妈，确认他们就在身边了，才可继续惬意地享受阳光浴。

令人惊喜的是，但凡妈妈一走动，鸭鸭就会警觉地站起来，急促地高声鸣叫，于是妈妈就试着唤它，唤上一会儿，待它辨清了方向，便会急切地追上去，两只手指盖大小的翅膀用力支着，尾部短短的一簇羽毛翘成45度角，细而短的橙色小腿飞快地急促交错，连成了橘色的扇形，像是在跑道上滑行的小飞机。那场景若是定成画面，绝不会输于动漫形象的生动滑稽。

不知是因为翅膀太小难以控制平衡，抑或是火柴棒似的小腿支撑圆滚滚的身体太过费力，鸭鸭这么一加速跑，整个小身体都在不停地扭动，有时左倾右斜，又有时前仰后合，颤颤巍巍的好像随时都要摔倒。跑得太急了，鸭蹼倒腾不过来，左脚踩了右脚，就会一头栽倒在地上，攒成小绒球滚上几步，再爬起继续追，全然不在乎摔了一身的灰土。可常常是忙着追赶了，却没有观测好目标方位，跑了一半就停了下来，不安地鸣叫着在原地打转转，一会儿又向相反方向跑去。这时又需要妈妈耐心地唤上一阵，直到它再次找到方向。于是总能看到它急匆匆地跑一段，糊涂一会儿，转个大圈，然后才能再"步入正途"。最初鸭鸭似乎只听妈妈的指令，绝不离开她的身边，却也不紧贴着，只在周围徘徊，若是伸手抓它，还会迅速躲避，大致是还不够熟悉的原因吧。

前些日子回家，终于亲眼见到了这个已经成为我们必聊话题的小鸭子，在半掩着的纸箱中，脑袋一伸一伸，眸子里尽是疑惑与好奇。然而我却有一丝失望，这小家伙已经初有了成长的迹象，比起我脑海里绘制了多日的幼嫩的形象，身形是略微长了一些，且还不曾敢放它下水洗浴过，黑灰相间的绒毛显得有些杂乱。

但这种浅浅地失落很快就被它的憨态可掬所化解了，这种感觉好似妈妈第一次在几尽售空了的纸箱中看到这个眼神里泛着无辜的小家伙的时候一样，胸中悠然泛起难以抗拒的恻隐之情。正如后来围观鸭鸭的路人们所说的，这就是缘分，命中注定的。

在我回家后的几日，鸭鸭从一开始还不太能辨清家人，只敢在妈妈四周活动，逐渐变得无需呼唤就会紧紧跟在我们一家三口身后(当然还是跟喂养它最多的妈妈亲近很多)，再以后，每每妈妈蹲坐下来，它便也在妈妈脚边卧下，一会儿看看妈妈，一会儿梳理下羽毛，有时妈妈向它伸一伸手，它便会把橙黄的喙子放在妈妈手心，以示信任。若是爸爸也在旁边，它还会站到爸爸的皮鞋上，啄一啄它的裤脚，再望一望他，像是任性的小女儿对父亲肆无忌惮地撒娇。这个时候爸妈总会发出感叹：再小的小生命，总是有它的灵性的。

当然，草地里耍嬉过后，鸭鸭还是要回到家里那一方小小的纸箱之中的，这是它最不情愿的事情，所以一旦被放回去，就要大声鸣叫抗议上一阵子，待到发觉没有人回应时，就只得自娱自乐了，可再次听见外面有我们的脚步声或是开门声，便又会高叫着迎接。

与家人越是亲密，鸭鸭就越是依赖。这以后，即便是我们就在它的旁边，但只要纸箱遮住了它的视线，它便会极度不安起来。一日，我将脸贴近箱口看它，它徘徊犹豫了一阵，然后在正对我的位置蹲下，紧闭喙子，表情像是憋足了劲，接着它把头扬成竖直，猛地一跳，小翅膀飞速地煽动着，喙子眼看就撞到了我的鼻尖。那是它第一次出现“越狱”行为，且随着时间推移，这种趋势在不断地发展恶化。

很快，这尚不足月的小鸭就成了我们周边的小明星，每次外出散步，它歪歪扭扭地急切追随主人的样子总会引起人们好奇与怜爱的目光，而我更是对它疼爱备至，心尖肉似的，不容得外界一丝丝伤害。在离开家的前两天，突然发现鸭鸭有了打喷嚏的症状，粪便的颜色也甚为奇怪，我的心一下子悬了起来，急忙在网上搜索开来。太过庞杂的信息往往会扩大事情的严重性，一个个不好的名词映入我的眼中，恐惧感一下子笼上心头，一则因妈妈体质弱，恐被传染；二则也实在不忍鸭鸭被送走，矛盾的心情迫使我整整一夜不曾闭眼，翻来覆去地思索。

或是心诚则灵的道理，在我离开家后的一段日子里，鸭鸭并没有什么反常的症状。听妈妈说它会把米粒大小的阿司匹林药片当作是美味的米饭粒，一口吞进肚子里，可等上一阵子苦味在嘴里散开了，脸上立刻出现了不悦，奋力地摇着头或是用鸭蹼挠喙子，着实令人忍俊不禁。

现在的鸭鸭已经足以跳出纸箱了，跳出来就一摇一摆地去找妈妈，找到厨房门口，看见忙碌着的妈妈，在门口歪着脑袋试探性地叫叫，待妈妈看见后唤它进来，就兴冲冲地奔过去，即便是一次次因此而挨骂，也难敌心中那份对爸妈的依赖。

鸭鸭的出现，像是我平淡生活里的一份小小的礼物，却散发着大大的光芒，在每个琐碎而充满困惑的白日终结之时，即便是再没落疲惫，只要听听电话里爸妈讲述小鸭子的洋溢着快乐的声音，所有的烦恼都会烟消云散。

其实每个人都曾做过属于自己的英雄梦，从最初拯救世界的斗士到一统江湖的剑客，然而当阅历与心智随着时间一点点积淀起来，澎湃又有些不切实际的梦想也随之耗损成了惹人发笑的童年轶事。一度以为成长就是一把打磨人们激情与梦想的钢锉，可当看着鸭鸭毛茸茸的脑袋侧倚着我的手心，睡得那么甜美的时候，我突然明白，不是那份渴望照亮世界的激情退却了，而是我们都学会了自我定位——纵然我不是太阳，不能播撒万丈光芒，但即便是做一颗不起眼的小星星，只要能够给我爱的人温暖与明亮，依然是永载历史的英雄！

2009/5/8

定位

喜欢迎着夕阳眺望，默默注视着余晖渐渐撤去它的韵脚，深蓝色的华盖将形形色色的人们淹没在每一个平实的傍晚。我站在生命的一隅，用不同的视觉去定位，定位每一段奇幻的旅程。在北国寒冷的纬度里，斗艳一季的花草渐渐退去初春的锐利，鸟虫蛰伏，山水静谧。在这个蔓延着枯萎的季节里，我尝试微笑，面对凋零的生命微笑，面对呼啸的寒风微笑。或许万物因为有了生死的轮回才显得熠熠，或许生命只有得到某种契合才可以实现它的价值。那么我又是谁？我又将如何定位自己悠长而短暂的人生？

我将自己定位于安静，如鸢尾，虽然没有葵花那样橙黄鲜艳的色泽，却有更为狂野的个性与张扬的生命。在沉默的冰冷中绽放着斑斓的青春。遥望天边的时候，我的心灵空灵而轻盈，静谧隐没的日落感动着蛰伏的翅膀。闭上眼睛侧耳聆听心底的声音，有飞翔的鸟儿拍打着羽翼，好像宿命一般定格着灵魂的姿态。生命如雨后的小巷，有着超脱的释然与祥和。

我将自己定位于乖巧，喜欢把自己叫做孩子，以此留住一些善良与纯真，是一种发自内心的热爱，它让我期待，让我守望。每当看见蹒跚学步的小宝宝向我伸出莲藕一般没有尘渍的双臂，每当看到一朵不知名的花儿悄然绽放，每当那些生命里最真挚的画面轻轻叩响我的灵魂的时候，感激就在心中扎下了根。人性之美犹如清澈的泉水净洗我的心窍，叫我入静。犹如虔诚的朝圣者找到了梦中的耶路撒冷，那一刻，我的眼中充满泪水。

我将自己定位于懵懂，很多不知流年似水的日子里，在阳光的爱抚下眯起眼睛发呆的动作一度成为习惯，伴我走过了很多单纯的岁月。读席慕容的《无怨的青春》，读到那荡气回肠的诗句："如果你在年轻的时候，爱上某个人，请你一定要，一定要好好对待他……"心情像大海的潮汐般一遍遍冲洗没有刻痕的心房，学会了最初的感动，最初的爱。

在每一个梧桐初引，鸟之回翼的日子里，我将自己定位为年轻。纵然生命还有太多离愁别绪等待在无尽的前方，我却依然选择微笑，依然适时哭泣。

相册中还有未开尽的百合，那淡淡的芬芳却只是记忆中的味道了，不知何时，爱的故事已在讲述，不知何地，我嗅到青春草绿色的气息。突然通晓，原来我的生命定位在青春之美的果实之中，定位在热爱与希望的天空之上，迤逦不尽，延绵不绝。

2005/10/15

发表于《正着成长　倒着回忆》、《少年作家精选集》

给你的诗

我只是想用自己馨韵的笔触，谱一曲悠远的骊歌，将生活的点滴融入我遐想的心扉，当你老去的时候，将它们都还给你。

我静默地注视着你那充溢着满足的面庞，带着淡淡的疲倦。早已习惯这样注视你凝美的侧脸，会有朦胧的光点坠落，融汇成令人心醉的恋歌。

喜欢玩着你纤柔的小手，在我的指间流落一串感激的泪珠。

可你又是谁呢？我该用什么样的字眼去形容？

你是假日里的第一缕阳光，在我的窗上洒下幸福的光度。你在我眯着的眼缝里跳跃，调皮地将我从酣梦中唤醒。

你是枝头的小雀，轻点着树梢鸣唱，洒下一片勃勃的生机。

你是我在父亲名贵花木的瓷盆中偷偷埋下的小种子，说总有一天，你会成为参天的大树。

你是初为人母的女子额上残留的汗珠，闪烁着新生的神圣与感动，缓缓坠落，捡起一朵馨香的百合，诉诸着幸福的过程。

你是汪洋上翱翔的飞鸟，那些大海的孩子仰望着你，你的骄傲而矫健的身躯，承载了多少个美丽的梦，多少个渴望飞翔的心？

你是一颗精致的糖果，增添了更多一分的甜蜜给我单纯的生活。

你是黑夜里的一点光亮，让迷茫不绝的我明确前行的方向，给我信仰一般坚定的决心。

在我恬淡如水的生活里，你是书籍，教我学会感激；你是幸福的启明星，带领我追寻生命的奇迹；你是醇美的酒，弥散着人间的诗意；你是翩然的蝶儿，醉梦般飞过我真挚的心。

你究竟是谁呢？一双明慧的眼睛，似乎在追逐着我幸福的点滴。你就是我的生活啊！储存了太多纯净抑或绚烂的足迹。当你老去的时候，我要将这些青春的悸动全部还给你。

2005/5/25

《中国少年作家》卷首语

昆士兰阳光

我将娜娜的故事记录下来，或许我笔尖冗繁，却愿用一片纯粹的心灵来缅怀我们所不能承受的生命之轻……

——题记

没有灯红酒绿的炫目，
没有风花雪月的烂漫。

（一）

布里斯班是位于澳洲昆士兰省的一座牧业大市，由于保护力度的加强使得这里袋鼠泛滥，殃及麦田，政府不得不下令捕杀。就是这样，娜娜将信将疑地从导购小姐手中接过了34澳元一只的“袋鼠皮”小背袋。

麦琪揉揉她的头发，“善良的傻孩子……”

笑……

她说麦琪我好饿啊。

“那么走吧……”她牵着她的小手，像牵着一个不经世事的孩子。

牧场一侧有一个大木棚，开放式的，为参观者提供新鲜的牧场食品。会有调皮的鸟儿落在食客们的木桌旁，捡拾食物。

"Christina……"麦琪惊讶地尖叫，她顺着她的目光搜寻，在一群嬉笑的男女中找到一张俊朗的亚洲男孩的面庞。

"多么漂亮的黑头发男孩……"她小声嘀咕着，握着新鲜的澄汁凑了过去。

娜娜望着手中鲜亮的基娜苹果，有些无奈……

(二)

"Excuse me?我可以在这里坐下么？"漂亮的黑发男孩被麦琪挽着踱来。

"是的，请便。"娜娜友好地微笑，那笑容不温不火，不卑不亢。

男子与麦琪颇有兴致地谈天说地，时而也会捎带着一旁的娜娜，有些怜悯似的。

"你是中国人？"

"嗯，是的。"

"那么我们就是同胞了！"

"不完全是……我是生长在中国的。"

男子咧开嘴灿烂微笑。

"你是我见过的最可爱的中国女孩！你在布里斯班住么？"

"没，我过几天就要回国了，是特意请假出来做告别旅行的。"

"是这样啊……我家住在这里的，或许，可爱的中国女孩，你应该给我个机会和你一起旅行吗？"

麦琪努努嘴，诡异地一笑，拿出原子笔，在他的手心留下了她们的联系方式。

娜娜顺势轻捶了麦琪，道："你这小色女……"

(三)

翌日清晨，娜娜在下榻的酒店跑步，恰好撞见在大堂等候的那个"漂亮的黑发男孩"。

"Hi！等人？"

"等你。"他很调皮地一笑，嘴角上扬，不纯粹的棕色眸子闪烁着幻妙的色泽。

“很早嘛……你还没有告诉我该如何称呼。”

“Joe……可以问问你的么？”

“Christina”

“好爽朗的名字……和你一样漂亮！……”

他们又笑，笑着就融化了陌生。

“你有法国人的气质啊！……”

“怎样？今天有什么计划么？”

“黄金海岸。”

“那么你热辣的女伴呢？”

“麦琪么？早晨已经和一个英国男人走了！”

他起身单膝跪下，抓过娜娜的手，说：“美丽的Christian小姐，我可否请你一同去黄金海岸？”

她还有什么理由去拒绝么？！

匆匆吃过布里斯班最新鲜的早点，他们乘早班巴士前往了黄金海岸。

到达时已接近中午，阳光正好。娜娜与Joe牵手躺在温热的沙滩上，眯着眼睛享受夏日里最温暖的阳光。

“我最喜欢昆士兰夏日的阳光。”

“为什么呢？”

“只有昆士兰的夏天才有的……二十六七度，不会热情得刺目，也不会淡然得冷漠……不温不火，像是外婆常常烧给我的小圆子，将温润透亮的圆子含在口中，轻轻一咬，汁水就会顺流而下，充溢整个舌尖，甜而不腻，温而不火。”

他不语，只是眯着眼睛勾起唇角微笑。她在咫尺的距离静静观察着，那是一张苍劲有力的面庞，棱角分明。古铜色健壮的色泽，明丽的笑容，还有阳光在他面庞上茸茸地镀上了一层金色。

那是娜娜生命中最深刻的一张脸……

后来，他带她去了他位于布里斯班大农场附近的家。一栋木色瓷砖砌的三层小楼，环绕在翠色的草坪之中，很别致。Joe说他的父母常年分居，父亲一直在大陆做生意，母亲和他定居澳大利亚。那时娜娜禁不住想，他的母亲一定是一个冷漠而严厉的女人。想着，不禁有些胆怯……Joe似乎有所察觉，他用力牵着娜娜的手，将勇气紧紧握进她的手心里。

开门的是一位端庄的中年妇女，穿着酱紫色灯芯绒暗花长旗袍，身材饱满富态。

“这就是可爱的Christian小姐么？多么美丽的中国女孩啊！”女人张大眼睛，俨然没有饱受空虚侵蚀的痕迹，或者用活泼的少妇来形容会更贴切些。

她为他们冲了冰爽的红茶，边冲，边调皮地问，“以后，你们谁洗衣服谁做饭呢？”娜娜被问得不知所措，Joe马上嗔怪：“妈！”

女人吐了吐舌头，像个犯了错误的小孩。

离开Joe家时，他的妈妈一再重复要娜娜多来看望她，这令她着实是有些不忍离去了。Joe拍拍她的肩膀，有些无奈地说，我妈妈一直是这样的……

她抱着娇嗔的微笑，美得像一捧水莲。

（四）

3天后的下午，娜娜踏上了回国的归途，走前，Joe匆忙跑到她的房间，气喘吁吁地递给她一只精致的玻璃瓶子。娜娜狐疑道，这是什么呢？边说边试图打开，他急忙制止，说那是他在布里斯班的皇家植物园苦站了两个小时才收集来的……一瓶昆士兰夏日里最纯净的阳光……

娜娜又笑，可微笑里分明闪着泪光。

她看见有欣慰的神情在他不纯粹的眸子中闪烁，夹杂了一丝忧伤。

走前，他没有留下任何关于“再联系”的话，甚至没有留下一个联系方式。他们像断了线的风筝，在一次偶然交汇后又飞回了彼此的天空，从此杳无音信……

（五）

回国后的日子，她习惯了时时想念他，他不纯粹的眸子，古铜色的皮肤，还有上扬的嘴角……还有麦琪，不知她是否还与Joe有联系呢。

两年后，她的生活日渐宁静，对于他所残存的记忆也被时间一点点地抚平了。又是一年春天，想，澳洲此刻已经入秋了，他是否会在金灿灿的麦地里自由奔跑呢？那画面一定空灵而唯美。

但这平静的生活却被麦琪的一通越洋电话打乱了……“Joe，前天晚上的飞机，现在已经到北京了，想和你见一面，他的电话是……”

于是，那年北京的初春，他们相见了。

我还深刻地记着那天娜娜的着装，米色七分袖，深蓝色背带长裙，还有海蓝色前开薄毛衣。后来他说，那是她最纯洁，最美的样子。

见面的地点是他曾经就读过的学校，树木初绿，四周很幽静。他没有太大的变化，只是长高了。他们交谈不多，寥寥数语，时间也不长，互留了手机号码便作告别。

娜娜有些失落地走在回家的路上，两旁苍劲的杨树似乎与此时的氛围格格不入，她想时间真是一把锋利的剑啊，将所有激情都削成了落寞。突然她的手机不安分地叫了起来，跃然眼中的只有三个字——我爱你。

三个字不长，却足够充满她整个世界。

早春三月，她、Christina、娜娜，陷入了一段美妙的异国情缘……一段谁也无法预知的恋爱。

我常常觉得Joe是一个异常浪漫的男子，在他出现的日子里，娜娜的生活中总是充满意想不到的惊喜。他叫她小猫咪，她确是的，猫咪一样柔软而善良。有时Joe会突然从KTV打来电话给娜娜，对着话筒唱她最爱听的歌曲，或是在同学聚会上大声喊娜娜我爱你；也会轻柔地问她：宝宝，我可以陪伴你一辈子么？看着娜娜坚定地点点头便如释重负般目光执著而炯炯……一切的一切，都使娜娜迷幻而无法自拔，然而我却有一种强烈的不安全感，感觉这一切都只是过眼云烟，他对她的感情也不过是昙花一现。尽管这样，我却拼命抑制着自己脆弱的神经，微笑地看着娜娜不恣情地付出了她所能给予的一切。

然而，仅仅在相恋的第2周，他们的感情就已走向破裂，没有原因，只是Joe的态度渐渐冷漠，渐渐无视娜娜的温柔。早春还未退去，我看着蜷缩在一个角落里的那只小猫，心已步入寒冬，隐隐作痛……

还没有等到第3周结束，娜娜含泪说出了分手，倔强得不肯挽留。我说娜娜呃，你还是那么倔强。

（六）

以后的日子，娜娜萎靡过，自负过，堕落过……一切的一切都只为一份注定会是失败的感情。还是等待时间去抚平凝结的心。

以为可以这样，如删除手机中Joe的号码一样，将他从她的生活中删除。她安然地度日，平静而真实。放弃了很多追随者，尽管他们之中也有很优秀的男子，但为情所伤的女子，无论如何是无法再次轻易接受爱情赌注的。夏天热辣辣地离去，冬季又急匆匆地赶来，伤口还来不及愈合却已被时间遗忘。

平静，成为了她生命中最渴望的东西。

一年后，又是早春，她从冬季的寒冷中苏醒，一年时光的漂洗，已将记忆中的伤痛抚平了很多。她没有再穿那套Joe说最纯美的裙装，怕自己会触景伤情，或者也算是一种逃避吧！

而他又出现了，一通电话，很简单地问她要了MSN便挂断了。我们都没有想过他的再次出现会如此平静，或许他们的情感早已殆尽。

他的出现是为复合的。在网上随意闲扯了几句一年来的生活，便单刀直入地，进入了主题。娜娜说她没有回绝，也没有答应，只是以一种朋友的角度与他相处了一个月，渐渐了解了他的境况。他说：我在我们分手后又交过两个女友，但都分了，发觉她们都没有你好……

面对他的请求和温柔的耳语，她只是无动于衷，我了解的，这一年的时光让娜娜早已遗忘了爱情怦然的感觉，而我亦敏锐地察觉到，他的再次出现并不是为旧情未了，不过为摆脱精神的空虚而已吧。两个没有感情的人在一起又有什么可以拒绝的呢？娜娜说，她不爱他，所以不会因此而有所损失。

三月早春，娜娜再次向Joe伸出了手。

听说他们没有见过面，只是通过网络和手机交流。一年的成长使娜娜释然了很多。对于他，仅仅是以朋友的身份，朋友的思想去相处。他说的：我的小猫咪长大了……

娜娜依旧微笑，多了几分漠然。

我说，他的小猫咪早已被他自己遗失了。

一个月后，北京“非典”肆虐，所有学校被迫休假，娜娜搬进了家中新购买的住宅，宽带还没有到位，这切断了她和Joe沟通的主要渠道。

Joe很少发信息给娜娜，尽管我想，生活的寂寞定会使娜娜偶尔也会期待他的问候的，但我对她说，你永远是倔强的Christina，永远放不下所谓的“尊严”。

她只是无奈地微笑。

不知过了多久，他们的联络再次中断了，这次，没有人形式上说要分手，也没有人会感到伤痛。

我想娜娜似乎已将三年来全部的记忆遗忘，抑或是搁浅，抑或是另一种深切的缅怀，那是深藏心底，我们无以追述的情感。

（七）

“非典”过后，我们的生活又趋向了忙碌。面临人生中的一次大考验，娜娜每日奔忙，对于Joe的那些记忆也都渐渐忘却了。

平静的日子，他却第三次出现在我们的生命之中。他说：Tina，你还好么？

如一场没有结局的轮回旅行，他们又从一个没有感情的角度开始再续前缘。我记得那些天天很蓝，云很淡。

娜娜每日奔波于考研大潮之中，他们几乎没有约会甚至见面，但我相信她仍可以轻而易举地在脑海中清晰勾勒出他的侧影。想他在薄暮夕下时分骑着乳白色山地车，穿梭于大小街道，温软的春风将他的衬衫飘起，吸引了路旁串串目光，而他一定只是坏坏一笑，然后风一般地穿过……那就是叶，漂亮的黑发男子。

毕业体育考试前的一段时间，不但要经受繁重的课业负担的考验，又要承受超负荷的体育训练。每天早出晚归，疲惫而困倦。然而我却隐约发现，就是那样艰辛的日子，似乎成为了娜娜生命中最珍贵的岁月。

Joe会每日陪伴她到深夜，在话筒的那面轻声耳语，心痛地说，宝宝，我真的很想永远将你搂在怀里，为你遮风挡雨……那时的娜娜，眼泪会含着微笑落下。每日清晨，伴着温柔的Morning Call，Joe会准时将她从睡梦中唤醒，尽管睡眠时间严重稀缺，每每困倦的清晨，想到他温柔的双眼，她便不自觉地神清气爽起来。

那是我最坚定的一段时期，我放心地把这只小小猫咪交在Joe的手中，我记得那是初夏。

“Joe，你闻到初夏之夜的气味了么？”

“哦？那是什么气味呢？”

“嗯，是米灰色的，夹杂着淡淡的炊烟的香气，淡得可以平复浮躁的心情。”

“呵呵……我的Christina还是那个倔强而又充满幻想的小女孩。”

“Tina，等你考完，我带你去BuBer好么？”

“BuBer？”

“嗯,那是我常去的一家小酒吧,常常在那里和朋友练吉他的。”

“可以么？”

“为什么不呢？我的小女孩……”

那时的娜娜会傻傻地问他，你真的爱我么？

“傻孩子！”

“可你很少讲你对我的爱啊……”

“爱不是说出来的，是要从生活的点滴中渗透的……Christina，如果语言无法表达，我愿用生命去呵护我对你的爱……一辈子……”

娜娜仍旧习惯地笑而不语，微笑中却分明隐现着泪水。

那时的傍晚的我也习惯性地推开窗，深吸了一口初夏之夜米灰色味道的空气，感激的泪水瞬间涌上心间……

（八）

体育考试结束后，娜娜由于跑到终点时晕厥而使曾经受伤的腿骨再次扭伤，行走极为不方便，正值五一长假，难得的假日却不能与Joe相见。

Joe说，傻丫头，你听说过这样一句话么，“世界上最近的距离是心与心的距离”，“我们之间一直是没有距离的，不是么？”

笑。

百无聊赖的假期，我陪着娜娜躺在家里，Joe突然打来了电话，电话那边很杂乱，突然传来了麦克中的声音，是他的声音，他大声对现场的所有人说，“我要送一首歌给我的女友，告诉他我会用心呵护她一生！”而后是他富有磁性的声线修饰着周杰伦的《开不了口》，唱得人心醉。

后来他问娜娜说，“Christina，我可以每天去接你么？”

“不！”

“为什么呢？为什么每次你都要拒绝我……那是我应尽的责任。”

“不！请你尊重我，我不喜欢那样……”

笑。

“你的倔强是我所征服不了的……”

Joe你有所不知啊，娜娜又怎能不喜欢你无微不至的宠爱呢？她只是不想你看到她疲惫的样子，也不想看到你心痛的样子罢了……

那后来，他又两次寄来了大包的药膏。止痛、化淤、消肿的应有尽有……我会打趣说，娜娜都可以开药店了。

笑。

他只是淡淡地告诉我，他只想要娜娜做世界上最幸福的孩子……

（九）

仲夏到了。

身体的不便与学业的繁重让娜娜几乎丧失了自理能力，甚至连手机欠费停机都忘记去充值。Joe总是会细心地发现她的疏漏，然后顶着大太阳跑去为她买充值卡，最后用慈爱的声音说，笨孩子，怎么能够让我放心呢！

我们都在笑，笑得甜甜的。

“我是被你宠坏的啊！”娜娜嗔怪。

“哦？那么……以后我会更加宠爱你的！”

最炎热的季节，考研顺利告捷，娜娜终于冲破了所有的禁锢，获得了最后的解放。

Joe对她说，宝宝，我们见面吧……

那天，我还记得娜娜穿了洁白而清爽的长裙，淡蓝色的前开短袖外套。

他换了一部墨绿色山地车，白色T-shirt，笑得很迷人。

“帅了，也高了！”

“你还是我那个美丽的小猫咪啊……只是长大了。”

笑。

“我载你好么？”

娜娜坐在他的车上，感受着雨后空气的爽朗，一种从未体验的生命的纯净应运而出，如果真的有轮回，我祈求就让他们这样，永远地继续，再继续。他们天南海北地谈天，银铃般清脆的笑声贯彻了每一条街弄。

“明天我带你去BuBer吧？”

娜娜笑而不语……我知道的，那是他们之间最私密的默契。这种默契，如一条飘扬的丝带连接着他们微妙的情感多年不变。记得还是在娜娜最辛苦的那段时期，想自己由于学业繁重，不得与Joe相见，而像他那样优秀而多才多艺的男孩，又如何抵御孤寂的侵蚀呢？于是娜娜会娇嗔地对他说，你可以交别的女友，但绝对不可以对她们认真啊！

后来他说，“我的朋友们听了你这些话都很惊讶，他们劝我说Christina对你一定不是真心的！”

“那你又是怎样回答的呢？”

“我告诉他们，他们不懂，我们之间是足够了解信任的。”

笑。

第二天上午，下着淅淅沥沥的小雨，空气中夹杂着淡雅的泥土芬芳，有一种花之初绽，鸟之回翼的宁静安逸。Joe准时等候在我们的门口。他的身后背着一把吉他。

“去练吉他吗？”

“不是。”

“那？”

“宝宝，我可以保持一点新鲜感么？”他突然打断，眼眸中熠熠地闪烁着光亮。娜娜安静地低下了头。

BuBer是一家温馨的小酒吧，可以在木门、木柱上随意刻字。Joe在门口大木柱上刻上了他们的名字，占据了木柱的所有面积。直到现在，我仍然疑惑，那些字迹应是可以清除的吧？只是从未问过Joe和娜娜。

Joe拿出吉他，牵着娜娜走上了酒吧正中的一个小舞台，那只是一个用小木桩稍加突出的形式性小舞台。他轻轻坐下，将娜娜搂在怀中，很温柔地问她，宝宝，你幸福么？

娜娜眯起眼睛，笑而不答。

吉他酥脆的声音响起了，周杰伦的《晴天》被Joe诠释得淋漓尽致。我看到他们贴得很近，我甚至能感觉到他均匀的呼吸在娜娜的脸上氤氲地轻拂着。然后一点点将她融化。我混在台下的人群中，捕捉到一双双眼睛中所透露的羡慕之意，娜娜，你真的是最幸福的孩子了。

曲毕，Joe将娜娜抱起，一手扶着吉他，对着麦克，以一种高亢的嗓音对每一个人宣布着，他说："各位好朋友，这就是我的女友Christina，我很爱她，尽管我并没有过多地表达过，今天，我想对她说，如果言语无法转述我的爱恋，我愿用整个生命去证明……我要给她无限的宠爱、呵护、体贴与保护，尽我一切的责任，做一个好男人！"

台下传来阵阵热烈的掌声，夹杂着朋友们的口哨，我只是很安静地看着他们两个笑……还有娜娜，在很幸福地微笑。

22岁的Joe，却以一个"男人"的厚重去命名自己所肩负的无尽的责任，让人心疼。

回去的路上，他们没有搭车，撑着乳白色的雨伞漫步在安静的雨巷，Joe的脸上有掩饰不住的兴奋。他说："Tina，我们终于可以好好在一起了！我要教你游泳，带你爬山，载你兜风，和你去打篮球，带你认识我所有的朋友，或者……或者我们还可以一起回澳洲看看的！"

沉默。

"你不开心么？有什么心事么？"

"没什么的……"娜娜苦苦一笑。

"不对……你有事。"他走到娜娜面前，双手扶在她的双肩上，很认真地说，"告诉我，Christina……我不要看你不开心！"

"为什么呢？"

"因为我是男人，怎么可以看着自己心爱的女孩难过呢！我的小女孩，告诉我好么？”

又是一段令人窒息的沉默。

“我又要出国了，这次可能会久一点……”

Joe愣了一下，继而是更可怕的沉默……

他们一路并肩走着，我就静静跟在后面，他还是会在过马路时拉过娜娜的手，挡在有车的一边，只是一言不发。

雨越下越大，Joe脱下外套，披在娜娜的身上，而后又停下来，一颗颗扣上她衣服上的纽扣。我细细地观察着他低垂的眼帘和她微微抽动的唇角，看见悲伤缓缓流下。

“Chris，去吧……我的小猫咪是要长大的……”

走前他们一起挽着手逛街，他为她挑选了漂亮的钱包，然后怜爱地揉揉她已被剪短的头发说，“宝宝，我不在你身边，要懂得如何照顾自己，有了钱包，就不会再将钱随意乱丢了，如果再打车找不到钱，我可救不了你了。”

娜娜嗔怪，“我又不是小孩子了！”

笑。

“在我眼中，你永远都是那个长不大的小孩子，需要别人的照顾与宠爱，怕黑，怕有翅膀的小虫子，还……”

“Joe……别说了……”我看见有温热的气息弥漫了娜娜的眼眶。

“别哭！我的傻孩子，你这样，让我怎能放心呢？”

娜娜勉强地露出了微笑。

他们很安静地相挽漫步于长长的步行街，没有过多的言语。Joe拉娜娜到哈根达斯，为她点了大杯的香草冰淇淋，自己要了一杯暗淡的卡布奇诺。他们靠窗边坐下，对着窗外匆匆的路人和湿漉漉的街道凝望。

“我还记得你说过最喜欢昆士兰夏日的阳光的。”

“是啊，你送的那瓶阳光，我一直珍藏着，每每失落的时候，看看它的灿烂，就不会再为悲伤所掩埋了……”

“我最喜欢你幸福的表情，会有微笑充溢每一个毛孔，可我这次无法再送你一瓶昆士兰夏日的阳光了……”

“我可是很容易满足的孩子呢，一瓶就够了！”

“呵呵，我的小猫咪，喜欢香草冰淇淋，喜欢夏日傍晚米灰色的空气，喜欢深蓝色的帆布裙，喜欢淡粉色的棉花糖，喜欢写作到深夜，喜欢用小提琴拉音节来‘驱蚊’，喜欢下雨天，喜欢照料花花草草，喜欢小狗，喜欢坐我的单车兜风，喜欢……”

“喜欢Joe用60岁的口吻对我讲话……哈哈哈……”

他安静地看她傻笑，然后揉揉她的短发，“傻孩子啊……”

（十）

我记得那是他们最后一次无忧的交谈……几天后，娜娜带着无法割舍的情愫离开了北京。国外的学习是异常艰苦的，每日语言培训与专业课培训交替，晚上又要补习没有听懂的课程，加之时差问题，娜娜和Joe联系的渠道就这样被一次次阻挠了。一连两周，他们行同陌路地活在自己的世界里。

第3周的某天，时间已近凌晨，娜娜却还在与一份调研报告纠缠不休，恰在此时，Joe的电话打了过去，“好久没有联系了，最近还好吗？累不累？”

“Joe，我明天就要交调研报告了，没有时间和你聊天……”睡眠不足与枯燥的学习使娜娜的心情愈加烦躁不安。

“噢……这样啊……那么不打扰了……你要小心身体，不要太累……有时间联系我吧……我很想你……再见。”

Joe失落地放下电话，娜娜的心中空洞洞的，有些内疚，可看看手边层层叠叠的资料，就又无暇他顾了。

两个月以后，短期学习毕业，娜娜回到了北京。

Joe说：“我们去BuBer好么？”

还是一个淅沥的雨天，他们再也没有牵过手。那天BuBer人很少，Joe一言不发，只是不停地喝着烈酒。良久……

娜娜说，“Joe，别喝了好么？”他像一只受伤的羚羊，沉默……而后继续举起酒杯……就在这样沉重而压抑的气氛里，他们沉默了很久……Joe的眉头间或颦蹙着，娜娜说Joe你怎么了？他只是用受伤的眼神看看她，然后垂下眼帘，露出淡淡的苦笑。

夜已入暮，Joe说，Christina，我送你回家吧。

漫步在湿润的街巷，悲伤的空气令她几乎窒息。他说，我就要回澳洲了。

沉默。

或许……现在后悔还来得及……

又是无尽的沉默，一直到了她家门口，他说，我可以吻你么？

“不。”就是这个决然的答案，成为了娜娜生命中最痛惋的拒绝。

又是沉默……

那么，你后悔么？

“也不……”或许正如麦琪所说的，娜娜永远都是那个倔强得放不下自己骄傲的傻孩子。

Joe走了，只留给娜娜一个水雾下有些迷离的受伤的背影，在昏暗的夜色中，一步步痛楚离去。

没有人会想到这会成为与Joe的诀别……那天以后，再没有他的电话，没有他的信息，也没有他和那辆墨绿色山地车在我们门口守候的身影。

Joe回澳洲没有多久，他的母亲打来了电话。

“亲爱的Christina小姐，我很难过……Joe……他前天因为车祸，离开我们了……”他的妈妈已经泣不成声……

沉默……

我感觉眼前是一阵眩晕，而娜娜，早已瘫倒在地。

“Joe几年前回中国时由于对饮食习惯的不适，患上了严重的胃病，前几天不知为什么，病情加重了很多……一周前，他在穿行悉尼海港一条繁忙的大街时，胃病突发，晕倒在马路中间……被一部运送货物的卡车带出了好几米……肝脏破裂……他走前弥留了3天……喊过我们的名字……也喊过你的名字……还不停地叨念着昆士兰夏日的阳光……很奇怪……前天脏器衰竭……去世了……”Joe的母亲精神有些恍惚，不停地重复着这些内容……而我身边的娜娜，似乎早已死去……

我看着娜娜幽魂般存在于这个世界上，始终坚信这一切不过是一个梦，却无论如何都无法醒来……Joe……陪伴我们那么久的Joe……那个属于娜娜生命的一部分的Joe，他现在已经永远地消失了……

3天后，澳洲传来了快递，是Joe的父母发给娜娜父母的，大概内容是希望娜娜可以来澳州参加他的葬礼。娜娜的母亲千里迢迢赶到我们学校，怜爱地望着娜娜苍白的脸，说，去吧……

8月末，当娜娜再次回到昆士兰的时候，那里已经是寒冷的冬季了……

2005/7/16

发表于海峡新生网

巨人效应

我初来上海求学的时候，五湖四海的同窗初识，相见必问："北京是不是环境不好，常常发生沙尘暴？"这话一出便使我满头雾水——我于北京生活十余年，见过的沙尘暴总共还不足10天，何以"天天"呢？后来和别人提起，得到了这样一个答案——巨人效应。

作为中国的经济政治核心，北京吸引了太多关注的目光，或羡慕、或好奇、或嫉妒、或不屑，就如一位美丽的少女一样惹人倾慕。各地媒体穷尽其术捕捉到的小芝麻也就不免被放大成了大西瓜。所以套一句玩笑话，北京打个喷嚏，其他地方就说她闹地震。这就是巨人效应，在一个事物熊熊升起，势如破竹时所不可避免的舆论效应。

同时，这种巨人效应也反映了其他城市的自卑心理。这种自卑心理对于小城市是不必多说的，那么对于如上海这样常常与北京齐名的大城市又如何呢？

小时候我多次于上海短住，只在南京路沿线的酒店里，决不深入，目之所及尽是灯红酒绿，尽是两岸的繁华、江水的迷离和历史的馨香。所以小时候对上海有一种片面的偏爱。后来常驻上海，却愈发的不适起来，也就是在这诸多的不适中，亦找到了属于这个城市的自卑。上海人口众多，城市又缺乏缜密的规划，就像是资本主义国家的土地管理制度，只要你买了一块地，在这地上干什么国家都无权干涉。这种过度的自由性造成上海市内楼群纷乱，高低参差，不成章节的弊病。加之地少人多，摩天大楼下拥挤的小巷子让人分外压抑。

此外，作为一个国际大都市，上海的交通并不容乐观，堵车情况虽不比北京严重多少，但马路窄而崎岖，行人、摩托车、电动车均可上路，你不让我、我不让你，让我这在北京安全行驶习惯了的人着实觉得有些可怖。

今年七月初，赶在奥运会的前头回了北京，只是两月未见，北京像是陡然变了个大模样，愈发的美不胜收。

政治中心的性质就是尽显豪气。坐拥庞大的面积，适中的人口密度，这个美丽的城市尽是16道四通八达的笔直大道，也难怪我的日本友人来了北京，站在长安街的十字路口怯怯地说："这么长的路口一个绿灯的时间怎么过得去呢！"北京路面没有摩托车、电动车的干扰，尽是驰骋的轿车，安全而清爽。楼都不算太高，以20到30层为宜，落差不大，不会有纷杂之感。楼宇之间距离较宽，抬头便是湛蓝的天空与游弋的白云，非但不曾有压抑之感，更是添了几分神清气爽。

北京的美，美在规划。各个区县划分精确，建筑群相得益彰。马路楼宇之间蜿蜒着河流，拂柳桃红，花香果美，真正的让历史与现代、人类与自然做了完美的拼接。

宏伟沧桑的故宫临着现代唯美的国家大剧院；延绵着泛黄的历史的长安街穿过繁华奢侈的CBD，这美丽的北京就像是注入了一种神，勾着你的心尖儿，让你醉得不能自拔。然而我却认为，再绚丽的文字都不足以诠释这北京的绚丽，再精致的赞美也不足以赞誉着北京的景致。

这就是我美丽的家园，她没有沙尘暴，没有肆意的污染；她只有大气与繁华、秀丽与深沉。她的天湛蓝而清澈，她的气候温润而不潮湿，她的夏天尽情地沸腾，她的冬天豪迈地寒冷。她像一扇大门让大家看到我们的国家并非外界所传言的那样落后，恰恰相反的是，这美丽的北京绝不比任何我去过的国际大都市逊色。

这样震撼的美丽让我觉得任何的描述都是对这大美的一种亵渎，我只能虔诚地为这不老的美丽祈福。

2008/7/21

记一段怀念

——给亲爱的外公

一直想提笔写些东西给您，但虽然心中溢满感情，笔尖却似乎总是干涩的。离开6年了，尽管时间可以抚平心中的伤痛，却带不走思念。

那天我又回老屋了，您的那把老躺椅，仍在静谧地沉睡着。夕阳的氤氲蒸腾出的尘土，在周围蔓延出既往的那些画面，就像是一张泛了黄的老照片。我还依稀记得您躺在上面的样子，伴着它“嘎嘎”的沉吟，那么安详宁静，就像您安详宁静地离开那么多爱您的人一样。

外婆还是那么慈祥美丽，尽管岁月又在她的额间荏苒了更多的沟痕。她还是坚持每日都擦洗您留给我们的最后的笑容，但擦走了尘土却擦不走那份深沉的思念。

阳台上放着您留下的碧珊兰，深紫色的花瓣散发着馥郁的香气，层层叠叠地在空气中蔓延。那么多年花开花又谢，那淡淡的清香也愈发的妩媚娇艳，花也是会成长成熟的，就像您最疼爱的小孙女一样，不是吗?

经历过是非成败，孤单寂寞。我一直深信，岁月是磨不平那么执著心灵的棱角的。就像一个孩子在心灵最纯净的时候在心中埋下了水晶一样无瑕的美丽心愿一样。在最没落的时候，感谢您在天际播撒下的爱，那就像是一种信念，一种精神，即使再疲惫，只要心中有一份寄托就不至于绝望。

那么多年独自闯荡，从小报上的豆腐块到知名报刊的专栏，每一步都记录了我成长的心路旅程，当这个小学三年级作文不及格的小女孩今天可以以一个少年作家的身份展望未来的中国文坛的时候，我亲爱的外公，您是否也为之感到骄傲？

成长的艰辛像是炼狱，让我体察切肤之痛，在它的洗礼中学会坚强。尤记得体育加试的画面，长长的跑道似乎看不到边际，如果下一秒我即将死去，那么我有勇气在这一秒创造奇迹。当含着泪水倒在终点的那一刻，我，无怨无悔！尽管没有取得好的成绩，但我一直坚信，只要有希望，我终将会在失去梦想的地方把梦想找回来！

哭过怨过也恨过，然而今天，当我翻着您的老相册的时候，才发现人生有了这样的美丽际遇是多么真实而无悔！心情像大海的潮汐一般一遍遍冲洗着心房，像是在翻阅着一本人生的读物，每翻过一页就多了一分感动。

每当看见蹒跚的小宝宝向我张开莲藕一样没有尘渍的双臂，每当看见一朵不知名的小花悄然绽放，当这些生命中最真挚的画面叩响我的灵魂的时候，感激，就在心中扎下了根。人性之美犹如清泉净洗我的心窍。那时我会想，您在天堂那个陌生的极乐世界是否也开心快乐，是否也寂寞忧伤？

潦草写下了那么多，时间的滴答声一下下敲打出深埋在心灵深处的况味。我亲爱的外公，最后，请您相信，无论健康，衰弱，富贵，贫穷，我都会用微笑去对待每一秒，像对待生命中的最后一天一样对待每一天，因为我的心中永远都活着一个最真实的您，默默地给予我前行的勇气！

2003/6/1

勇敢的文字

我自诩是个热爱文学的人，虽然读书不算博广，但对于文字的厌恶也有自己的一套独到见解。说来羞愧我对我国博大的文字精髓的了解，不过是一些皮毛而已，甚至连装点门面的只字片语都很难酝酿得出。而对于外国文学，虽多是些浅尝辄止，也算背过念过，理解赞同的了。当然，我并不是崇洋媚外，只是对于外国文学之中所蕴含的思想的赞同。

记得小学五年级时学过一篇许地山先生的散文《落花生》，那在现代中国文坛上也是名声大噪的一篇美文了，然而我对其中作者父亲所传达的一种思想却不敢苟同，其曰：人要做有用的人，不做伟大，体面的人。做一个有用的人，就是为做个伟大的人而奠基的；而一个伟大的人也必然是一个有用的人。如果每一个人都不愿做伟大的人，那么我们的世界将是什么样子——糜烂，陈旧，落后……没有人可以去领导生活前行的方向与步伐，一切都紊乱无序，我们只能在庸庸无为的生活中流向下游，做一个伟大的人的本意等同于“有用的人”，都是意在发展我们的生活，使人类不仅仅局限于生存的框架中。当然，做一个有用的人不一定就可以成为伟大的人，而伟大的人必然是一个有用的人。这本是相辅相成的元素，然而文章的观点却与它的本意背道而驰了。

同样，做一个体面的人是作为一个人所不可或缺的条件。爱美之心人皆有之，何以要抹煞这种人之天性呢？！首先文中没有明确“体面”的深意，仅仅是全盘否定了人们对于“外表美”的一种追求，这或许是“文革”期间对于中国人思想的毒杀所导致的一种扭曲的后果。我们为什么不应该追求外表的美丽？！外表的美可以使人赏心悦目，可以增强自信，同时，不可否认的是，外表美是一种取悦他人的方式，虽然增强自信不应仅仅依靠精致的面容，妙曼的身姿，然而从人性的本质而言，有谁能够发自内心地厌恶一个面若桃花的二八佳人呢？！做一个有用的人本就是为了能够自我完善，造福他人，试想一个蓬头垢面、不修边幅的邋遢汉子又如何“完善自我，造福他人”？！首先在视觉上，他就已经对别人造成了愉悦心情的一种污染。当然，我们要追求外表的和谐美丽，也要追求内在的修养。我之所以使用“也”，而不是“更”，是因为对于一个不希望白白浪费今生这一遭的人而言，外表与内心没有孰轻孰重之分，两者并重才能成为一个有价值，尽善尽美的人。若不然，为何参加重大的宴会时，浓妆与华丽的礼服是一种对于别人的尊重呢？！因为一个整洁得体的外表是至关重要的！

基于如上所述的诸多观点，我鼓起勇气用稚嫩的语言对流传了几十年的文学经典作了不遗余力的抨击，我们应该觉醒了，而不是在老一辈保守自闭的思想中沉沦下去，很多道德观是随时代的发展而日新月异的，没有什么准确的衡量对错与否的尺码，我认为，只要是对于人类发展有益的，就理应受到鼓励与支持。我们被封闭了多年的思想有必要得到解脱了，沿传陈旧的思想，欲以不变而应万变是行不通的。

同时，再举一外国文学的实例。黎巴嫩的伟大文学作家纪伯伦的散文体童话《贪心的紫罗兰》用唯美的语言讲述了这样一个故事：紫罗兰认为自己低小，一心要做美丽高贵的玫瑰花，上帝告诫她这会引来杀身之祸，然而她却义无反顾。最终，上帝满足了她的夙愿。然而就在她变成玫瑰的那一夜，狂风暴雨却席卷了花园，除了趴在地上的紫罗兰，花儿们无一幸免。紫罗兰女神看着被折断了腰的那株玫瑰，对她所有的孩子说：看哪，这就是贪心的下场！若此文出自一个道地的中国作者之手，那他多半会就此收笔，主旨落在“不要做贪心人儿”上。但这篇文章的结尾却令我震撼，也深深感动于开放国家的文化对于“人”这个核心的无限尊重，对于生命与人性的尊敬。结尾是这样的——玫瑰花说：“我当了一个小时的皇后。我用玫瑰花的眼睛观看了宇宙，用玫瑰花的耳朵倾听太苍的窃窃私语，用玫瑰花的叶子感受光明。诸位当中，谁能得到我这份光荣?!”……“我就要死去了。我心中有一种特殊的感触，这是在我之前的紫罗兰不曾有过的。我就要死去了。我终于了解了我出生的有限天地外的一些事情。这就是生活的目的。这就是隐藏在昼夜之间发生偶然事件背后的真正实质。存在的目的在于追求存在以外的东西。”

最后，玫瑰还是没有逃脱死亡的劫难，然而在合上美丽花瓣的那一刻，她的脸上露出了圣洁的微笑——愿望实现后的微笑——胜利的微笑——上帝的微笑。

多么美好的童话，炽热地存在，无毁地死去。是的，存在的目的在于追求存在以外的东西，我久久思忖着这句生命的箴言。多么难能可贵的顿悟。难道我们就应该眼睁睁地看着一个个所谓的文学大家肤浅地以一些不实的告诫草草收尾，仅仅留给后人空洞甚至是愚昧的思想而坐以待毙么?!为什么在我们这个历史悠远的国度却难能找出几个圣人可以洞察寓言背后更深刻的寓意?!是文化太浅了——尊重生命，实事求是，还原人性的文化背景太浅了!然而我在这里绝望的哀鸣却是如此苍白无力，太多无形的条例框定现世，使一批又一批的人愤愤屈从，郁郁而终。

终是太苍白了，无论呐喊还是呻吟，我们注定了做脱不去茧的毛毛虫的命运，虽然掩饰了丑陋，但同时也永远无法走向美丽!

后记

收笔的一刻，自己都有小小的震撼，在短短几十分钟内，慷慨地写下了两千多字的文章。或许是因为不悦在心中淤积了太久，不自觉地就在顷刻间爆发了。很多时候我的语言固然是蕴含了一定的偏激的元素，然而却从未有过这般的淋漓尽致。是的，突然意识到我也曾是一个不敢直面悲哀的人，所以一切即将付诸笔端的心中的不满都经过了委婉的文字处理，而后违心地诞生，随着那些不温不火的文章的数量的扩大，我发现自己冥冥中却变得更加悲哀，是的，我婉转地批判现世的自欺欺人的行为，也不过是一种自欺欺人的行为罢了。我在畏惧什么?!畏惧话说破了会得不到高分？做不成范文？成不了铅字？是的，正是如此。我觉得自己不过是这个萎靡的大背景下愤愤挣扎的小蚂蚁，是沧海一粟，我踮起脚尖，以为这样就可以触摸到太阳……是我太过幼稚么？然而如果少了那么多如我一样的幼稚的人儿，我们要等到哪一刻才能真正获得解脱？

我崇拜马丁·路德金，因为他有勇气去挑战生活，挑战未来；我也崇拜川端康成，因为他有勇气去选择死亡，正视生与死的最切合的黄金比例。而我，也许只能久久瞻仰而无法潜心学习他们了。或许人生只有在理想与现实得到某种契合之后才能有所作为么？还是我们应该更加信服宿命了？我深爱的一个语文老师曾说，在我单纯而无邪的外表下怎能有如此深刻的思想？让她心疼……是的，每每我的思想脉络再次增长一分，所能理解与领悟，并且有了自己独到见解的事物又多了一些的时候，我也会心痛，痛惜有太多我们凭着无缚鸡之力的双臂所不能拯救的缺憾。然而我们都活着，或多或少地努力着延长自己的阳寿，很盲目，因为我们过于平庸而无知，从未考虑在人世这一遭走得是对是错。我很崇尚日本的武士道精神，那就是对于信仰无限的忠诚。很多迫于无奈而背叛了信念的人都选择了剖腹来结束失去了忠贞的灵魂，虽然惨烈了些，又何尝不值得我们敬仰呢？是的，如果我们也存在得背弃了生命的真谛，却喜形于色，那确凿是太过盲目，太过麻木了。我在这里用冗繁的笔墨阐明了自己的观点，不想被扣以“唤醒灵魂”的冠冕堂皇的帽子，诚然，也是不够资质的了，我只是希望看到它的朋友们可以活络一下自己的思想与属于本性的东西，不要随着潮流而丧失自己。我们生活在这个浩渺的世界，永远都只有一个自己，不管前世今生，我们在每一秒钟都有别于上一秒，都在成长，成熟。不要做一个麻木的人，就算你平庸，无知，恶俗，但，活，就要活出自己！当然，我们之中的大多数还是没有那个境界去享受死亡的快感了，也可以说是对于生命的热爱。的确，我们不能因为对于世间的诸多不满而选择一死了之，如果人人如此，我们又何得今天的社会呢？一两个人的死是对于这个世界上每一块腐烂的伤口的警示，而我们应该从中得到的启迪，就是看清自己，把握一个良好的定位，不要随波逐流，继续一些陈旧萎靡的东西，去做一个生活的主动者，而不是坐以待毙，等待被淹没的惨痛后果。

2005/8/27

发表于《行走在南纬23度以南》

流年

岁月陪我走过的欢笑与泪水拍打着我的心岸，

那片美丽的时光之浪吻着我的睫毛。

它们想出来啊！

而我却说："不可以。"

因为出来了，就会变成脆弱的玻璃，再也凝不成钻石了。

——给我的流年

时间的脚步一下下敲打出深藏在心中的况味，成长的感觉像花一样在周围的空气里缓缓绽开。不曾遇到过的忧伤与幸福慢慢降落在我的眼眶，透明而又有光度。

悄然间叩响了初三的大门，艰辛，困苦，犹如一场成长的洗礼，让我学会坚强与勇敢。在最萎靡不振抑或疲惫不堪的日子里，我亲爱的亲人，朋友，是你们给予我力量与勇气！

蒙蒙，是你帮我记的笔记还静静地躺在书桌上，娟秀的字迹陪伴我走出那些个疾病困扰的日子，给了我无限的动力。硕硕，永远都无法忘记你陪我跑步的那段时期，我们互相鼓励着冲过终点，冲破一次次生理极限的阻挠。强哥、小黑，还记得体育会考的那个阴晦的日子吗？在那长长的跑道上，我似乎洞悉了死亡的切肤之痛，是你们的摇旗呐喊伴我冲过了终点，当昏倒在终点线的那一刻，我，无怨无悔。

回忆的放映机在我的脑海中闪过那么多水晶般纯净的记忆，当这些生命中最优美的画面叩响我的灵魂的时候，感激就在心中扎下了根。人性之美犹如清澈的泉水，净洗我的心窍，教我入静。是的，犹如一个虔诚的朝圣者找到了梦中的耶路撒冷，这一刻我的眼中噙满泪水。

幸福，总因被彻悟太晚而不堪温习了。曾经抱怨流着泪的时刻，我们甚至对带给我们快乐却也给予我们伤痛的人怀着淡淡的怨恨，为一些小小的纠葛而耿耿于怀，为并不出类拔萃的成绩而黯然神伤。然而当我捧起那张毕业照，注视着你们那一张张可爱的容颜时，忽然发现人生有了这样的美好际遇是多么真实而无悔啊！

翻开相册，那未开尽的百合花已是记忆中的味道了。回忆像是埋在沙中的贝壳，当海风带走浮沉沙土，它就会悄然露出齿边，或完整，或残缺，都能轻轻硌痛你的心。然而现在，当我坐在圣洁的考场上，用这支笔给自己创造一个奇迹的同时，脑海中浮现的，是考场外焦急等待的母亲，是已到不惑之年却日夜为我操劳的慈父，是外婆额上岁月荏苒过的痕迹，是老师们两鬓斑驳的苍白。是你们让我明白，成长的坎坷是不能磨平那些执著心灵的棱角的。

初三一路走过了，曾经播撒下的勤奋的种子都开出了娇艳的花朵，它们的芬芳引领着我穿越过记忆中每一段刻骨铭心的美妙时刻，这时才发现：

流年，匆匆，太匆匆。

2004/4/20

不说出的温柔

前两天重拾美国作家霍桑的《红字》，并不是源于对女性爱情解放这样一个历程的追诉，却是想从中寻找一些关于霍桑夫人的情节。只是如此目的或许有些太过世俗了，然而究我探求这样貌似八卦新闻的缘由，不得不提及这样一则故事。

在霍桑还仅仅是一个不被公司重视的小职员的时候，他的文学天赋以及对于文学强烈的爱好便被妻子察觉了。霍桑不善交际，深有怀才不遇之感，工作抑郁。无奈为了养家糊口，却也只能咬牙挺过。然而有一天，霍桑因工作不顺，心中淤积的郁闷之情一并爆发，信誓旦旦地递交了辞呈。

当他回到家中看到美丽善良的妻子时，又着实不忍说出真相，于是他踌躇良久，最终像个犯了错误的孩子一样嗫嚅地道出了原委。

本以为妻子会满心不悦，为生计而忧愁，但她却转身从抽屉中取出了一沓为数不少的现金。霍桑惊讶道："我们怎么会有这些钱？"妻子回答："我早就觉察了你的写作天分，于是从每天的生活费里节省出一点，积攒下来，就是等到这一天你辞职回家，可以安心写作。"

是这种默默的支撑，不仅铸就了一本稀世名著，也铸就了一个伟大作家的人格与性情。

爱情究竟是怎样古怪的东西？就好比溪流里的小纸船，年轻气盛的时候，轻飘飘地扬在水面，张扬而激烈，纵使被礁石撞击，却不改佯狂的本性；中年的时候没入水中，时而趋向溪底的平静安逸，时而又渴望上浮，作少年状的激情浪漫；然而纸船终是要沉入小溪底的，被光阴积淀的沉重与无奈最终都会被消逝殆尽这样不可避免的终结所净化，留得执子之手，与子偕老的平淡与绵长。

于是我在想，当生命偶然性地走向不同的爱的航线，又必然性地殊途同归时，爱情究竟是不是已经变质？抑或只有年轻气壮的时光才能体味爱的甜蜜与纯净？

常常有人将婚姻归咎为爱情的坟墓，当两个人因为建立一个整体而变得再无距离感与私密感的时候，他(她)们被称作先生或太太，有别于男友或女友，因为他们已经签了一纸美名为“结婚证书”的合同，被长期性束缚在了一起。束缚之后的人们通常有两种趋向，一则趋于平和，让这个突兀闯入自己生活的人演变为自己的亲人；二则走入激化，在爱情褪色后走向矛盾的激化，然后在一次大爆发中双方都毁了约。

似乎爱情与亲情一直维持着剪不断理还乱的关系，纠缠着将情感沉淀，在是是非非中延续着人类的存在与继续。

没有人可以证明，维系着那些耄耋老人牵手走向生命的完结的精神力量，是无一丝亲情成分掺杂的，纯粹的爱情；亦没有人可以诠释，亲情终究是爱情的升华还是爱情的沦陷。

或许爱情与亲情本就是一种前尘与重生，以不同的名义扶植着人类的生生不息。

所以我认为，当你关心的人对你的情愫偏离了你所期冀的感情航线时，你大可不必心灰意冷，因为所有的情感在涌入现实的隘口时，都不过是殊途同归。

我曾因为这样的一则小故事而泪流满面：

曾经有一对小猪，一只小公猪，一只小母猪。它们青梅竹马，自出生起便形影不离。小公猪非常宠爱小母猪，常常把自己的食物留给小母猪吃，从不会让小母猪受到一点伤害。小母猪在小公猪的悉心呵护下，一天天无忧无虑地长大了，小公猪看着小母猪愈发白胖丰满的身体，心中溢满了喜悦。

新年就要来临了，有一天，小公猪无意间听到主人说要在新年的时候将长得最胖的猪杀掉时，小公猪呆住了……

也是从那天起，小公猪变得暴躁不安，常常对小母猪奚落责骂，抢它的食物。没有遭受过伤害的小母猪一时失了分寸，终日啜泣，滴食不进。就这样，小公猪一天天胖起来，小母猪却愈发消瘦了。

新年到了，主人们粗暴地带走了丰硕的小公猪，小母猪怔怔地回到猪舍，却看到墙上赫然写着那样一行字：如果爱不能用语言来表达，我愿用生命去证明。

是这样一段文字，在我胸中汹涌了很久，纵然我试图驾驭它的每一个枝节的情感，然而再华丽的词藻在空缺的经历的衬托下都显得苍白无力，所以仅以干涩的只字片语，重勉一些不说出的温柔，在一页记忆即将翻过，一页新生即将开启的隆冬，诚乞爱的永存了。

我们应该明白，最伟大的爱情不是殉情，而是给予你爱的人勇气，好好活着！

2006/12/21

爱玲　女人

是张爱玲给我勇气去写这样一篇超越年龄界线的文章。

女人，如果可以像爱玲一样活过，也便不枉被称作女人了吧！

像爱玲一样的女人，若说她的生命是短暂的，也未必太过狭隘了。她是活过几个时代的女人，有古代女子的娇羞，近代女性的闭塞保守以及现代女性的独立开放。是自主的大女人，也是娇美的小女子。

我是如此痴迷于《迟暮》中那个宁静甜美的爱玲，像林黛玉一般情感脆弱如易碎的玻璃。她舐泪哀怨，哀怨宿命的短暂与磨折。然而转瞬间她又成为了这样一位女人——抱着一本叫做《猫》的小册子，高声诵读："女人啊！你们真是幸运！外科医生都无法解剖你们的良心！"

我说爱玲这女人，狡黠而可爱。

她性情的古怪源于生在一个没落的大家族，源于一个古板的父亲与一个新潮的母亲。她可爱，因为在她的身体上同时融入了不同的性格元素。她存在——这个活了好几辈子的女人。

像爱玲一样的女人，琐琐碎碎地道来两篇《沉香屑》，到头来只着一"恶"字，真实的丑恶。所以我便可不以为意地听她讽刺"翩若惊鸿，婉若游龙的洛神不过是一个古典美女，世俗所供的观音不过是古典美女赤了脚，半裸高大肥硕的希腊神像不过是女运动家，金发的圣母不过是个俏妈妈，当众喂了一千多年的奶”。……或许这不是讽刺，是轻蔑地一笑，一笑震撼了一个中国。

这个调皮的女人，她爱她是个女人，却又不遗余力地恨自己是个女人。她是典型的女人，享受上苍赐予女人所应当享受的美丽的权利。然而笔端下又诉诸描绘了多少妓女路乞的肮脏低贱与歇斯底里？

所以这个女人哪，到了生命的尽头选择闭门谢客，深锁玉宫，像一个真空中的女神，抱着对世事的厌恶愤恨悄然逝去。只留下人们对“零落成泥碾作尘，只有香如故”这样散着馥郁芬芳的诗句无限的追随与哀思。

女人这尤物……

2004/9/11

发表于《正着成长　倒着回忆》

走走停停

请不要寄予我过于浓重的期望，
也不要对我失望。
我只是想在自己思想的航道上，
走走停停。

——题记

在这般万籁俱寂的深夜，灵感像是岩浆一般，冒着乳白色的泡泡，然而一旦涌出，却成了支离破碎的片段，凝不成章节。我想用盲目这个字眼，恰如其分地形容现在的心情，像幽灵般若有若无地存在着，时而振奋，时而郁郁寡欢。开始更真切地体味到“空洞”这个词所蕴含的更深刻的危机。

潦潦草草地结束了中考，考得不好也不坏；在家中消磨时光，不闷也不乐。于是发呆一度成了一种习惯动作。我试图提笔，向雪白的纸张宣泄内心的空洞。忽然发现，文字其实也有其特殊的表情，如少女微妙的心情一般细腻。

我常常以一种近乎佯狂的姿态告诉别人，文学是我生命中的一个重要枝节。然而此刻我却不由得意识到，真正的热爱，是珍惜每一段伏案创作的美好时光；是珍惜生命的最后一天一般珍爱每一段由理性与感性交织而成的文字。那么我的热爱，含金量又是多少呢？

犹记得一年前那个迷恋莎士比亚的仲夏，我的笔锋一度陷入了浮华的漩涡。就像灯红酒绿的夜，扑朔迷离地给人一种空洞的视觉冲击。然而一年的辍笔停耕使我的精神境界得到了很好的蜕变与完善，我开始渐渐明白所谓“文章的质感”究竟为何意。

此时的我，心情格外平静，语言趋近平实。

然而我又该如何面对循规蹈矩的生活呢？在曾经逝者如斯，却不能未尝往也的岁月里，未留下过什么可以历经百年风雨涤荡的优美文字，那么在今后，跟随成长的步伐，定会如期而至的机遇与挑战，我是否也能留下几段可经受千年沧桑的锻造却不朽的文章在后人的精神世界之中呢？

若能，今生也便无憾了。

今天，我只是迎着风雨在我的世界里走走停停，寻觅可以依傍的港湾。我的翎羽，在渐渐丰硕也在渐渐衰退。“新生”试图提出“陈旧”的那些养尊处优的秉性，然而它们也有年老色衰，寿终正寝的一天啊！

我的肌肤，逐渐消逝了红润的色泽，失去了青春的弹性，那又怎样呢？！我只是希望在驾鹤西归之前为后人留下些什么，哪怕是遗臭万年呢，这样也可为后辈留下一段为人处世的训诫了吧！

2005/11/15

发表于《中国少年作家》

演员日志

一个很偶然的机会，使我从上千名孩子中脱颖而出，有幸成为了北京电视台的一名小演员，参加了《洋话连篇》50集高级篇的拍摄工作。由于剧目要求，我们8个主要演员及12个工作人员需要前往一所位于北京远郊的温泉学校拍摄四天的外景。在这短短的四天里，我似乎尽尝了作为演员的一切辛苦劳累，也真真切切地体察了深藏在光环后面的，不为人知的辛酸。

拍摄的第一天我并没有按时到达，由于学校分班考试的缘故，“耍大牌”地请了一天假，本以为可以参加完考试还可在家休息一晚，谁知为了赶拍，导演晚上8点亲自开车来接我，于是“偷懒计划”就这样“毁于一旦”。

到那里时已经非常晚了，但剧组还在赶拍其他演员的戏，而我则被传唤到工作人员的卧室背剧本。当然，事实上当8个熟识的小演员在一起背剧本时，“玩闹”的成分便远远多于“背”的成分。尽管我们都是业余演员，但工作人员们也要“笑颜相对”，不好过多地制止，因此，来到第一天，我睡觉的习惯就被生扳过来了。

第二天天不亮就需要起床上妆，由于彻夜未眠，黑眼圈的程度可想而知，加之我是女演员，所以化妆师很不客气地给我柔嫩的脸上打了4斤腻子，而黑黑的眼线，淡粉的眼影与腮红在从未化过妆的我看来，恰如“女鬼”一般。

拍摄过程与大家在电视上看到的情节大致相同，所以具体的就不作描述了。在我看来，拍电视是十分细致的工作。在拍摄过程中，我的一个翻边的衣角都会引起“NG”的发生。现场采音的高调话筒是极其敏感的，所以戏场内必须保证没有一丝声音。尤其是拍摄外景的时候，为了防止录入知了的声音，我们甚至要在大太阳的暴晒下等候很久。

电视上三四分钟的一个片段通常要拍摄两个小时。除了拍摄大背景以外，每句话都要拍特写，那也是整个拍摄中最痛苦的，因为拍单人特写时别人可以在一旁休息，而你必须对着空气很有感情地表演，更不幸的是，如果不通过则要一直拍下去，等到全部拍完了，感觉自己的脸部肌肉已经完全僵硬了。

但更令人无法忍受的是在室外拍摄。为了使拍摄效果更佳，我们必须在光线最充足，也就是阳光暴晒的户外拍摄。由于长时间睡眠不足，加之酷热难耐，大家的状态都非常不好，因此，一个4分钟的场景整整拍摄了一个上午。回到卧室，大家都像晒蔫了的花朵，茶饭不思。

然而这也只是一个开始而已，更大的挑战还是在以后的几天里，由于严重的睡眠不足引发了很多身体不适，似乎拍摄成了一种任务或是负担，假笑也经常引起面部僵硬。同时，“NG”带来的导演们不留情面的呵斥也会让我们百般委屈。

尽管拍电视如此辛苦，但对于我们这些非专业演员也是一次难得的锻炼机会，也算是“受益匪浅”吧！因为这次机会使我们切肤地感受到了演员们的不易，他们需要在逝去的青春中拼命地超越，追寻，面对超负荷的劳累，仍然用最美丽的微笑来面对观众。

我会为从上千名中外小演员中脱颖而出而感到骄傲，但是在外景拍摄工作完成的同时我也得出了一条结论——拍完这50集，是暂时不准备再面对摄像机了。

2004/7/13

发表于《正着成长 倒着回忆》、《作文辅导》

Roses bloom ahead of World Cup
sales to maintain strong growth

诗鉴

《再别康桥》徐志摩

如果生活也可以这般诗意，
那么我的内心，是否也会多一份悸动？
在如痴如醉，草草即逝的岁月里，
庸碌的平乏将那些少年的拿云心事噬啮得斑斑驳驳。
谁没有梦呢？
就算襁褓中嗷嗷待哺婴孩儿，
目光中也翩舞过渴望的涟漪啊！
我们都曾年轻，也都将老去。
那些桀骜不驯与年少轻狂会在时间的里程碑上一点点剥落，
无法释怀的烦嚣像一把锉，
于是我不得不去相信——
成长的坎坷是会磨平那些执著心灵的棱角的，
那就是宿命。
当时光之浪再次拍打那片也曾年少的心岸时，
彩虹似的梦啊，却早已沉淀得了无踪影……

《赞美》穆旦

这是一个关于民族存亡的跌宕历史，在起伏的山峦，错综的村庄中，他像一位老父，监守着自己的孩子，和那一所破旧不堪的蜗居。生活的重担几乎将他压垮。可他一次又一次地站了起来。因为在这个庞大的家族之中，他是唯一的希望。只有他，只有他才能拯救那些落魄的，佝偻的孩子们。所以，顶着破败的痛苦，咒骂的鞭打，他还是站了起来，永远地，站起来了！

《致橡树》舒婷

那就是我们所追求的相辅相成的平定爱情吧！超脱了黛玉葬花，清照醉酒的那种小女人情怀，他们所承载的，是一种伟大的爱情。所谓："两情若为久长时，又岂在朝朝暮暮"，那是摒弃了小鸟依人的青涩的真正的成熟爱情。

《伊里亚特》荷马

我似看见了战争的硝烟在眼前吹散，吹乱每一个将军的怒发。在希腊与特洛伊的这场厮杀中，希腊军队的灵魂人物阿喀琉斯因爱妃被国君所夺，一度消沉而颓然。纵然他曾英勇无敌，强壮俊美，然而此刻，他却坐在帐篷中静观自己的战友在敌人的长矛下陨身。那个人——如对父亲一般为之服从，为之效命的国君此刻却抢走了他的孩子最心爱的玩具，这个自大的将军如何也无法挣脱这样一个迷惑的僵局。然而荷马却在此刻将笔锋一转，阿喀琉斯在自己战友血肉模糊的尸骨面前毅然崛起，发出一声肃杀的怒吼，特洛伊佯狂的将领在阿喀琉斯健壮的手臂中成了无缚鸡之力的生物，皮鞭让他们皮肉绽裂，他们亲吻着阿喀琉斯的脚尖祈求饶恕，然而他的怒火却因此更加充溢。特洛伊完全地毁灭性地败在了阿喀琉斯的手下，然而阿喀琉斯自此也已精神崩溃。一个男人的胜利感源于男人与宇宙，或是男人与自己，阿喀琉斯属于后者，所以他战胜了世界，却败给了自己。

2005/4/21

殊途同归

生活就像一块巨大的汉堡。

白天与黑夜是两块不断延伸的面饼，牢牢锁住了庸庸碌碌的苍生。挤，空气仿佛即将溢出油腻而酸涩的沙拉，弥漫着。我觉得自己像一种菌，试图在已逝或将逝的岁月中留下什么。

——题记

照片总是以记忆为线索而存在的，恰如我所面对的一张毕业大合影，仅半米的长幅照片画面显得有些拙劣。一张张青春而不羁的脸，没有意思陈杂与谎言。那时的我长发披肩，习惯掰着手指，苦苦等待中考的到来，像是一种例行功课，从不间断。然而现在所要面对的却是悄然而至的高考——独木桥上最后的战役。

曾经的好朋友们都有些“劳燕分飞”的味道了。比如肉肉头硕硕，去了北京三中，也就是说从考场释放出来的那一刻起，再也不会有他每天跟在我身后夸张地大喊：“啊，我美丽的老姐！”记得那个时候我们是唇舌之战最频繁也是最要好的一对“姐弟”。现在分道扬镳了，纵然少了些战争的烟火，生活也着实空旷了很多。

好友奕奕留在了本校，我想这应该是我最想听到的结局，毕竟我们的友谊还有一丝间接的联系来维系。她是我同窗3年最要好的知己，无话不谈的朋友，亲密程度之于“鱼水”。尽管我们心灵的距离不曾扩大，然而对于地域的桎梏往往不是人所能颠覆的。至少我再也没有机会骑着单车和她一同穿过她家那条静谧的，铺满银杏落叶的小巷了。或许若干年之后我们已经形同陌路，然而无论如何，我都要以一个密友的身份默默祝福她。

还有姚姚，去了和我们师大附中血脉相通的兄弟校——师大二附。记得从前他逃晚自习的时候都是我义不容辞地帮他打掩护，现在想想也着实是愧对我们可爱的小班主任了。不知现在还有没有人步我的后尘，以讹传讹，帮他继续逃下去了。

还有帅气的杰子，被流放到了河北大学城内的一所寄宿学校。我想一定是他那财大气粗的老妈铁了心要制服他那大少爷的秉性了。于是又想到那样一个荒山野岭里竟出了这样一位风流倜傥的帅哥，一抹不知是为杰子班里女生庆幸还是对杰子幸灾乐祸的微笑洋溢在嘴边，却在此时，手机不安分地叫了起来，是一条来自杰子的信息——“天啊，出家的心都有了……”

多少尘封的往事，犹如沉默的船只以及无数宝藏，涌现在我热切的眼中。威廉·哈兹里特曾说：“如果想要遗忘那些令人痛苦的思索，最好的方式是离开那些令人触景生情的事物以及与之相关的联系，然而只有生我们养我们的故乡才是可以安身立命的地方。”我想，那个温馨的小圈子就是我的“精神故乡”吧！如果生命可以重新来过，我将用今生来环游世界，而在来世，我要永远守护在我的“故乡”。

2003/8/7

无欲则刚

每一次面对漫天星斗的璀璨，我都会思索这构筑着神化的光华究竟埋藏了多少人类瑰丽的梦想？为何美丽的事物总与我们遥遥相对却触手不及？

当灞陵的柳枝拨乱游子的离愁，当庄子失手打翻了那夜蒹葭般的霜白，一种淡定而无欲的信仰便幻化为悠悠中华那枚千年不移的水月。

我欲乘风，梳理他三千丈的白发。那夜皎洁的星之素芒，犹若他飘飞的长袖，在忘川中搁浅。因为无欲，他漠视人间的繁杂，因为无欲，他淡却铜臭的斑驳，因为无欲，他发现了宇宙间亘古的秘密：人世有不言之大美。在鲲翅入海之际，他终于找到了那只可以摹绘芸芸众生的画笔。

一股人性纯澈的幽香在我的心田萦绕，甘之如饴。

是的，拿破仑可以踏平阿尔卑斯山脉，却永远无法企及滑铁卢的高度；秦始皇手执千万铁骑，广袤大地了若指掌，却永远出不到生命的悬果；那卡捷琳娜可以挥师百万，纵横寰宇，却永远无法占领人性的高地。纵然他们在战争的史册上有着无以磨灭的功勋，然而在人性的碑铭前，他们，只配屈膝忏悔！

唯有庄子，唯有其淡泊而豁达的人生态度，包天下之不可包，渺天下之不可渺的人生境界，才可永垂青史！

生斯邦者，闻其声，汲其风，得其一绪而足以卓然而自树立。他在这个物欲横流的社会撑起了一种人格坐标，予乱世以精神引渡。

当一个人有了对官权的回望，他便同时获取了贪婪与自失，于是有太多的人以精神的纯净去置换了金币与享乐。当我们的生活愈加趋于奢侈与靡费时，究竟还有谁，可以普度沉沦的尘世?

唯有庄子，在忘川之上安然而祥和地俯瞰人世沉浮，嘴角只着一抹淡定的微笑。那微笑与皎月同映我的眼眸，我听到一种触及灵魂的共鸣震彻耳际。

流水殇殇，逝者如斯，当欲望迷惑了我们的双眼时，唯有庄子在撩拨那根关于白云与诗的弦子。

清音俗世留。

当美与欲望总是擦边而过时，唯有自由与流浪继续……无欲则刚!

2006/5/7

感动

喜欢品冠的歌——唱出的是一份柏拉图式的爱情，没有短暂的甜蜜，却有永恒的感动。记得品冠单飞后的第一张专辑中有一首《陪你一起老》，乍听没什么特别，是他一贯的抒情曲风。至于是怎么注意它的，还要从我爸说起。我爸——一个羞涩于情感的大知识分子，也是我的记忆中最坚强的男人，我从没见过他哭，甚至怀疑他会不会哭。老爸爱老歌，对于我的成堆的流行CD全然是排斥的。

还记得是一个仲夏的薄暮十分，老爸照例接我放学，我在车上放了品冠的专辑，当听到《陪你一起老》时，他突然调大了音响的声音，轻声对我说，这首歌很好听。我当时很惊讶，这是老爸第一次夸奖流行歌曲好听，尽管他早已忘记这件事了！自此，我才真正地注意到这首歌。

但这不是故事的尾声，而只是一个开始。

某天，妈开车接我回家，车上放着淡淡的背景音乐——还是《陪你一起老》，我对她说，我爸喜欢它，妈妈浅浅一笑，露出淡淡的笑靥，很美。

“你知道你爸为什么喜欢它吗？”我摇头。

“你爸前几天跟我说，如果有一天，我们中的一个快不行了，那我们就一起安乐死。”妈妈哽咽了，眼中泛着涟漪。我默然……

已不记得泪水是怎样强忍着泛滥开来了，只是莫名地感到老爸真的老了，老得没有力气去隐藏内心的善感，悠然间，他所有的情感火山般喷薄出来，让我的心中莫名地蒙上了一层悲凉。我想，若干年后，当我的爸爸妈妈洞悉了世间的一切悲欢喜乐后，他们一定不会后悔，因为他们曾刻骨地爱过，尽管爱得是那么含蓄。这种爱贯穿并超越了所有的亲情、友情、爱情，升华成了一种叫做“挚爱”的东西。

想，也许几十年后，也许是一百年后的一个繁花似锦的美丽春天，有一对耄耋老人，他们会毫无功利掺杂地膜拜芸芸万物；他们无须再为世事的无奈而桎梏心灵的热情；他们会用那饱经沧桑的老手，互相搀扶着，走向人生的尽头。

我们追求的幸福不就是互相搀扶着走一段漫长的人生路吗？初恋的朦胧、热恋的缠绵都经不起时间的漂洗，总有一天会物化，而唯一可以抗拒时光的，就是一生一世握在一起的手。他们用挚爱豁亮了生命的烛照，生命的尘埃终究要落定，但只要心源有火，就能燃烧出永恒的岁月！

感谢造世主的仁爱，给予我们这个多姿的世界，更感谢她给予了我们多彩的感情。

我含着感动的泪水，带着满腔的热忱与喜悦，向着东方的天际，向着喷薄的红日呐喊——“什么是幸福？”

死生契阔，与子成悦，执子之手，与子偕老。

2003/4/29

发表于《正着成长　倒着回忆》

旅行的意义

我总以为，旅行是一场美丽的误会，我们带着对某个地点的个人理解，踉踉跄跄地闯入，收获的通常是一半得意和一半失落。

用了近两个月的时间去了九寨、黄龙、杭州、上海，明天又将启程至香港。不由得觉得自己更像是舞台上的木偶，身后的背景画匆匆转换，有的留下欢笑，有的洒过眼泪，也有的被遗忘。然而不究其结果，我们还是要旅行的，就像长大一样不可避免。只是它带给了我们什么，似乎就不那么彰溢了。我却私下里觉得，如此这般令人觉得欣喜若狂的事件却如一把利锉，一次惊奇，两次欣喜，三次平平，四次便会不自觉地挑起纰漏来，或许这就是俗语所谓的，见过世面的人就会有深深浅浅的挑剔与不屑了吧。

这总是一件令人困惑的事情——不同的景色令人开阔视野、陶冶情操，却也冥冥地抬高了人的胃口，使受者非但没有变得仁忍宽善，反而更加刻薄挑剔。

有时候我自认是被环境宠坏了的人，所以对旅行品质会格外地挑剔。对于旅行社的见景、拍照、赶车的游览方式尤为嗤之以鼻。这也便是造成我踏遍青山绿水，却没参加过一次旅行社的缘故。

旅行是对不同文化的造访与吸收，而不是拿着人多于景的景点快照，一脸了不起地向别人吹嘘什么。诚然，我也热爱摄影，却很少有某某著名景点的三分钟快照。

此外还要特别强调一点，很多人喜欢将赶点式的旅行美名曰“度假”，但我所理解的“度假”，恰恰不是赏景，而是蜗居在高级酒店里晒日光浴、游泳、做SPA等，出酒店的“度假”便是名词滥用了。度假之于旅行，更倾向于精神的放松。而旅行是着实不能称之为休息放松的，确切的，旅行是一件累人的公干，必须在有限的时间里汲取你所期盼的一切风景的甘露。

比如余秋雨先生在写《心中之旅》的时候，一条江南线是确凿凿地从他脚下踏出的，没有半丝虚假，所以厚厚的一本精神积淀才可让我们这些文墨不多却又胃口挑剔的文虫得以果腹与充实。

人的生命由时间和空间组成。时间再怎么长，也不过百来岁，延长余地不大，但空间就不一样了，伸缩范围可以非常悬殊。因此，生命质量的落差，很大程度上与空间有关。

人的肉体可以生病，而精神却不可以生病。同理，我们以旅行的方式拓宽生命的质量，在有限的空间里浓缩无限的精彩，纵使抬高了胃口，又何妨呢？

我怀着对于“书斋著述与实际发生的文化现象脱节”的困惑，踏过高原，泛舟江海，挺进丛林，走到炽热的阳光下，想感受一下心中的希冀与铮铮的现实之间的沟壑，然而我所目睹，所品尝的却是另类甜美，那样生机勃勃而富有质感。姑且不去深入到“地壳运动”所创造的一个又一个浑然天成的奇迹，只当是女娲盘古的遗留馈赠，让我们的文章更优美，诗歌更诗意。

引壶觞，眄庭柯，让歌者继续歌，舞者继续舞，醉的继续醉，醒的忘忧然吧！

2007/7/25

写给未来的你

亲爱的，我不知道现在的你在哪里，不知道你过着怎样的生活，甚至还未曾一睹你的面容。

亲爱的，我还没有听过你的声音，没有见过你肌肤的纹理，甚至还不知你的名字。

亲爱的，我不知道上苍是否对我有足够的眷顾，将你带入我未来的生活之中，然而如果有一天我找到了甘愿与子偕老的对象时，我知道，那个人一定会是你。

你给予他人的第一感觉总是气度不凡的，没有年轻的张扬与轻浮，却沉稳踏实，平易近人。

你的嗓音浑厚洪亮，总是舞台上最威严的一个，却也会在我的耳畔温柔细语。

你有温文尔雅的气质，从不曾歇斯底里，怒不可遏。

你不会用夸张的面部表情、肢体语言或是低俗的字句来博得众人的一笑，因为你远不会是那样哗众取宠的角色。你的幽默是不动声色的一句话，却足够让大家回味无穷。

你细致周全，不丢三落四，不拖泥带水。

你对人们的态度总是温和的，却可以将自己的威信潜移默化地植入每一个人心中。

你可以没有俊俏的外貌，因为那从不是我评判男性的尺度，但你却要拥有挺拔坚挺的身板，在我力不从心的时候，可以肆无忌惮地依赖。

你不抽烟，也很少喝酒，因为你知道并不是唯有酒桌英雄才能飞黄腾达。你的人格魅力是优于一切的必胜法宝。

你善于利用时间，从不将宝贵的春宵一刻虚度于电视机前、网络游戏中，我们的缠绵也总是恰到好处地适可而止。

你有良好的作息时间，不沉溺于灯红酒绿，纸醉金迷的夜生活中，生活规律而健康。

你爱读书，上至尼采、黑格尔，下至金庸、古龙，你都有足够的知识与资质去侃侃而谈，只是你为人低调淡然，从不将什么作为炫耀的资本。

你的话不多，却有足够的分量震撼听者的内心。

你喜欢真诚地赞美，总是可以捕捉到别人光彩的一面。然而你也深谙社会的黑暗与人性的悲凉，从不会被光怪陆离的表象所蒙骗，永远走在这个努力攀爬而又暗中厮打的队伍的最前端。

然而你的善良也从不允许你有违背良心的行为。

你广交天下士，却很少酝酿着把盏闲叙，一醉方休，频繁走动的计划。你与你的朋友们保持着温暖而贴心的关系，相互问候，却不过多打搅，但你的一个求助电话总是会迎来热情相助。因为你知道，君子之交淡如水。

你会绅士地对待周遭的每一位女性，亦会同她们保持距离，决不会深陷暧昧的泥沼。

你从不曾将工作中纷繁复杂的情绪带到家中。也许你会是单位中翻手为云、覆手为雨的领导者，不苟言笑的军师，然而一旦推开家门，你便瞬间回归了爱夫、慈父的本职。

你可以尽享他人的赞誉、褒奖、奉承、谄媚，但你一定会坚守灵魂的阵地，不为表象所迷惑。

我是较你的母亲而言第二个最爱你的女人，但我也有我的生活原则。我相信你不会渴望举案齐眉、相敬如宾的生活。因为你是深爱我的，你会将我如婴儿般娇宠。即使别人的眼中你是如此的威严而不可一视，但在我们两个人的世界里，我可以在你沉睡的时候在你棱角分明的脸上画满花猫胡子，当你醒来看到镜中的自己时会佯装生气地捉住我的小手"狠狠"咬上一口；你会为了给我一个生日的惊喜而在寒冷的深秋苦苦守上一夜……

你知道对我而言，你的一半是我的爱人，另一半，是你一直在尽职尽责地扮演的角色——父亲。

你无需拥有一个富甲一方的家庭，因为我有一个足够供我尽享生活的家庭，但你必须有充足的进取之心，因为你是我支付了一辈子换得的男人，你要有能力挑起我们未来的重担。

你的父母一定会是知书达理的，他们会和我的父母一样成为为我们这个小家庭递送温暖的一份子，并且清楚地意识到此时的你已不再是家中乖巧的儿子，而是在大千世界里努力打拼自己天地的男人；是渴望承担起一个家庭的未来的慈父，爱夫。

你必须孝敬你的父母，唯有知双亲冷暖，才有能力去保护我们的爱情。但也希望你和他们可以保持微妙的距离，因为自我说"我愿意"的那刻起，我就是你身边最亲近的人，而你和你的父母，从某种意义上，已是永久性的脱离。

我的生活是多彩的，纵然我相信你会有能力不但让我继续像现在一样拥有富足的生活，更会让它变得愈加华丽，但这仍不能阻挡我去开拓自己事业的脚步。我希望的是，有一天可以与你面对面坐在谈判桌上，以竞争对手的单纯身份，举起预祝合作成功的酒杯。

然而若又有这么一天，当我厌恶了尔虞我诈的社会生活时，可以立刻躲进你的臂弯，做一个幕后的角色。

我会给你的生活足够多的启发、指导与出谋划策，当然也不排除训诫。所以，当我提高了嗓门变得愤怒时，请温柔地对待我，因为我爱你，你是我一生的赌注。

我可以试着收敛一个娇惯女子的秉性，与你的性情相互融合，但只有两点是我不会妥协的——其一，不允许你拿健康做任何成就的代价，因为这是你的底牌，支撑你继续的最有利条件；第二，不允许你将卫生整洁的生活习惯作为一个粗犷男人可有可无的东西。所谓一屋不扫何以扫天下，只有注重生活细节，有良好生活习惯的人才可以成就一番事业，而不会在小失误中赔上一辈子的辛苦。

亲爱的，在未来的生活里，也许你还会无意中发现很多我的，令你心痛的过往。我从未有意隐瞒，那是青春的错误，或许有着深深的，并不光彩的烙印，但我相信它们会因我对你至死不渝的爱恋而渐渐愈合。

亲爱的，或许现在的我只能将描述的这些对你的爱束之高阁，因为此刻——在徘徊于20岁边缘的我的心中，并无一个真实的你的影像，但我却不无期待地构思着你的降临。因为只有你才能寄予我爱情而非冲动的感情；只有你能收复我流浪的心；只有你能伴我找寻到生命的意义。

那么我的亲爱的，你究竟在哪儿呢？

2008/9/17

盛唐随想

刻一块中国的花窗，框起这天人合一的融洽；构一道东方的长廊，连接那历史文化的深邃；取数桢花光水影，记几个岁月回章，在古色古香的幽雅中，读着你美丽的韵律，淡雅中被古文化的深邃所熏陶。竟突发其想，想为几位文人墨客亲手泡制几杯清茶——

这第一盏茶，要用细致的瓷杯，无锡的惠山泉水冲制一杯清香的茉莉花茶，请李清照柔柔啜饮，红藕香残玉簟秋，轻解罗裳，独上兰舟。云中谁寄锦书来？雁字回时，月满西楼。花自飘零水自流，一种相思，两处闲愁。此情无计可消除，才下眉心，却上心头。

这第二盏茶要用结着茶垢的农家碗，清凉的井水泡制一碗老茶给陆游，务观你一生清苦，抱着一颗炽热的爱国心却多次被贬，退居山阴却至死不忘祖国统一，让人不能不为你的凄楚而遗憾。雪晓清笳乱起，梦游处，不知何地？铁骑无声望似水。想关河，雁门西，青海际。睡觉寒灯里，漏声断，月斜窗纸。自许封侯在万里。有谁知，鬓虽残，心未死。

这第三盏茶要用上等白玉，苏州的观音泉水泡制一壶碧螺春，百花齐放千红一窟万艳同杯，馥郁瑰丽一如站在盛唐文化中心的李白。弃我去者，昨日之日不可留；乱我心者，今日之日多烦忧。长风万里送秋雁，对此可以酣高楼。蓬莱文章建安骨，中间小谢又清发。俱怀逸兴壮思飞，欲上青天揽明月。抽刀断水水更流，举杯消愁愁更愁。人生在世不称意，明朝散发弄扁舟。

这第四盏茶，要用木杯，济南趵突泉水泡制一杯毛尖茶给杜甫，子美你一生为疾苦百姓，却多次遭遇不幸，仕途失意，生活困顿。摇落深知宋玉悲，风流儒雅亦吾师。怅望千秋一洒泪，萧条异代不同时！江山故宅空文藻，云雨荒台岂梦思？最是楚宫俱泯灭，舟人指点到今疑。

清茶芳香，香不过你的美好，古老的文化精髓，愿不会成为即逝的流星，永远在炎黄子孙的身上，芳香。

2001/5/21

发表于《抓住身边的美丽》、《语文报》

美丽的位置

我常常看到这样的图片：在绵延于云雾中不知疲惫的青松翠柏与倒映着迷离氤氲的山色的湖光掩映下，身着色彩明快而跳跃的少数民族女子，阳光般艳丽地笑着，也许她们肌肤黝黑而两颊晕染着并不纯粹的深红，也许她们在骄阳的炙烤下面色焦黄，印上了深深浅浅的岁月的痕迹，然而照片的题目依然是“美丽的×族姑娘”，那个时候人们的思想常常会悖逆现实的审美逻辑，欣然称赞照片上另一种风味的美丽。

后来我又开始思考，为什么“众口难调”这个词语更多的时候只适用于那些几近完美的事物。比如当一个美得娇艳欲滴的现代女子的照片在网络之间流传时，人们大都会用极为刻薄的评判标准来审视她，也不乏有“骂声不断”的情况出现。然而再次回到开篇，面相平庸，甚至有明显瑕疵的少数民族姑娘却被众人追捧。究竟是一种怎样的心态让我们的大脑滋长着这样与现实背道而驰的理念。

然而后来我明确了，确切地说，这不是一种逆流中的变态思维，而是我们之于空间的，朦胧的潜意识表现。

简言之，美丽，是一种空间范畴而非时间概念，当事物可以迎合着空间大放其彩的时候，便是大美；反之，再美的事物放错了位置，也不过是尴尬。所以就美丽而言，追逐时间，崇尚时尚，未必是赢得赞赏的行为。

就好比穿着晚礼服爬山，纵使多么明眸善睐，风韵有致的女子，也逃不过异样的目光与尴尬的处境吧！而此刻，众人便会将目光锁定在这身不合时宜的衣装上，却忽略了主人公的美丽，至此，笑骂议论也不足为过了。

依据这种理论来分析开头提出的问题，我想那种让人欣然接受的美丽并不局限于人的五官面相，更确切的是，当朴实的姑娘置身于山山水水之中时，那种天地相连，人世合一的无言之大美震撼了我们孤傲而尖刻的心灵。姑娘之美，美于山水，美于虫鸟，美于涓涓潺潺动静掩映终成曲，美于细细碎碎磐石云上忘人间。这种美构筑在自然这个博大的空间里，汲取山水清雅而高尚的灵魂，吐着陈露，漫着芳华，映着淳朴的笑容，自成人面桃花。然而剥离山水的庇护，彩衣的修饰，若要那姑娘换上袒脐露背的现代洋装，踩上10厘米有余的骄傲的高跟鞋，再烫上一头细密的小卷，可能“美丽”这个词便自此与她无缘了吧。

似乎每个小孩子都渴望长大，渴望能得到像成人一样的尊重，尤其是对于那些十三四岁，比上不足，比下有余的少年。他们出脱了孩童的幼稚，已不再渴望被亲人捧在手心的那份贴心的宝贝，他们有了小小的叛逆与大大的梦想，便努力将自己打扮得成熟一些。穿上考究的衣衫，蹬上锃亮的皮鞋，常常对外人表现出一副冷漠而不苟言笑的样子，似乎包括我在内的很多少年都曾经，或者正在以这种方式努力摆脱那样一个不尴不尬，不上不下的年龄围城，通过对于外表的修饰去探一探围城外的天光。那个时候我也是如此的，接受了一些西方的文化教育，便愈发地自我与早熟起来。母亲也曾很多次劝诫我，“若现在扮熟，等长大了，此时的年华便是彼时再也追不回的忧伤了”。那时我不明白，固执地穿着略有些风韵的衣裙，过着自鸣得意，我行我素的小资生活，然而现在，当我被莫名其妙又无可抗拒地冠以“青年人”、“成年人”、“Young Lady(年轻女士)”的时候，再看到那些印着花花草草，小鸟狗熊的可爱娃娃装时，发现自己已不是不想，而是不能再如此打扮了。这个时候我突然明白，年少时，我们曾错过了多少风景，悖逆了多少，可以营造美丽的空间。

如果再给我一次12岁，再还我一个14岁，我会穿着最清爽的裙子，最干净的布鞋，重温那份单纯与天真。

后来我想，致使少年们常常坠入这个“装熟”误区的缘由，是他们搞错了美丽的定义，盲目随从时间性，认为什么流行就肆无忌惮地趋之若鹜，却忽略了，空间的迎合才是美丽的标准，选对了空间，我们的美丽才有的放矢。

人们常说美丽是一种感性的东西，没有特定的理论依据。而我却执著地相信这种理念只是一种表面现象，唯有空间与事物构成浑然天成的一体时，我们的心中才会油然升起一种感情的爱与敬。

这个时候，才不得不对自然之中的无形的潜规则所深深折服。

人们努力改变世界，却常常被世界所改变……

2007/9/1

我是谁?

一个仓促地奔忙于烦嚣尘世的游子。关于命运与际遇有太多不切实际的价值观，让我很多次地在选择屈服时不住地迷茫。我曾经也是拥有明澈如水的眸子的，但令人悲哀的是，在成长的辛碌旅途中遗失了太多。

恬静柔美抑或聪慧乖巧都是我最肤浅的写照，隐没了我太多放纵，粗犷与沉重。

没有企图的生活，那是我一直企图追求的，对于“没有企图”的企图，我错过了多少真挚的东西？误了多少久违了的酣梦？于是席慕容说：

所有的时刻都仓皇而模糊，

除非你能停下来，远远地回顾。

回顾？回顾不过是一些年少的轻狂与无尽的遗憾。在茫茫人海，芸芸众生之中，多少次不经意的过节给这个唯美的世界谱写了不和谐的旋律。如此浑惶地走过，不曾闭目冥想，思索我为何要去承担一切未知的宿命。当忽然间发现自己再也无法为飘逸的春雨霏霏或是连绵的冬雪皑皑而热泪盈眶时，是麻木了，还是疲惫了？

我是谁？

敏感的神经薄如蝉翼，似乎一滴昆虫的泪水都可将它浸透。抑或如草原上的母羚羊，随时警惕着别的动物攻击自己的孩子。也曾有过坚定不移的信念，以为成长的坎坷是磨不平执著心灵的棱角的，然而我却随着时间变得愈发圆滑与老练。

遗失的只是纯真么？

年少的浅薄给了我很多不受鞭策的笔触。那些无忧无虑的云上的日子啊，为何要去得如此匆忙而狼狈？想，正是青春盎然的我，却背负如此冗繁的思考，一场悲凉……合十双手，我该为谁而祷告？自己还是所有为宿命所修改了本性的孩子？

我是谁呢？

犹记得《无怨的青春》中那些荡气回肠的诗句：如果你年轻时爱上某人，请你一定要，一定要温柔地对待他……我也有过初恋的唯美，抑或晦涩么？还是那些属于感性与悸动的季节早已不复返？更真切的懵懂……

还是依然故我地眷恋那些纯美岁月，那个会因为夏日的一缕凉风而无比喜悦的我究竟是谁呢？为何已演变得不自知了？恬淡如风，轻薄如丝的岁月，你为何不能为我痴迷的守候而放慢步伐呢？

我究竟是谁？

一个心头载着巨石，肩头承担了过重的期望的孩子。本该属于青春的纯真与信念成了我宣泄心中愤世的郁积的对象，用烈酒服下一颗淡粉色的维他命丸，写一些对于看不清自己的人而言不过是无病呻吟的文字来宣泄自己的痛苦，在迷醉中清醒，在清醒中痛楚。宿命！还是宿命！我们都是这个时代的试验品，无怨地背负着一切重压，甚至为此而乐此不疲……

究竟什么才是追逐的终点，谁又是信仰的守墓人？想要把一切纷扰抛弃脑后，却依旧选择重蹈前人的覆辙，继续我无奈的生活，靠着一点点偶然的火苗来温暖整个天空的生活。

在这样一个为了金钱、名誉与地位甚至可以丧失人格的世界里，我想做独树一帜的“圣者”，而那一切不过是一个逃避现实的臆想，疲惫时自我放纵的乌托邦罢了，终是要选择独木桥上的你争我夺的，尽管我们有着同样不幸的宿命，却无法因为同病相怜的怜悯而放弃战争，因为每个人都只能做这样一个二选一的游戏，选项是，生，或者死。

我向着每一隅怒吼，我是谁?!我究竟是谁?!

2005/6/7

美丽乡愁

已经很久没有谛听你的声音，我的故乡，生我的地方。

哑哑学语的年纪，我便离开了故乡温婉的庇护。稀疏的记忆残留于脑海，那是红彤彤的牡丹哪，而你的芬芳却无从记忆。

我的故乡，最陌生的地方，我的根却在这里深扎，长眠。我的肌肤，有着这片土地一般健硕的色泽；我的身体，散发着故乡空气中氤氲的芳香；我的沸腾的血液如潺潺泉水，穿彻了多少乡愁的喜怒哀伤。

这样感性的笔触，寄托了我太多无言的情愫。这样一个陌生的城市，却铭刻了我太多深沉的眷恋。就在这片热切的土地上，长眠了我的至亲，而我无限的哀思也被一次次地沉淀，沉淀。想问那墓前随意的几朵小花，可否将我的思念带到天边，交付那颗最闪亮的星星？那是我的亲人呐，在天边用目光注视着我。

我要抚摸每一个故乡的角落，哪怕是最潮湿阴暗的一隅呢？

我的小小的，落后的故乡，泥塘中戏耍的孩童不正是我未曾谋面的弟弟妹妹么？

黝黑泛红的圆脸，透着质朴真挚的笑容。几双沾满泥土的小黑手，皆欲将我拥抱。而我又怎能忍心拒绝，怎愿看到失望的暗淡覆盖了他们稚嫩的面庞，展成一片阴霾呢？

还有我的父老啊，还有曾经陪伴我放鞭炮的兄长，几年的光阴似水滑过，他也已为人父。多少纯真的孩子，在最多彩的年纪却已早早背负了生活的重担。而我，却还是一个娇纵的女孩，似乎不曾被时间改变。

茅草房、白绵羊，我的思念在哪里流淌？

老屋的后面，是一片茂密的树林，它曾经留下了多少短暂的美好在我年少的心房？

最渴望的，是塘中摸不到的鱼儿；最敬畏的，是门前爬不上的大白杨。城里的孩子，总是学不会自然赋予的嬉戏的本领的。

这是我不曾居住的故乡。

听说也会有肥硕的野兔子在绿油油的田间猖狂，听说知了会爬满夏天的树梢，听说这里的五月会弥散牡丹的馥郁芬芳。

于是我想，或许到我老的那一天，也要归根于这个宁静的地方，住一住泥草砌的屋房，给我慵懒的小猫搔痒。

麦田里滚滚的麦浪，泛起我多少思家的渴望？在油灯阑珊的夜中彷徨，我却不再为连绵的漆黑而惊慌。有家的地方，灵魂不会在故土流亡。

多年漂泊异乡，身心已融入了快步疾行的方向。我停下脚步张望，找不到避风港。我的家乡，在咫尺不及的地方。浅浅的水沟是家鸭的天堂。是哪个粗心的鸭妈妈哟，将雪白的鸭蛋遗落在芦苇丛的一旁？

葡萄架上夹着火红的石榴花，碧亮的紫葡萄，像是小姑娘亮晶晶的大眼睛，泛着阵阵涟漪。慵懒的午后，这里是否也会有一只贪食的小狐狸在架下苦苦守候？

我的家乡，依傍在碧色纯清的麦地身旁。有我陌生的父老。泥泞的沟壑小道，深陷了多少思绪我无法遗忘？

唯美的画面在我的眼前展现，那是父亲带着对生活的渴望，大步迈出了贫苦的束缚。然而今天，当他站在生活的顶峰鸟瞰，却无法释怀那份对家乡的眷恋，一把辛酸。

我的家乡，像是一个渺茫的梦想，心灵的方向。我寻寻觅觅，向你靠岸，向你张望。不想夸口要将你建设得繁荣富强，你是一片灵魂的净土，只愿你永远地沉醉在酣梦之中，远离喧嚣。到我老的时候，要回到这里，向你诉诉生活的恬淡或是苦楚，让你陪我走完生命最后的历程，归根到生我的地方。

2005/6/7

藏在历史的背面

你可听到中华五千年的历史如滚滚江河奔流而下，如一只透明的兽悠然掠过世代的血脉。它曾见证盘古女娲造世的神奇；曾亲历神农试草，禹划九州的无畏；曾痛楚于秦始皇的暴戾，楚霸王的失意；亦曾抚慰寂寞的文人骚客的心。然而当后人们毫无置疑地接纳了一切以语言文字方式所传述的历史时，可曾看到那些深藏于历史背面的、更真实深刻的历史。

那是一些为人所忽略的客观片段。当世人虚伪地将正面与负面明晰起来，对于历史片面而极端的定位在后人的血脉中延传，甚至是升华。对于文化糟粕的推崇的愈演愈烈，使我们习惯于完全地肯定一个人，甚至将他的缺点也描述为一种不得已而为之甚至是有理有据的行为，也曾将一个反面人物死死地固定在不可翻身的错误的决绝之上，惨遭时光的蹂躏，后代的唾弃，而他们的正面行为也被“鸡蛋里挑骨头”似的被否定。

对于这些行为，与其说是为后代树立明确的为人处世的榜样，或是做明确的警示，更不如说是一种对于历史的亵渎与逃避。比如明代的王阳明，这个在国人耳中，甚至是他的故乡浙江余姚的后辈的耳中都不甚陌生的名字竟是中国历史长河之上，寥若星辰的文武兼备的大才之代表！三国时期有曹操诸葛亮，文武兼修，但就文化的综合创建上却不能俯视历史；宋代有辛弃疾，诗词豪放不羁，堪称大家，纵然在朝多年，是忠心耿耿的老臣，然而军事方面也略薄弱于文学的建树。然而明代的王阳明确是实实在在地坐稳了文武双全的交椅。他曾率兵打过多次大仗，军事方面独具谋略，娴于兵法。明世宗封他为“新建伯”，以此来表彰他在军事方面的贡献。同时，他又是不折不扣的杰出文人。《明史》中记载，悠悠明朝，文臣用军，王阳明者，无人可及。他是中国史上屈指可数的大哲人，却始终为后世称作“诟病哲学”。他无人可匹及的睿智的思维，微妙的语言却因归为“唯心主义”而被磨灭，被遗忘。文化自由而广袤的田地此刻被束缚得如此狭小，奈何文化开放的口号言传了一代又一代，然而如此根深蒂固的糟粕却仍无所改善。而余姚地区仅存的，用以纪念王阳明的“阳明医院”也被世代传述为了“养命医院”。

此外，洪秀全领导的太平天国农民运动始终被大家称作农民的最高运动，后人大力讴歌了这次农民运动对于此后中国的发展的正面作用，却忽略了与此同时，它为中国带来的不利影响。

山西这个并不富裕的省一度是商人辈出。山西人曾经世代为商，在商界行事忠厚诚信，大度宽容，强于管理，平等待人，因此也使这个贫瘠的地域有了自己为生，繁荣的途径。万历《汾州府志》曾记载：“平遥县地瘠薄，气刚劲，人多耕织少。”乾隆《太谷县志》说：“太谷民多而田少，竭丰年之谷，不足供两月，故耕种之外，咸善谋生，跋涉数千里，率以为常。土俗殷实，实由此焉。”智慧勤恳的山西人利用开银号、制盐业发了家，成为中国商界的领军人物，也为中国的发展作了极大贡献。然而正是太平天国运动，给沿途造成了极大破坏。百姓落拓流离，一度繁荣的山西商行也相继破产。这次农民运动纵然为中国破除封建开拓了道路，然而由此所造成的损失也是不可估量的。一方面百姓生活鸡犬不宁，男耕女织的自然经济进一步解体，村镇一片狼藉，民不聊生；同时山西商业接连关张倒闭，一度在商界名声赫赫的日升昌票号重庆、广东分号在运动初期也相继关张，此后的一段时间，这家风光一时的大产业完全倒闭。山西商人联名向朝廷请求帮助，而已是瘦寡弱小的朝廷也是爱莫能助。自此，山西史册上最辉煌的一页被翻过了，至今也未能重演当年的辉煌。

作为文化发展的线索，历史肩负着坚实的基础作用，正是因以史为鉴，人类才能稳固而扎实地向前迈进。我们不应趋于某些因素而否决了历史的客观性，如若继续，对于后代的后代无异于一种最致命的文化损失了。同时，闭塞的文化疆域也终将使我们这悠远的文学古国在文化的天空中暗淡无光。正视历史，而不是让我们的后辈只能在一部部无法公开出版的野史集中筛选历史。或许矫正这文化畸形势必将为社会所压制，所排斥，而这个时代是新生前的阵痛，只有痛闭，才有新生。

2006/2/12

发表于《行走在南纬23度以南》

生如夏花

记忆中的那些群山是一片连绵而颓然的暗青色，渗出模糊的纹路，山间萦绕着缥缈的雾气。天空是底色，破裂着蓝丝绒般的湛蓝，那些不知名的鸟儿就这样从阳光的缝隙里匆匆掠过，削平了氤氲的雾朵。喜欢在雨后初晴时分追随那样一个男子，他的身体深深陷入阳光的阴影里，有大片的云朵以一种悠扬的姿态翩然而过，融化成一片水汽。

你常常留给我侧影，那个令我痴迷的轮廓，会有金色的阳光融融地在你的面庞上勾勒出彰溢的苍劲。

那年你17岁。我离开了广州那个雨水如女人眼泪一般肆无忌惮的城市，操着娇嗔的口音回到了冬天的北京，没有雨，也没有雪。突兀的枝叶以一种颓然的姿态伸向苍茫的远方，像是命运的终止。

我努力正视你的眸子，那是一种不纯粹的棕色，在阳光充裕的时候溢出美丽的色泽，有一些残留的阴影，从那些模糊的影子中，我看到自己试图微笑的神情。我从未对你提及的——你的优雅与沉稳，是令我如此眷恋而又心痛。

我们沿着老城的河床奔跑，避匿的寂静瞬间消失，一群鸟儿的翅膀凝固了冬日里最柔和的月光，它们将月色穿在身上，然后惊恐地逃离。你很突然地捉住我的手，慌乱而茫然，其实你握着的，不仅仅是一双没有温度的手，而是我们美好而简约的幸福，我的幸福就住在里面，浸透了你温暖的汗水，于是变得柔软起来。它迅速地依附在我的掌心里，然后一点点地蔓延。

我们在万籁俱寂的时刻去一些灯红酒绿的地方，比如什刹海的第七间酒吧。躲在窗角的一隅，淡粉色纱幔将我们与嘈杂的尘世隔开。于是你将话题由宿命展开。我看见世事的纷扰在你的双眸中忧伤地流淌，将你拘束在时间的沼泽里。我想安慰你，孩子，却有一些温热的东西割断了我的声线。你举起高脚杯，低垂下眼帘，优雅如断翼的天使。是的，你本不应堕入凡尘。三千尺之上，你仍是你；而三千尺之下，你却是一个勾起了我无数心痛的男子。

开心时，我们喝红绿蓝三色的鸡尾酒，酒精含量很低，馥郁的瓜果之香采撷着酒精的迷醉，在口中蔓延；难过时，就让勾兑了1/3绿茶的芝华士冲淡世事的忧伤；而心情豁朗时，一杯Tequila Sunrise(龙舌兰日落)是我们最爱的选择，肢体跟随心情共同燃烧……燃烧……

你常说，上帝创造男人，又用男人的一根肋骨创造了女人。女人真的逃脱不了男人的一根肋骨的宿命么？我常常倔强地反问，然而冥冥中又不由得在给你的讯息中署名：你的肋骨。是的，在幸福面前，我收起了高傲的下颌。

你坐在与我咫尺之遥的一侧，酒精与GUCCI须后水的芬芳在空气之中萦绕，是一种魅惑的味道啊，结着我的心痛。我握着你温热的双手，试图以此来挽留自己的幸福，我以为只需如此，即可留你伴我走入下一个轮回。然而我是单纯的，如你所说，仅仅是一个追逐幸福的孩子，纵然已早早步入了这个清冷的世界。你是一个天使，又怎能留在人间完美这份物外的红尘之缘。我以为那些晶薄的辞藻间诉诸的不过是他人的宿命，而你走的却是如此决绝而毫不留情。

我常常看到血红的夕阳，它充溢着我的双眸，然后将它们打湿。就在杜鹃啼血的午后，我亲眼见证了你的生命之花悠然凋零的瞬间，我声嘶力竭地呼喊着，然而你温热的双手却缓缓地失去了温度……

上苍召回了他误落红尘的孩子。

你不知道你的坟岗有多美——清晨的花朵吐纳着芬芳，阳光从暗红的云朵中破裂而出，粲然碎落在那润泽如瞳仁般的山原上，你的躯体就嵌于其中，祭奠你生命中最真实的17年，不落的17岁。

你走后，我的生活很琐碎。蓄起了及肩的长发，亦做了许多冗繁而渺无目的的事情。其实忙碌是无法使我遗忘的，它只能将关于你的记忆无限拉长，而后幻化为一道醉心的伤痕。

时间那么匆忙啊，你离我已有两个夏天。今年的北京冷得猝不及防，我在玻璃房子里赤足拉琴，幽怨你早早化蝶而去。如果你留下，我们或许还可以沉醉在酒精与香氛的迷醉之中，完美这份人间的童话；还可以彻夜品评《闻香识女人》；还可以携手回到昆士兰那片属于我们的热土。

只是生命是如此地不堪重负……

今天是圣诞节，我带着你送的很有质感的皮草围巾，独自坐在什刹海的第七间酒吧，一切还是老样子，粉色纱幔，长相酷似朴树的服务生，还有窗外灰白的河堤……只是少了你的气息，你的优雅温存。

似乎每一次将我们的故事付诸笔端的时刻，心情都久久无法平复。此刻，我握着一支热切的笔，将我们的故事重现为永恒。它被思念蒸馏了形态，延展为一曲无以言说的骊歌。

蜷缩在粉色纱幔下的沙发上，在你常坐的一隅，努力让自己下沉……下沉……沉溺到你残余的气息之中。要了浓烈的龙舌兰，细品，品到的却仅存酸涩。有温热的东西汩汩而下，在我的手心拼凑着你的轮廓。

其实时间并不是伤痛的良药，我还是你出现之前的那个我……任性，乖戾如猫一样的女子。悉心掩饰了一段自闭，而后在万籁俱寂的时刻将它们取出。

微笑一度令我痛苦。

我厌恶那些人，那些满目假意同情的人们，那些在讲述你的故事时加上一句“死于非命”的道貌岸然的人们。因为我始终是一个单纯得近乎幼稚的孩子，始终坚信你只是一个堕入凡间的天使，总是要归于天堂的。

然而我的青春遭遇了天使，于是我拼命地写啊……写啊……，似乎可以以此来赎去前世今生的罪孽，赎回我们未完成的轮回。纵然轮回不过是饮鸩止渴。是否青春的故事总要以忧伤为结局？

夜幕愈发地浓重，酒吧放起了恩雅的《Silent Night》，空灵如远古的呼唤，我将脸紧贴玻璃房子的一侧，我想你一定在另一侧啊，纵然我们阴阳相隔。那一刻，我似乎嗅到了你身上的芬芳之气。

此刻，我们共沐同一缕月光。

2004/12/23

发表于《追梦人日记》、《45度缅想》

拷问人性

上篇　遗失的善良

故事的开始是关于一只LV的皮包。五一长假期间，友人于北京购物，喜获LV的新款背包Never Full一只。一周后背着此包在校园里如平时一般上课吃饭，然而周遭人的舌头却都不安分起来。这里只简记两段：

一日上课，友人身后的两个女生窃窃私语，一口咬定这是一只赝品，并讪讪嘲笑。友人不禁哑然：一面是佩服这二女慧眼识真，竟将这LV本部都没有发觉的浑水摸鱼之货一举揭发；一面又痛心这北京的路易·威登旗舰店也不过是一个假货漫天的低俗之地而已；更是为白白流失掉的近一万元隐隐心痛啊！但转念想想前些日子背的BURBERRY包却未遭多少抨击，感叹非是皮包好，而是这些大人物们不认识那小品牌罢了。

翌日下午，背着“假包”上课，又遇同楼而居的两女，一女在其后提高了嗓门嘲道“吃了三个月的方便面！”尖细的声音挑衅着友人的神经，但她却不禁心生仰慕——这次遇到的舌头不安分的主儿竟是识货的，再且，按照三个月不喝水不做别的事情，单单吃9元的泡面来计算就可以买下一只大号Never Full的人，生活水平定是不差的了。奈何友人生性好吃喝玩乐，一月享乐的资本也够买只LV了。这一恶习不但使减肥大计屡屡破产，按以上舌头女所言，更是买LV无望……想到这里不禁内心添了份忧愁。

但忧愁归忧愁，对此女更平添了几分敬仰，试想——这女子慧眼识真，评论一针见血，生活条件又优越，但优越却不铺张浪费，背包极其朴实！（当然，像我们这样见识鄙陋的人怎么能识别是不是真的地摊货呢？）生活就更是节俭有佳了，看着她面色枯黄就是没少吃泡面了吧！

诚然遇到这样的事情我们会气愤、无奈或者刻骨，但我却不得不对如此令人啼笑皆非的评论者们进行剖析——为什么我们生活得越来越好，善良却越来越少？

封闭，嫉妒，伤害，满足。

生活的步伐与尔虞我诈的世界造就了封闭的灵魂，人类为了自身的利益而拼命封锁自己的生活。他们将快乐锁起来，生怕快乐如蛋糕，与人分享一块便少一块；又将悲伤藏起来，总觉得身后就是一双双尖刻的伤害自己的眼睛，他们把别人的悲哀幻化为自身莫大的愉快。就在这偏激而封闭的世界里，他们呼吸着扭曲的空气，滋养着扭曲的灵魂。于是自我保护成为一种对他人的伤害——只因不曾拥有，所以肆意破坏。

中国有一句古训——富养女，贱养子。意思即是：使女儿生活富足，不为一块蛋糕而出卖灵魂，气质高贵，不屈服于世俗；但男子则应尝尽生活的艰辛，才能激励他去创造生活，而不是倚仗着父辈的基业，坐吃山空。

我感谢我的父母为我营造的一个丰富的生活环境，父母一直期望将我培养为一名宠辱不惊、气质如兰的女子。在此过程中我也明白面对恶意的伤害我们不应簇拥着莫大的屈辱与仇恨，而是应该对这些人给予最大的同情。

人因为无力拥有才会恶意抨击。如老话讲的“吃不到葡萄就说葡萄酸”。因为自身的不足：或是外貌平平，或是腹无诗书，或是德才兼缺，或是生活艰辛。这一串串的失意扭曲了他们的心灵，让他们不懂得什么是欣赏、什么是赞扬、什么是爱。

对于心中充满邪恶而匮乏美好的人，我们应该给予足够的同情与宽容，而不是冷漠唾弃。作为一个山顶巅峰俯瞰世界万千，承受荣辱的人，请付诸最大的宽容与怜悯，不予他们心中的邪恶以新的滋生养分。

下篇　上善若水

在揭露邪恶之后，讲述一段美丽的故事来净化心灵：美国一名流之士，名字我已无力想起了，只知在他还是一个毛头小伙的时候，生活的艰辛让他不得不为了谋生而行窃。一日，他在上班时间入户盗窃，在进屋之后不想竟看到了一个女孩半躺在床上。女孩看到他突兀地闯来，先是一惊，而后，美丽的脸上便展开笑容。她说："先生，您一定是来找5层的埃菲尔德先生的，您走错门了……不过，您可以陪我聊一会儿天吗？我生病了，在家躺了半年，十分孤独。"

那天，他与女孩谈天说地，度过了一个美好的下午。当他离开这栋小楼时，回望竟发现这楼只有四层……女孩固然知道他是小偷，但她却用自己的勇敢、宽容与爱，化险为夷，并促使这位曾经的小偷努力成为了一名杰出的人才。

但就在不久以前，中国的一个16岁的山村女孩，因为饥饿难耐，进入一家私人小超市偷拿了一只面包充饥。店主逮到女孩后不依不饶，一定要告到女孩的学校。女孩备受耻辱，自尊让她走上了绝路。试想，如果这个老板将面包送给这位成绩优异、家境贫寒的女孩，或许10年之后，中国又出一个栋梁。

是什么，让我们丧失了为人最朴实的宽容与善良？是什么让我们充满嫉妒、封闭、偏激或邪恶？

请看看网络上各种不堪入目的辱骂，用词恶劣，扭曲事实。似乎只有对他人的伤害贬低才能填补自身的不足。

请看看官场排挤，商场欺诈，狡诈的种子作为一种经验一代代传播着。邪恶被包装成"处世之道"堂而皇之地背负在年轻人的身上。纯洁的象牙塔，如梦中的乌托邦，在我心中轰然倒塌。

就在写下这些感悟的前几天，中国刚刚遭遇了地震的打击，全国万众一心，形成了一片温暖而爱意浓浓的美好景象，然而为什么我们只愿意给弱者同情却不肯给强者一点赞美呢？

但，换位思考，如果我们的呐喊无法唤醒人性的泯灭，那么我们唯有改变自我，才能附和生活。

学会快乐，这是在污浊的尘世里唯一可以保护自己的利器。快乐可以让那些自私、嫉妒、邪恶等等都自惭形秽。古人云“宠辱不惊，闲看庭前花开花落；去留无意，静观天上云卷云舒”。活在这个世界上，在通往成功的途中，我们总是要学会一种超越得失的隐忍，需要一种对生命，对人生冷静把握和从容掌握的态度。人生最透明的美丽都在短暂的青春时光中，学会快乐便要站在时间的伤口上成长，独立涂抹人间最美的底色。我说：请看，我用爱的宽恕有力地回击所有侮辱与伤害，你们在我的面前，只有无限的自卑！

我在朝阳喷薄的时刻赤脚屹立在我热爱的这片土地上，愿灵魂洁美，生命自由，博爱飞翔！

2008/5/17

剪却迷离

——《孔雀东南飞》札记

如果那夜的霜白不曾爬上窗棂，如果月色不曾倾倒如水，如果没有胜似新婚的别离，如果少了女人骨髓深处的愤恨排异，如果灵魂失去了倔强，生活又缺失了不妥协的光芒，如果一切的一切不仅仅只是假设，又会有谁可以续写这份千古嫡传的感动？

是这样一个素心女子，像雨中傲立的百合，馨香而清幽，抑或传说中的鸟岛女子，有着深蓝色的眸子，冰冷而深邃。念她有温润如玉的性情，吹弹即破的肌肤，不点则红的朱唇，不画即翠的柳眉，却逃不过宿命的戏弄，终是消散了影踪。

她选择了爱情，却冥冥中注定了不归的结局。他在岔道徘徊不移，稚嫩的双肩如何背负两个女人的天平？彼岸，有情人在彼岸遥遥相望，中间是他们共同流下的汩汩热泪，将清香的故事隔开。曾经耳鬓厮磨，相濡以沫的记忆在心中汹涌，他们或许痛彻地拥抱，抑或淡淡一别，将更深刻的疼痛埋在心底，以为这样即可漠视世事的难料。然而不想却有一条更加决绝的别离横梗在他们不堪一击的心原之上，绽放着凄美的百合。

我又该以何种方式去洞悉那个属于她的被逐而不眠的月夜，会有皎洁的月色如席，扑洒在她梨花带泪的象牙白的肌肤之上，扑洒在窗外潺潺江南的氤氲流水之上，柔柔地，泛着淡淡胭脂般的波光。她是否也会喃喃吟诵“蜡烛有心还惜别，替人垂泪到明天”的诗句，望着枕边熟睡的侧影，却久久不能平静；抑或在烟香缭绕里长跪，面对灵隐佛祖万年不变的笑嗔，许下一个渺茫的愿望，是恩断义绝的斩钉截铁，还是此情不移的忠贞不灭。

散了，终究是散了，一切誓言允诺都被蒸馏了形体，只剩下无以支付的亏欠，去延展一条殉情的不归路。她是秀外慧中的女子，却在同一时间做了两个对错分明的抉择——知耻自退是一种自尊的气魄，抱憾而终却又消磨了她明理自立的形象。是痴还是贞？又何故将年轻的梦幻寄托于一双淡泊的臂膀，将云轩信笺上的泪珠儿化作了那夜陈旧而潮湿的月亮？悲哀的故事在时代的衬托下升起了淡淡忧伤的云翳，浮浮飘飘，究竟孰真孰假，孰轻孰重，孰是孰否？

我只能倾注更多的悲悯给这份冰棱上盛放的爱情，即便是在心中对这男儿有千般斥责，斥责他懦弱无能，执意用一颗不足以承担爱情的心去包揽两个女人的幸福，打破了她们水晶般的梦；即便是对这文弱的女子有百般不解，不解她因一份脆弱如古老墙垣的情感而葬送了性命，亵渎了女人骨子里的刚硬。然而在心中，隐隐的，仍是埋了一份敬羡，或许当人们一旦拥有了一份可以抗拒生死，超越时空的爱恋，即便不能与子相悦，执子之手，与子偕老，却是真真切切地不枉此生这一遭了。

如果我们停不下时间的步伐，握不住命运的脉络，那么就去寻找更永恒的东西去延续亘古不变的情感。我想那夜，一定月光倾城……

2005/9/17

发表于《45度缅想》

三个人的旅程

那天天空湛蓝，飞机轰然冲破奶油泡沫般松软的云朵，驶向那个载着我们欢乐与梦想的都市——香港。我看见窗外深深浅浅的碧蓝，恰若一层层未知，要我们牵着手，闯入那一片新奇的世界。

遭遇Fred，一个健谈的美国工程师，在近4个小时的旅程中，他一刻不停，滔滔不绝地和我聊着关于旅行的见闻与感受。我说，飞机上有个可以讲话的人真好，他也笑，盈盈地溢满湛蓝的眸子。后来我们互留了邮箱地址，没有一个正式的道别，便走入了各自的下一段旅程。他说他要去菲律宾两个星期，而我止步香港，下一个照面，不知还要多久。

繁华的城市却总是充满悲伤的，形形色色的人从你的侧面一晃而过，甚至来不及问候，他们便已消失在茫茫人海之中，连一个背影都没有地，错开了……

和两个弟弟走在大得有些杂乱的香港机场，拉着大大小小的行李，在这不熟悉的城市里，就要依靠自己了，竟也没有什么惊喜或是不适。或许当一个人步入了某个年龄层，就会接受不可抗拒的思想与能力，也真是奇妙啊！

坐在酒店的大巴上，沿途有些空旷，又时时惊喜不断，在港湾与山川之间穿行，一并饱览了这座水边城市的全部面貌。水岸的光芒交相辉映，高高低低的楼房折射着太阳热情的光芒，让人分不清哪是波光哪是水，哪是楼影哪是楼。

大巴的玻璃上覆着遮阳布，可以感受温暖，却不那么激烈得刺眼，不禁让我有种小小的幸福。幸福，常常是在细节中体味出的……

沿途没有堵车，路程不过一小时就到达了九龙中心。在下榻的酒店稍事休息，便迫不及待地一睹周边的繁华街市。拉着两个弟弟走在有些狭窄的街道，夜已悄然入暮，楼群间便更觉流光溢彩。形状各异的绚烂广告牌覆盖了整个上空，它们收集了所有闪烁着好奇与欣喜的目光，让你无暇再去对店铺上面有些陈旧的廉租房探个究竟。

其实，深夜的光芒，对于孤单的人是更加孤单，对于幸福的人是加倍幸福。

我总觉得逛街是一件令人备感欣慰的事情，纵然似乎每一次都是漫无目的的，却总在最后收获颇丰。在灯火明媚的街市，装修考究的LV、GUCCI、CHANEL、MIUMIU……一并挤入了不足百米的街角，还有熟悉香港的人必去的淘宝胜地，比如化妆品连锁店SASA、卓越，韩妆专柜The Face Shop、Body Shop、Skinfood……一连串令人心动的名字就遍布在10分钟路程的小街道里，就好像一个遍地宝贝的河岸，似乎一不小心就会漏掉价值不菲的金块。

我觉得自己更类同于一个孜孜不倦的采蜜人，对着遍地的奇花异草，个个爱不释手，用尽了所有耐心细心挑选，一家小店便可泡上数个小时。这也就可怜了随同的两位男士。幸而香港是个相当周到的城市，所有与女性有关的购物场所都设有沙发供各位“陪买”们休息等候，(当然，这句话是有些不妥了，购物场所本就是关于女性的嘛!)比如在SASA，每根柱子四周都围上了沙发，也想当然地围坐了一圈男士。而两个弟弟则必位列其中。更有趣的是，他们各个右手托腮，眼睛半睁地打着哈欠，动作的一致程度确实令人忍俊。若是其中有个男人有幸被女眷“接走”，便见那人满心欢喜，周围的男士却是又妒又恨。

这种情景似乎在香港是屡见不鲜了，有一次我在一个二层的服装店挑选衣服，只见楼梯上齐刷刷坐了一排大大小小，半睁眼睛，打着哈欠的男士。香港，似乎越来越属于女人了……在此建议所有犯了错误，试图弥补的男士

们——带你们的女朋友来香港吧，这个全世界唯一全免税的城市能让女人忘记除了满足以外的所有事情！

第一天的活动在11点收尾，回到下榻的酒店，仔细地整理着淘来的小宝贝，格外的心满意足；似乎那夜也睡得格外香甜……

第二天，不到 7 点就迫不及待地起床了，今天的项目是期待已久的迪士尼。穿上清爽的热裤与T恤，匆匆吃了些早点便踏上了开往迪士尼的地铁。

就香港的地铁，我是很想多用些笔墨的。这里有一个非常成熟的地下交通网络，遍及整个城市。而这个地下世界也并非如大陆一些城市的地铁一般仅两个人工售票口。确切地说，它更像一个地下购物中心，遍布了各种精致的小型店铺，从7-11便利店到名牌服饰，应有尽有。没有人工售票处，仅是一排自动售票机。买票的人先点一下所去之处，售票机马上会显示相应的价格，你不仅可以使用硬币，纸钞也是允许并相当方便的。而且机器的找零准确率与速度更是令人心情舒畅。

香港的地铁与北京国际机场的构造类似，大气而时尚的屋顶，长长的通道，平地扶手电梯，购物中心，好不豪华。搭乘地铁的等候区都是由玻璃罩保护起来的，只有地铁到达并且车门开启后，外面的一层玻璃门才会开启，这样就大大避免了卧轨惨剧的发生。地铁车厢里供应冷暖气，乘坐舒适，同时又有三种语言的行车提示，的确是一件令人感到温馨的事情。

列车的线路不同，初来乍到的人会觉得十分混乱，加之庞大的建筑，更令人摸不着头脑。事实上，当你冷静下来仔细查读提示的时候会发现，尽管香港的交通网络十分发达，但提示路牌非常细致，完全做到了繁而不乱。也就是因为这样，我们这些香港地铁上的异乡异客也可以轻松地回到酒店。

倒了两班地铁以后，终于看到了迪士尼专线。这辆列车有着黄色车体，米老鼠头形的窗户，以及米老鼠头形的扶手。里面是一圈圈蓝丝绒的沙发。沙发之间有用玻璃罩罩着的各种迪士尼卡通人物。令坐上的人都不住地啧啧称奇，纷纷拍照留念。

列车行驶不远就到达了目的地。透过车窗向上看，迪士尼车站被大片人工热带雨林包裹着，连里面的7-11便利店也建成了蘑菇形状，好不可爱。

电梯载我们一行人到了迪士尼主题公园的正门口，沿着有些好莱坞红地毯风味的甬道向前走，周边的路灯都异常奇妙，有的建成了一朵桃粉的花儿，有的则是攀着大树的小猴子，灯箱旁附有音响，放着迪士尼的奇幻音乐，令人的心情格外振奋。紧接着，一尊鲸鱼形状的音乐喷泉映入眼帘，鲸鱼喷出的水上顶着一只踩着划水板的米老鼠，它随着水柱的强弱一上一下地运动，很是生动。

走入正门，绕过修剪出米奇头像的矮松，突然有种柳暗花明的感觉，眼前一下子敞亮起来，周边是两排卡通建筑，里面有的是迪士尼博物馆，有的是咖啡店、糕点店，而更多的则是卖卡通娃娃的购物中心。

一进去便挑了一家店面看似琳琅满目的进去瞧瞧，本以为都是一些毛绒玩具，谁知这小小的娃娃中竟也有蹊跷。比如我买的一些东西——小白猫的手提袋、外星人的腰包、做成首饰盒的维尼糖果、有小猪耳朵的发卡、还有各种卡通头的零钱包、可爱的动物形棒棒糖……本是不打算有什么收获，可出小店的时候两位男士的手中已提满了大大小小的包装袋。

而这才仅仅是一个开始而已。继续向前挺进，那天的天气确实热辣，高照的艳阳烤得我们只走了几步便大汗淋漓。

不知不觉走到了海盗们的地盘，海盗船、雨林、山川河流，各个逼真，而时不时走来的海盗更是令你身临其境。

穿过丛林，看见外面排着长长的队伍，便也去凑个热闹。原来这里是观看4D电影的地方。这种电影我曾在国外多次观看，的确是很有意思的。这一次当然不容错过。在闷热得有些烦躁的等候过后，终于走进了庞大而豪华的影院，挑个正中的位子坐下，戴上专用眼镜，四周突然一片漆黑，接着，滑稽的唐老鸭出场了，由于4D技术，整个人身临其境一般。当一些东西好似正面飞过来时，所有的人都会下意识地一躲，而出现蛋糕点心时，整个剧院也放出一股香草的芬芳。当然，若是影片下雨刮风，观影者也会遭遇雨打风吹的。但最刺激的要数下落了，当唐老鸭从高楼上坠落时，我们整个人也好似正在坠落，惹得影院中一片惊叫。

而点睛之笔要数结尾，当唐老鸭从荧幕中被打飞出来时，大家马上一躲，结果在背后的墙上果真找到了一个大洞以及被卡住肥胖屁股的玩具唐老鸭，这是人工制作的，一般刚进入影院的人不会发现这个机关。最后这个肥嘟嘟的屁股使劲甩了甩小尾巴，终于钻进了洞里。

走出影院，很有些回味无穷的感觉。

恰好附近有个外形酷似树屋的洗手间，便进去休整一下。预想这种游乐场所的洗手间一定人满为患，热而阴暗，谁知这个小树屋竟别有洞天……里面敞亮干净，凉爽舒适又很是卡通，每一个洗手池都被分在一个小格子里，位子很多，无需等待。里面也人性化地准备了一次性坐垫、补妆台等。想到外面的酷暑，竟想在卫生间里呆着了，这又为难了两位男士，需要抱着大包小包在外面苦等……

一转眼到了午饭时间，走进附近一家餐厅，也是树屋建筑，里面有5个购买区，分日本料理、意大利风味、江南风味、烧烤及小点，每个区域人都不多，不需要等候很久。而付款则是自己端着挑选的食物去统一的收银台，没有专人看管，全凭自觉。而我想，在这个养育了众多有着良好素质的居民的文明大都市，也没有人会贪图那些便宜吧！

餐厅食物的口感不需过分考究，毕竟是游乐场所的附属产业。餐厅出口连着又一家购物小店，可能是有助饭后消食又顺便赚取银子了。

下午的活动大都以娱乐为主，坐着太空车打枪；骑上了旋转木马，感受一下白雪公主的生活；还载着弟弟开了一次“云霄飞车”，搞得这位以后坐车都心有余悸。本以为有安全轨便放肆地踩油门，后来听弟弟说他后面的一辆车遭遇出轨，不禁有些后怕。

值得一提的是，我们很幸运地赶上了卡通大游行，而且由于是在中午，天气炎热，游行同时还会喷水。虽然及时赶到，但甬道周围还是被围得水泄不通，故而一场绚丽的表演只得踉踉跄跄地看完了。

一转眼到了太阳落山的时候，适逢米老鼠在和游人拍照，趁着相机还有一点电，赶紧凑了上去，谁知那个顽皮的米老鼠竟拿着我的氢气球开起了玩笑，非但不肯照相，还拿着它暴打了弟弟，搞得他好是委屈，但最终还是留下了一张我偷偷亲米奇的照片。

记得后来他们说：“幸好米尼(米奇的女友)不在……”

到了该出园的时间，夜幕下所有的灯光都点亮了，整个乐园变得更加鲜艳。可惜近10个小时的游玩让我们早已没有了力气，不禁后悔应该下午再来，人少，又可以赶上夜间的各种项目。

不过，约好了，明年再来的时候要在迪士尼的酒店住上一晚，细致游玩一番。

坐上回程的列车，一下萌生了困意，不知不觉地，抱着柔软的娃娃，靠在蓝丝绒沙发上，熟熟地睡去……

然而这一天的活动却只是过了五分之四而已，到了酒店稍稍充电便又有了精神，似乎年轻人的潜力只有在同龄的好友之间玩耍时才能被完全地开发出来，10个小时的奔波竟也不觉疲惫，穿上6厘米的高跟鞋，继续沿街扫荡。

现在想想逛街的情景似乎有点好笑，同样的时间，同样一丝不苟地挑选服饰化妆品，还有沙发上两位男士同样无精打采的样子，这种情景重复地在每个夜晚上演，若是用DV拍下再连续放映，定是一部不错的都市幽默剧。

余下的几天完全属于购物了，通常是我在前面步伐轻盈，连蹦带跳地找商场，后面跟着两个人大包小包拿了一大堆，满头大汗而又一脸无奈；我一件件地试衣服，两个人打着哈欠连夸漂亮，付款后服务生还不忘提醒："小姐，你的亲友团在后面坐着呢……"

购物细节就不多费笔墨了，当然漂亮的衣服，大陆买不到的化妆品是足足将我的大行李箱塞得好似要吐出来。而我想说的是在香港购物的舒心之处。你不必担心因为进了一家店挑挑试试半天却没有买而遭遇白眼，这里的服务生非但不会不高兴，还会在离开时真诚地道一声"谢谢"、"再见"。而退货也不是一件困难的事情。更可贵的是，就算你购买的商品没有标出赠品，在你购买后，柜台服务生也会很认真地拿给你。当然，他们对于商品的介绍也绝不含糊，认真而热情，并不以貌取人。

我想所谓的"购物天堂"不仅仅是有丰富的物质资源，人文环境也是促成其盛誉的一大根源。

写到这里似乎应该收笔了，在回到北京的日子里，愈发地开始思念那些和最好的兄弟在香港"放养"的生活，也许就像有的人说的，离别是为了下一次的重逢。最近常常和朋友计划明年的旅行计划。只是我们已经长大，到了远走高飞的年纪。也许有的人会遗忘，有的人则永远飞出了我们曾经的这片温巢。不知明年的夏天，我的身边是谁在温柔陪伴；是谁和我一起在12点的香港街头找香喷喷的臭豆腐；是谁在我扭了脚以后一路背我回酒店，累得大汗淋漓；是谁在我逛商场时抱着购物袋在沙发上打哈欠；是谁在我试衣服时头都不抬便说好看……

我曾经很仔细地思索了旅行的目的之所在，现在我明白了，旅行让我们成长，让我们体味生命的艰辛快乐与博大，让我们感受爱、合作与帮助，让我懂得，一路有你们，真好……

2007/9/8

父亲的两句话

我中学时代曾遭遇过一场不大不小的变故，虽然站在整个人生的角度来看，无非是孩子之间的小打小闹而已，但对于那时，生活仅限于一个与社会相隔离的小世界的学生而言，也算是值得铭记的一次磨砺了。

那是在经历换班风波之后的一段时间，我从一个美好的有些附庸风雅的环境走向了另一个与现世接近很多的环境，身边没有了常常对我呵护有加的朋友，我一个不速之客混迹在一群陌生人之中显得异常突兀。

我每天都能接触到很多目光，好奇的、打趣的、卖弄的、鄙夷的、敬畏的或是怜悯的，然而这种对于新来者的打量并没有随着时间的流逝而消退，我们更像是玻璃杯中的水层和油层，可以透光，却不能相融。

我努力把身体里每一个友好的细胞都献给身边的人，于是收获了两种友谊——善良的和虚伪的。

那是我曾付出诚挚帮助与友爱的朋友，却以借手机之名，将我的私人短信毫无保留地公诸于众，小小的学校顿生硝烟，一些爱好勾心斗角的小团体们像是找到了最可口的美羹，谁都要来分一杯。庞杂的传闻与非议苍蝇一样环绕着孤立无援的我，然后肆无忌惮地滋蔓，甚至惊动了校方。

我一直是一个拥有很强的自尊心而又敏感的孩子，常常会因为别人的一个不够肯定的眼神而受到伤害。显然那次的变故击垮了我的心理防线，我开始认真地考虑换一个环境，抛弃曾经的生活，重新开始。

东窗事发后的一个清晨，父亲照例驱车送我去学校。对于整件事情，他一直保持着沉默，似乎一切都不曾发生一样。沉默了半路，父亲突然开口，用轻巧而柔和的口气对我说："学校就像是一个车站，过了这一站就永远不会再回去了。"

这句话一记敲醒了迷茫中的我，其实我们真正应感到惊恐的，不是已经发生了的变故，而是预先知道却无法改变的事实，没有人能完整地相伴你一生，让你因为他的存在而无法淡去曾经的尴尬与耻辱。时间的力量总是会战胜一切的。

多年后，我步入大学的校园，入学之初，并不善梳理纷繁复杂的人际关系，依然用最单纯而美好的目光，毫无防备地接纳整个世界，所以遇人不淑也是屡见不鲜的事情。为此，没多久就因拒绝成为一名校友的女朋友而遭到了诽谤报复。各大论坛上流传着他荒诞的无稽之谈，不明真相而又好事的网友们纷纷向他投去橄榄枝。我本以为这只是他一人的闹剧而已，奈何网络用它的无所不及与一小撮盲目激愤的网民的后备力量慢慢将无聊闹剧演绎成了现实生活中的斗争，它甚至波及到了我平静的家庭。

我始终认为是自己的年少轻狂给父亲廉政爱民的形象溅上了莫须有的污点，为此而一度极为消沉，终日郁郁寡欢。后来父亲主动打了电话给我，依旧没有提及事情的始末，还是轻巧而随意地对我说，"记住，网络是给弱者说话的地方。"

网络这个隐去了真实形象的世界，给了我们迅速与便捷，却无形中滋养了一些心灵阴暗、激进、嫉妒、愤世而又软弱无能的群体，给了他们发泄心中邪恶与丑陋且不为熟人所知的机遇。在这个管理制度乏善可陈的社会，道德败坏竟成了一种主流风气，打着针砭时弊的旗号剥除着人们心中残存的一点博爱与良知。对于常常处于被攻击的席位的无辜的受害者，或是说现实生活中的强者们而言，最有力的反抗即是守护内心的那一份纯净与善良，亦如孔子所云，德不孤，必有邻。

前些日子重读史铁生的《我与地坛》，有一段记录了他儿时的一个玩伴的故事。史铁生与他同住一处胡同里，又在同一个学校上学，是很好的朋友。

这个男孩总有很多新奇的点子，是生在那个罕有玩具的年代的他们，一直追随的对象。然而孩子帮里有一个男孩，依仗自己有两个身强力壮的哥哥，在他们中间称王称霸，很是蛮横。大多数孩子因为害怕便刻意讨好他，以博取宠爱。唯有那个男孩，面对小霸王的威胁利诱从没有动容过，奈何你亲近我也好，疏远我也罢，总是依然故我地玩着。小霸王见这小子不从，就刻意叫手下的人欺负他。其他的孩子虽然十分渴望能与那个男孩一起玩，却迫于小霸王的压力而只得与其疏离。眼巴巴地望着他一个人沉浸在自己创编的游戏中，玩得不亦乐乎。

我想上天真是眷顾这个男孩，它没有赐予他强大的后台，让他因为过于依仗而迷失了自我的价值；它没有赐予他趋炎附势的能力，让他永远只能做一个尾随强者的精神奴隶；它赐予了他一种平和的心态，让他在任何不公正面前都能泰然处之，寻求一条始终都能保持自身人格完整的出路。

想到这些的时候，我突然领悟，虽然父亲曾经的那两句让我刻骨铭心的话十分具体而浅显易懂，然而在这话的背后却印证了一个可以使我受益今生的真理，它帮助我去寻求书中男孩的与生俱来的那份淡定与宠辱不惊——人生不过是一条单行道，什么都是可以淡化的，唯有坚守心中的那一份光明与磊落，才不枉踉跄地走过这一遭。

2009/3/30

凋零前觉醒的梦幻

写下这一行文字的时候，有温暖的秋风抚过枝头，几片树叶黯然跌落。于是我想到了她们，那些深居高墙，位高权重而又终日撕扯于权势的女人们。如清朝的妃嫱媵嫔，粉黛清雅，忧郁而清冷。细长的脖颈衬着精致的花扣，披着整齐的丝巾，顶着出浴的梅兰，踏着厚厚的方木，无论是滚边刺绣的金丝银线，还是一颦一笑间的妩媚柔婉，都是如此严整而精确，没有一丝的疏忽一丝的张扬。

她们尊贵冷艳，有着畏人的权威，呼风唤雨，无所不能的风光，然而当夜幕垂落，威仪与堂皇渐次隐入黑暗深处的时候，她们却只能顾影怜形，独自消受那份难耐的寂寞。就在黑夜的侧影荫翳的红木窗格上，隐隐可见融融的月色流淌，渗入木阶，渗入庭院，渗入寂寞。

此刻的宫殿，应该是美酒觞盏，歌舞升平的吧，歌女们腰肢盈盈，不堪一握，极尽所能地博君王一笑。然而笙歌阵阵的另一侧，却是灰白的女墙，青苔与青藤纠缠在残烛灯后，铜镜中的女主人望着自己两鬓稀疏的斑白，泪眼迷离，缅怀着滞留在等待中的青春……转朱阁，低绮户，照无眠。

然而，历史的悲剧未得到觉醒，却愈演愈烈，多少美丽的年华懵懂地与一份权力厮守，藐视了生命的真谛，放逐了珍贵的青春。

此时，窗外风起，犹如一声声绵长的幽叹，那叹息酷似了面对恶人妒恨的卫夫子，酷似了孤枕难眠的武则天，酷似了欲哭无泪的大玉儿，酷似了香消兵戈之下的杨玉环。短暂而孤寂的一生只为等待，等待一次临幸换取一世的荣华。古代女子的命运真担得上“凄凉”二字了，这样迷茫却不自省的生命底色让我不得不去苛责随之而来的残忍与阴鸷。那是埋葬在时代背景之下属于一个民族的迷茫，或许也会有人顿悟，有人觉醒，有人在死亡的边缘反省一生全然迷失了方向，然而一两个人的醒悟又何以唤醒一个时代的悲哀?

顺着那条水脂粉腻的时间长河向前推进，来到雪花如席的塞北，他曾是枕戈汗马的勇士，惊折百草，惊响血一样凝重的铁器，杀出血一样壮烈的黄昏，在寒冬的深夜扬起一片肃杀，一片荒芜，还有一片恸月的胡笳。他有比墨还浓重，比剑还峭拔的眉，他戎马倥偬，血溅沙场，却不通人事的玄机，他不得自省，直到四面楚歌，与虞姬对饮的决绝关头，他才知一生血汗终成泪，乌江自刎的刹那，他是否也有悔恨，悔恨一生迷茫一生不醒?

站在历史的隘口勒马后顾，有多少悲怆与人性的悲剧在迟来的醒悟之后凋零。或许我们每个人都是在患得患失的迷离与深省后的顿悟之中自成千古的么?

2005/10/6

一段时间的掌纹

写下这一行文字的时候，窗外飘过初夏的第一抹炎热。冬去春来，生命有如2046的列车，驶来无声，驶过无痕。际遇的偶然恰似一张幼绿的璇玑，呼唤我们心灵深处的皈依。

曾经获得，曾经失去。深处的骄纵与自卑的自负却在体肤之内根深蒂固。有时，我会在灵隐佛祖面前长跪，那是一个素心女子面对一份悠悠千载不移的笑嗔，却不能在这份禅意中顿开思想的空门。灵魂，它究竟是怎样的形态，是因宿命而坚定，抑或为宿命所变迁？

很多人，在我的列车上，或被搭载，或漠然离开。比如外公，一个有着传奇经历却无法笑着走过生命最后一程的老人，在50岁不惑的年龄，他选择一个人孤单地上路。还记得恰是在我为一个绘画大赛颁奖仪式忙碌的时候与他作别的，甚至没有道一声走好，作为他最宠爱的孩子，现在想想，心中不由得酸涩难耐。

那段时间我常常是很烦躁，将我与获奖作品的合影用紫红色的水粉糟弃一团。母亲只是无奈地任我放纵，她已没有力气，梳理层层叠叠的琐碎。

而后是叶，在我还没有学会好好爱护自己的时候便独自踏上天国的阶梯，如果这个世界真的有灵魂，那么他定是那护佑我幸福的精灵。雏儿要学习飞翔，即需母亲的放手，然而在它身后，定会有一双温暖的翅膀，默默地守护。只是我的这双翅膀飞翔得太过遥远。

然而宿命或是凄凉总是沿着自己的方式行走，不曾对人世的冷暖赋予恻隐的情愫。于是生命的列车中那么多曾经一样稚嫩而单纯的孩子都走入了精神的歧途，背弃了成长的真谛。

杰子，是的，我们曾经共享同一支甜蜜的棒冰，然而光阴诱惑我们放弃阳光，抉择黑暗的迷离。我还记得你苍白而修长的手指，夹着一支绵绵的香烟，你娴熟地吸一口，而后吐出一串不应属于18岁少年的沧桑。我兀自在一隅打着台球，你不知道的……我很想说，我就是你生命中的黑8，总是一个擦边，却总是进不了幸福的洞口，残余只有孤寂。

是的，擦边，若干个月后，你会在加拿大，我会在美国，又是一个擦边，或许就要注定今生的别离。际遇只有一程，我们已驶入擦肩而过的那一站。

其实最好的结局，也不过于殊途同归。

自闭的时候，我也曾肆无忌惮地微笑。我对自己说我是多么幸福啊，小时候，只知道无论发生什么样的状况，只要父亲的一通电话，就会有很多人争先恐后地将一切安排妥帖，然而我却从没有想过，如果父亲从那个光彩熠熠的位子跌落，那么谁又将保护我的自闭?

成长告诫我，没有什么是永垂不朽。

我曾弄丢很多珍贵的东西，比如很多很多奖状，纵然它们可以印证一时的荣耀，然而下一刻它便定格为一个历史的瞬间，失去对于未来的价值。就像旅途中路过的风景，错过了便空余回忆的暧昧。释然让我们步入思想中登峰造极的顶端。

生命犹如荼蘼的花，仅存一段旅程叫做枯萎。释然失去，释然所得，就任那表面的浮华熠熠生辉或者黯然离去，我们需要坚守的只是信仰或者灵魂中属于无上人格的东西。

2006/8/30

发表于《45度缅想》

棉花祭

那是你第一次在我的生活里出现，恰逢我20岁的生日。时处秋天的尾声，然而冬季的寒冷却早早侵蚀了我居住的这个城市。

那也是你第一次离开你的饲养员、你的兄弟姐妹和那五尺见方的小院。自你出生以来，寸步不离地看护照顾着你的中年女子，哽咽着一遍遍重复着注意事项，像是要把每个字都掰开、揉碎，看着我们吞下去才安心。她凑在你的脸旁不住地亲吻着，眼泪扑簌簌地打湿了你雪白的绒毛。

然而你这个年少不知愁的可人儿啊，在我还未来得及将你那珍珠一样明亮的眸子仔细打量时，就不由分说地钻进了我的怀里，小小的脑袋在我的胸口摩挲着，那么娇弱，那么无助，哪怕是一阵微风都会让你战栗。我被你赋予的这一份与生俱来的亲切感所震撼，我只觉得那一刻在我怀中躲风的这个小生命，是需要我用尽一切力量去保护的。

你像是一个刚刚离开医院准备回家的新生儿，你的家人们手中满是你的生活用品，踉踉跄跄地左右护驾，并时不时地凑上来看看你。你却兀自将身体蜷缩得更紧一些，不解我们那一份欣喜。我们七嘴八舌地争论着你的名字，到最后，甚至有了些“书到用时方恨少”的懊恼。你微微抬了抬身子，似乎是被惊动了，又像是在向张牙舞爪的我们抗议。

我把头埋近你的身体，你的绒毛好似农历八月里饱满的棉壳，竞相吐露着饱满而洁白的棉花，弥散着淡淡的温暖与馨香。你圆滚滚的大眼睛泛着蜜棕色华丽的光芒，给我们的心里都镀上了一层深秋的甜蜜。

从此，你有了自己的名字，我们叫你棉花糖，又常常叫你糖糖。

你来的第二天，久未放晴的天空突然透出一缕温暖的色泽，渐渐的，阴霾散去，阳光尽情拥抱着大地——你让我不得不相信，你就是我平淡生活里的一缕阳光，给我温暖与力量，亦给我的生活带来多番别样滋味。

我们之间有那么多值得回忆的片段啊：

第一次唤你的名字，你疑惑地望着我，当捕捉到我肯定的目光时，撒欢似的扑到我的怀中；

第一次独自在房间过夜，你一刻不停地叫，时而是呜咽、时而是愤怒、时而是委屈、时而又透出一丝绝望。没有人进去安慰你，但我们也一刻不停地，为你揪心一整夜；

第一次因为随地“排污”被我呵斥，你惊恐地望了我一眼，而后躲进自己的小屋，把头扭向一边生闷气，而我却在一旁笑弯了腰；

第一次陪我散步时我们刚刚相处不过一天，你却寸步不离地随着我的节拍，甚至是不停地踩着我的鞋，圆滚滚的小身体跑得着实有些吃力。路边围观的人们尽情地向你示好，你头也不回；

第一次看到路边的野猫，你竟吓得缩成了小球；

第一次给你洗澡，你不叫也不闹，更不会像其他狗狗一样，调皮地把水溅我一身；

第一次让你追我抛出去的玩具，你竟乖巧地将它捡回来还我……

我们在午后分享同一只提拉米苏，脸上都沾满了奶油；因为不放心你独自在家，我把你放进手袋里，你只探出雪白的小脑袋，悄悄看一看，绝不会发出声音；教你下楼梯时，我躲在你看不到的地方，你慌了神，闭着眼睛一股脑跳下了平日里你最害怕的楼梯——那时，你甚至还没有一级台阶高。当你看见躲在楼下的我的时候，眼睛里闪烁的全是惊喜。

当然，我们在一起的日子也有很多的不愉快，比如你坚定不移地相信，家中任何一个地方都是如厕的正确地点；比如每次把你放进笼子，你总会不知疲惫地嚎叫，哪怕是叫上一天，只要不能重获自由就绝不罢休；比如你把我买给你的漂亮衣服和玩具熊统统撕碎；比如你总是能很快地把洗得干干净净的小爪子弄脏。

若是你还在我的身边，恐怕此刻我脑海里蹦出来的一个个属于你的罪名是罄竹难书了，然而现在我绞尽脑汁却也只能想出这些，因为对于你的愤怒，早已被懊恼排空了。

我的宝贝棉花糖，我不该因为你的种种需要时间来更正的习惯而狠心将你送走。我无论如何也无法宽恕自己的行径，我怎能用对学龄儿童的标准来苛求你？！当你种种的小过失使我怒不可遏的时候，我却忽略了你只是一个尚未断奶的幼犬，忽略了你是那么需要我的包容与疼爱。

当我一次次对新闻里报道的那些因为丑陋、多动、疾病或是衰老而遗弃曾经心爱的宠物的事件表示震惊和不可理解的同时，自己却在施行着变相的遗弃。

你的新家很是宽敞，可你却太过顽皮，新的主人不得不将你圈养在阴冷潮湿的地下室。你的身体渐渐长大，一个巴掌已不再能将你抱起；你长了很长的毛，因为冬季寒冷，不便经常清洗和修剪，于是再见你时，你看起来那么落魄，让人如何相信，几个月前你还是一只喷着浓郁香水、从未下地行走过、甚至分不清是活物还是毛绒玩具的贵宾犬，你纯正的血统使你获得了更多的优待与宠爱，而数月后，你却无异于任何一只荒野里艰难求存的丧家犬。我看着你，心中的厌倦多于怜悯，一则，我像是与你赌气，一味将这一切后果归咎于你强大的破坏性，如若不然，此刻你还应在我怀里撒娇吧；二则，我始终认为这个新家对于你的照料要远比我的来得周到。但我心中还隐隐盘算着，等到春暖花开时，要将你接回来同住。

事与愿违的是，几天前获悉你重病的消息，我一直是一个痛苦感来得有些迟钝的人，这可能是源于骨子里对噩耗的强烈排斥。我像以往一样过我的生活，经常因为种种事情而遗忘了你。因为我始终认为你是不会被疾病所打倒的。可就在这篇原是用来记录我们美好生活的文章进行到一半的时候，远方的一通电话，却要生生将它变成祭文。我无论如何也不能接受你离开的消息，几天前还强壮温热的身体，现在仅存下1.3克，灵魂的重量。它轻如鸿毛却重重地压在我的脊梁上，压得我不能喘息。当别人反复告诉我你“去了”的

时候，我真实地体验到了利器钻心的疼痛，它痛得我抑制不住地尖叫，我的脑子里容不下任何一点关于离别的词汇。哭闹了一整天，闹累了就噙着眼泪睡去，醒来便是发呆，脑子里空白一片，眼泪却很应景地掉个不停。

我祈求别人告诉我这不是真的，因为当悲伤上了一个新的境界，人就分不清现实与虚幻了。只要一句“这不是真的”，我就会发自内心地微笑，笑着笑着，眼睛里又涨出了泪水。糖糖，现在的我是多么渴望清理你制造的一块块污渍，多渴望你能把我新买的泰迪熊撕碎，多渴望阿姨捂着鼻子诚惶诚恐地推开你的屋门时的场景。糖糖，我再也不会让你蜷缩在阴冷的地下室了，就算你的外貌身形发生了怎样令人不悦的变化，我都不会与你离弃。可你就那么突然地走了，一如当初突然地出现一样，从不给我喘息的时间。糖糖，这一次，我对自己内心的丑恶再无丝毫保留，我早已不是那样干净而善良了，此刻，宽恕或是怜悯都是对于我最大的讽刺。糖糖，我早已将生活的重心从五光十色的花花世界移到了身边这个平和而亲切的小世界里，而你的离去重重地打击了我的心理防线，让我对人性更加地质疑。梦中，我常常被你蜜棕色眸子的光芒所惊醒，它像是一面镜子，把我内心的丑恶赤裸裸地映照出来。

这篇文章是被搁置了很久才得以下文的，它就像是你我之间最后连接彼此的纽带，像一种微弱的念想，我怕一旦我给它画了句号，你就真的永远离开我了。此刻，我还不能真正回复到真实的状态中，所有的事情在我的脑袋里恍惚着，分不清真假，于是我也时而低落，时而振奋。我想，等到我可以把现实与幻想划分清晰，可以驾驭失去你的悲伤时，我就会仔细考虑去做些什么，为自己的灵魂博取一丝救赎与宽慰。

你让我顿悟，人生最大的悲哀莫过于固执地坚持了不该坚持的，轻易地放弃了不该放弃的。

我的宝贝——

愿你安息！

2009/4/11

角度问题

初冬回家，照例是盛师傅接我去机场，一年多了，大多数时候都是他接我往返于机场与学校之间，彼此也很是熟络。

这位师傅是土生土长的上海人，人很有意思：健谈，开着不错的车，所以偶尔也会有些“脾气”，比如常常会因为学校的保安阻止他将车开进寝室区而训斥上几句。

坐他的车总是会和他闲扯，有几件事甚是滑稽。比如有一次他问我：北京是不是肉食只有羊肉牛肉？没有海味吃吧？有没有吃饭和外滩18号一样贵的地方？一语既出我就有些蒙了，据我所知，北京是中国的首都，中国的心脏，全国各地的山珍都争相向北京输送，在北京生活这么多年，无论春夏秋冬都可以买到一切山珍海味、水果蔬菜。至于消费档次问题，北京各个商区以长安街贯穿，俨然是中国的“东京银座”，遍地奢华气息浓厚，若是将外滩18号移植到北京，定会少了那么多人的顶礼膜拜。

又一日，我回京办赴美签证，盛师傅惊异地问我：大使馆都在上海吧？你在北京能办签证？办了也要回上海起飞哦！北京可有去国外的飞机？ 这连珠炮似的一问令我顿时堕入一片迷茫。我虽知之甚少，但还是了解各国的大使馆都是处于祖国首都的，各地同胞都可以去北京办理签证。北京拥有全球最大的机场，专为各国主流航空公司联合组织，即星空联盟服务。也就是说北京是世界上一个主要国际航空运输集散地，在这里我们可以乘坐飞机到达世界很多角落。如若不然，参加奥运会的各国运动员岂不是要先飞到上海，再转机到北京了？

回家后和朋友闲聊起这事，他们无奈一笑，说这就是闭塞的人群，常常令人哭笑不得。

至此便引出一个横梗在南北两地人之间的心结——北京？或是上海？这个问题一直为好事者争论不休，就连一些文人骚客也不耐寂寞，以此大做文章。余秋雨写《上海人》，对上海人嬉笑怒骂满腹无奈；韩寒的《光荣日》里有句话给了我极深刻的印象，他说“北京是文化中心，上海是经济中心，我没有文化，所以我去上海了”，这话里多多少少有些隐晦的意思，而京沪两地对比的文章更是不胜枚举。我有一个在金茂大厦做白领的上海女朋友，一次吃饭时她愤愤地说：“上海被西方占领统治多年，身上洗不掉奴性的劣根，见了外国人总是会低三下四一些的！”

然而就我个人而言，也并不看好自己的“家乡人”。不思进取是那些祖上就住在皇帝脚下养尊处优的老北京的天性，他们不去和别人计较争执究竟北京好还是上海好，因为他们理所应当地认为首都就是首都，就是荟萃精华的地方，要不中国政府干什么都在北京？北京为什么被大家称作“中央”？一次外省某官员拜访我的父亲，坐在出租车上，的哥“忧国忧民”地问道：“不知你们地方情况怎么样啊？”那官员顿时一愣，哭笑不得。

就是这种“养尊处优”的态度造就了今天的老北京——他们通常从事商场服务员、酒店服务生、公交车售票员等低收入职业，过着无所事事的清闲生活，喜好做一些不实的事情，比如唇枪舌剑地为国际问题出谋划策，然而真正能够改变他们这些“轻而易举”便可以解决的问题的，却往往不是他们自己。

但口水仗归口水仗，真正到了民族问题上，再极端的北京人或是上海人也都可以化干戈为玉帛。比如在数月前的抵制家乐福问题、救助汶川地震问题以及对韩问题上，我们便俨然是一副兄弟阋墙而外御其辱的架势。所以我说，其实所谓隔阂不隔阂，只不过是一个角度问题，如果我们都把自己的位置放进“中国人”的名号下，那么这南南北北的论战群体们也就有更多时间建设祖国而不是比试嘴上功夫了吧?

但不可否认的是，虽然这“换个角度看问题”的理念浅显易懂，却常常只是纸上谈兵而已。不仅自家人难以身体力行，外国人往往也对此表现出了些许“说起来容易做起来难”的意味。

《环球时报》前几日全版刊登了一篇名为《布什沦为美国替罪羊》的文章。在美国大选结束的这些日子里，世界的目光都聚集在了奥巴马的身上，很少人再去关注布什，即便关注，也多为奚落或是取笑。人们像对待“水门事件”下台的尼克松一样驱赶着布什，其支持率由“9·11”事件发生后的90%骤降为24%，向着前总统杜鲁门的最低支持率记录23%步步紧逼。

布什在位的8年，是美国最动荡不安的8年。“9·11”为他拉开了执政序幕，打乱了他上台前有关教育改革、减税、军事改革的所有计划。8年后，历经了阿富汗和伊拉克两场混战的布什本打算用巴以和平的突破为自己的总统任期画上一个句号，可又是9月，华尔街的经济危机发生了，打乱了他退休前的所有计划。跨越8年的两场危机，撼动了美国百年来傲立全球的两根支柱:军事霸权和金融霸权；触动了美国人最敏感的两根神经：国土安全和经济安全。但在奥巴马登台的这轰轰烈烈的时刻，我们更应该将布什拿到另一个聚光灯下审视——他不过是在8年前抽中了一根不幸的签而已。如杜鲁门下台多年以后的今天一般，我们不得不承认如果没有其对苏政策，美国就不可能成为唯一的超级大国。那么对于布什，是否也需要一把公正无私的尺呢?

《华盛顿日报》中就有这样的描述：布什在职的8年推翻了阿富汗和伊拉克的独裁者；摧毁了无数恐怖主义巢穴；捣毁了巴基斯坦的材料黑市；劝说利比亚放弃大规模杀伤性武器；遏制了叙利亚、朝鲜、伊朗等“流氓国家”，等等。

布什总统之路的起始就充满了荆棘。当他首次听到“向总统致敬”的声音时，天空就飘起了雨夹雪，并下个不停。一个妇女在街边向他做着下流的手势，他向她挥挥手，而后怔怔地问自己的副手“你看到她在做什么了吗？”看到这些文字的时候，我不禁有些心酸，美国是一个崇尚英雄主义的国家，制度的创始者赋予了总统至高无上的权力，因此一个国家的成败与否也将由总统一个人承担。当我们站在“9·11”恐怖袭击、阿富汗伊拉克战争、金融危机的大背景下审视布什的时候，所有人都将矛头指向了这个尽力而又束手无策的总统身上，但如若将他抽离混沌的背景，他只不过是一个高尚、正直且信仰坚定的领袖，一个随和、实在、信守诺言，并且与多国领导人都有着良好私人关系的老人，战争是民意的抉择，“9·11”是霸权积累的后果，人们将这一切过错加在一个勤勤恳恳的老人身上，于心何忍？

平心而论，无论恐怖袭击还是经济危机都不是布什带来的，而是美国十年来在全球推行超意识形态的单边主义国际战略所造成的必然后果，是美国国力在盛极而衰的历史转折期中难以逃避的挑战，这一切只是不幸被布什赶上了。无论谁担任总统，在遇到了这接二连三的倒霉事时，都无法保证比布什做得更好，布什只是虔诚而无奈地背起了美国转型的历史十字架。

所以我们，深陷时代的浪潮，却早已失去拨开个人情绪，以长久的大背景的角度来思考的能力。无论是对于国际问题还是自己人的纠纷。

但，往往，一切只是角度问题。

2008/11/23

樱桃日记

我认识一个女孩，我们不常接触，却不掩内心。我们像是彼此的一面镜子，可以自由倾吐。她是个颓废的孩子，表层潜伏着单纯与阳光，然而只有我才可以洞悉她内心里的些许阴暗与寂寞。我叫她樱桃，我们不常见。

流浪的三毛曾有一个朋友，平时很少联系，几年见一面，只一杯清茶，只聊文字。然后各奔东西，一别又是很多年。她们有一种深厚的友谊，却不知对方的来龙去脉。

俞伯牙也有一个叫做钟子期的朋友，他们通往彼此心灵的密码是乐符，所以有了“知音”这样的词语。后来钟子期死了，俞伯牙便自此荒废了音乐。

我和樱桃不是刎颈之交，也没有心灵之音，我们只是在彼此最脆弱的时候住进对方的内心，等待，或守候倾诉。樱桃有很美的故事，我想将它们以自述的方式都写下，祭奠死去的心灵触动。

其实我们都应保持一份单纯的悸动。

樱桃的一段晦涩的感情

我想写一段文字给小野猪。

第一次凝视他，看见一双溢满不屑与冷漠的眸子；

第一次关注他，是他高得惊为天人的智商与黑色幽默，从那天起，开始亲切地称呼他；

做了一年半的邻桌，一年缄默；

后来他开始与我“斗嘴”，话多了，人也快乐了；

第一次向我示爱，只是单纯地留下来陪我，在沉重的夜幕下；

第一次向我表白，是我在议论的压力下不堪重负的时刻，他说希望帮我分担；

他不高也不帅。

宽容大度，从不计较什么，对得失看得很淡然；

抽烟，有点严重，但人不痞；

低调，把伤痛藏在心里，从不让我帮他承受；

深沉，喜欢在角落里冷眼旁观；

大男子主义，那是我最爱他的一种品质；

细腻，我吃东西时常常掉得周身狼藉，他用纸巾擦掉，然后抚着我的头发说“你这孩子……”

成熟，常常替我顶罪，做事总是护着我；

细心，知道我最爱吃的面包，会买给我；

幽默，冷冷的一句话会把所有的人逗得前仰后合；

宽厚，无论想出什么坏主意整他，他都不会生气；

讲义气，有几个铁得要死的好兄弟，他们都赞他的人品；

告诉我他的好朋友的电话号码，让我无论怎样都可以联系到他；

会很多东西，但却学不会拒绝我的一切无理要求；

有慢性胃炎，常常很痛，却从不让我知道；

我踩在他漂亮的白色篮球鞋上，他笑着纵容我，不会将脚印抚去；

包容我的一切任性，没有告诉过我，我有多任性；

生病时，一个人躲起来，当我气急败坏地找到他时，他说不想我担心；

我的手指被夹破，他紧紧握住我的手，心疼得眉头颦蹙；

唯一会对我生气的事，是我生着病还去折腾的时候，他说求求你，别去了；

我练跆拳道几乎每天都要受伤，他阻止不了不服输的我，只能默默地过着提心吊胆的生活；

笑的时候右面颊上有一个深深的笑靥，很阳光，让我有吻他的冲动；

握我的手的时候，会留下烟香，让我舍不得将它们洗去；

给我讲题，永远不会不耐心；

我瘦了，他会心疼，告诉我不可以再瘦下去了；

我挑食，午餐不爱吃就饿着肚子，他会训斥我，然后去门口的面包店买点心回来；

送我有心形图案的台灯，怕黑的我只要打开它，大大小小的桃心就映满了墙壁；

外出时候把外套给丢三落四的我穿上，笑着说“把你的皮披上”；

总能知道我在干什么；

从不允许我减肥，要我多吃一点；

损他，从不还口，从不解释，只是笑着说“是是是……”

特别男人；

有求必应；

替我收拾残局，面对问题会温柔地对我说,你先走吧；

像老爸；

知道我又会忘带什么课本，在我还没到学校之前帮我借好；

从不把情绪带到我身上，保持温柔；

会很绅士地帮助别的女生，但也会保持距离；

和我的女朋友们关系都很好，她们都很喜欢他；

极具性格魅力；

对爱不求回报，面对我爆出的情感绯闻，从不责问，对我更加爱护；

把手机密码设为我的生日，然后告诉我，允许我随时干涉他的隐私；

女老师都好喜欢他；

我和别的女生聒噪，他时不时爆冷说句话，逗得我们前仰后合；

他的同桌很喜欢他，却希望我可以接受她，并甘愿做我们的调和剂；

她还喜欢看他笑，常常借与我说话的机会逗他开心，然后用眼角注视他的微笑；

他是个有魅力的男人；

喜欢我的另一个男孩会嫉妒他，不与他说话，他不计较，仍然友好地对待他；

我和男生出去玩，他不会酸酸地埋怨，只是默默地叹一口气，对我说早点回家；

不会常常说我爱你，却将它们完全融入一点一滴；

不愿高调将他推上非议的浪尖，只是想保护他。

过去的伤痛

小野猪出现前，樱桃爱过一个男人，他叫小黑。

写下这一行文字的时候正值除夕前夜，窗外烟花斗艳，迸发的光泽勾勒着我嘴角上扬的弧度，这一刻，我在一个咫尺不及的纬度感受着那个人心跳的力度。

他有一个清淡而优雅的名字，如田园中阵阵的花香。

他强壮有力，与他走夜路时忘记了恐惧。

他的眼睛不大，常常眯成一条微笑的弧度，让我想叫他爸爸。

他有挺拔的鼻子，彰溢出男人的苍劲。

他的右脸有一只深深的笑靥，里面充溢了他的乐观与平和。

他有3条抬头纹，里面深藏了很多责任与沧桑。

他成熟体贴，总把我当做孩子。于是感到恐惧或是无助时，我习惯轻轻拉住他的衣角。

他用同一种味道的香水，让我可以在拥挤的人群中嗅到他的存在。

他的外衣很暖，我可以将它们当做裙子。

他不抽烟，也很少喝酒。

他也会撒娇，孩子般逗我开心。

他陪我吃很大块的棒棒糖，不说腻。

他点的餐我都爱吃，会点美容的餐品给我。

他在被世事纷扰的时候选择微笑，将我忧虑的心情引向一些旁物。

他很孝顺，体贴他的父母。

他很刚强，然而那次得知她的母亲因为某些事情伤心落泪的时刻，我却分明在他的眸子中看到了闪烁的泪光……

他说不怕我变心，因为他不会变心。

他用一种柔软的眼神看我，只对我一个人露出那种眼神。

约会时他来接我，堵车时还会安慰我要乖乖等待。

在嘈杂的餐厅，我们相视而坐，他突然传来短信——我爱你!!!??

我生病，他不介意，说不怕被传染。

喜欢我身上的味道，说很香，会附着在他的身上。

不回他的短信时他不骂我，事后温和地说收不到我回复的时候他很担心。

然而就在仍然无法抉择对他喜爱与否的时刻，却洋洋洒洒地列下了如此诸多的感动，或许如他所说，爱一个人是无法由明晰的语言罗列出来的……

除夕前夜，他说，想要我。有温热的东西湿润了眼眶，我像往常一样倔强地将它们收藏在心中。那刻，我的幸福踮起了脚尖。

樱桃和小黑曾经几近离别

有时候爱情会对你示以突如其来的眷顾，

有时候爱情消失得猝不及防……

12月1日，

还是走到了尽头，尽管我们一直在努力维系心底娇嫩的情愫，

你的放手，

是对我的恩赐还是惩罚，

不是你所谓的，给不了我要的幸福，

只是你没有勇气，去努力给予我要的幸福，

这个地方，似乎真的没有什么为我所眷恋的了吧。

樱桃和小黑也曾经陌生过

和你的相遇可以说是一种偶然，也是命定的必然。我把它归属于缘分，然而这缘分却在错误的时间带来了错误的人。

我们不常见，却莫名地被扣以“情人”的头衔。少了怦然或是感动，亦少了牵手相拥。我们的关系维系在苍白的文字之中，然而日复一日，发现自己愈发地力不从心。此刻，我们更趋于站在彼岸遥遥相望的孩子，一个莫名的头衔使我们手足无措。争执，是的，除此之外一无所有。

不是你的错，因为此刻我已不再奢于宠爱，抑或肩负了过多人的宠爱。当歇斯底里的汗水浸湿衣襟，突然明白我此时的处境只为将一颗疲惫而居无定所的心灵寄托于某个人的身上，而对于那个人，似乎也不将有任何苛责或是期待了。然而真真正正铭刻于我心中的，却是一个近在咫尺而又遥不可及的人。尽管我一次次对着落日与朝霞微笑，在心底暗示自己已然释怀，然而只有心底最明澈——那不过是自欺欺人。

原谅我，原谅我总会不自觉地拿你与他比较。不是你不好，只是他太过迷人——优雅如堕入凡间的天使，一个风度翩翩的绅士，也是球场上最耀眼的那缕阳光。叛逆的灵魂总能给予我无限的刺激与精彩，然而我却把它弄丢了……是的，我也曾悔恨自己的倔强，倔强得宁拿幸福为筹码与自我相抗衡，当物是人非，只剩心中那块挥之不去的暗伤。

我是他的情人，曾拥有比爱情更深刻的快乐；我是你的爱人，却从未感受过情感的滋养。很多次从梦中惊醒，看着手机上显示的你的名字，潜意识会告诉我，那只是一个关心我的朋友……一个朋友……

其实你该勇敢承认这个事实——我们没有感情，只是相互排解着心中的空虚。尽管你看似生活在一个叛逆的世界，但不可否认，你还是一个单纯而乖巧的孩子，而我，却过早地步入了纷繁的世界。如果不能得到心灵的满足，又何尝不是对自己的一种更深刻的伤害呢？

而这场闹剧，又该由谁来结束？

后来樱桃和小黑还是走到了尽头

我喜欢在深夜抱着电脑工作，不需任何繁杂的修饰，只消一杯花茶，一盏昏黄。曾经，在辛格瑞拉逃离宫殿的时刻与好友促膝长谈；曾经，为叙写所崇尚的武士道精神而澎湃难眠。然而此刻，却要以最惯常的方式来记录这样一个瞬间，任黑夜的寂寞啮噬着我千疮百孔的心灵。

不知他可否记得，今天是我们相识整七个月的日子，时间回转至那个雨雾迷离的上午，缘分点开了我和他生命中最奇异的始端。对于Hip Hop的共鸣使我们步入爱情的殿堂。他说永远都忘不了我们第一次相遇，我的绿色露肩上衣、白色长裤还有至今令他难以忘怀的香味。我也记得那是一个秋季的夜晚，我们沿着古老的城河漫步，讲一些无序的言语……一直讲……一直讲。

而后我们恋爱了，他是否发现那个最初有些野蛮的女孩在遭遇爱情后却变成了不折不扣的小女人，任性，单纯如一个未经世事的孩子。是的，在他的温暖中，我慢慢褪去了叶的离去所带给我的自闭，完全地投入到新的幸福之中。然而这一切不过是一个假象，纵然他曾经以我为整个生命，我们的坚贞却终是没有经受得时空的隔膜，幸福如断了线的风筝，飘摇远方。

我们还没有最后一次去看后海那间酒吧里的“小八神”，不知它是否还喜欢用纱帘来磨牙；还没有去游乐场坐旋转木马；然而一切都在平静中彻底结束了，令人措手不及……

保存的他的短信，56条一条都不忍心删去；他送的CD听了一遍又一遍。从今以后就是一个人了，不需再为某个人而照顾好自己，手机停机忘记充值时再没有人帮我充上，然后佯装生气地叫一声“臭宝贝”！也不会有人为我的不懂事收拾残局……他已经走了，退出了我生命的程序……或许我们今后就会像平行线一般，再无交点了吧……错过了，错过了……

May Day，托福的课程记错了日期，下午一个人跑去铜泽的Pub，人不多。3杯Tequila Boom,不要盐，也不要柠檬，我只是喜欢那种燃烧的痛楚与畅快。铜泽递给我一颗维生素，然后轻声说“傻孩子”，傻孩子……他也常常如此唤我的……那是我最喜欢的称呼。

是我的错，比起他的那些朋友，我太过平直，没有为他而画过一次精致的浓妆，没有为他将头发精心做过修饰，只是烫了一头比生活更加平实的直发，而后素面朝天，肆无忌惮地微笑或是哭泣。然而今天，我却画了最精致的妆容，穿了最性感的裙子……或许，他一定会喜欢的。只是妆容可以掩饰岁月，却掩饰不了心情。

头痛……

又去了我们第一次见面的地方，电视里反复着一起看过的节目……一切的一切都余留他的气息，令我割舍不断。漫长的春天快要过去了，想他的气管炎应该不会犯了吧，睡前总是担心他会不会又彻夜不眠呢？记得分手前我曾对他说，如果回忆忘不掉，那就好好藏着，不要常常拿出来……然而此刻，我却重复将它们取出，一次次刺痛心灵的创口……该预考了，要加油啊！他一直是一个聪明而有上进心的男人，在这个关乎他未来的时刻，我却没有资格陪在他的身旁。

宿命吧……像是龙舌兰的泡沫，只在瞬间喷薄……

完结

听说樱桃最终也没能投入小野猪的怀抱，至于过程，像三毛对她的朋友一样，我也不知道故事的来龙去脉了。

2005/10/7

远走高飞

9月的上海，抑或艳阳高照，抑或风雨大作，我站在一个承载了无数热切心灵的土地上。皮肤被焦阳炙烤着，泛出黝黑的色泽。记得十天前，我曾以同样挺拔得有些矫健的方式站立着——彼时我站在层峦叠嶂似的高楼顶处俯瞰沪城深深浅浅的巷落；此时我站在规整的体育场上，无异于任何一个莘莘学子。

在一周的时间里我经历了从父母手心的公主转化为自立的青年的蜕变。还好，还好，没有那样深刻的疼痛，然而我却是忧伤。有些事情是每一个人都要经历的……一切不过是一个时间问题。

我觉得这个阶段就好比推开了一扇向往已久的大门，里面是华丽多样的世界，是青春飞扬的春天。可我们却不觉得有些不知所措，似乎叶公好龙了。

离开家的时候带了很多只大皮箱，像是和童年的告别，更像是脱离家庭的一种必然方式。虽然我依然固执地相信，这只是一场短暂的旅行，我的父母就在家中，祥和地等待我的回归。有的东西是可以带走的，有的东西注定要生长在思想里，时不时地让我疼痛。

我坚定的，是要把所有的能量献给我最挚爱的父母。他们就好像一份羁绊着我远行却又贴心的牵挂，让我勇敢也让我脆弱。偶尔假想有一天当他们佝偻着相互搀扶，那么孤单而无助，我便禁不住泪水涟漪。很多时候，我们都在承受着一种无以抗拒无法改变的不圆满。如果生命真的存在轮回，那么我们今生还着前世怎样的债？

我常在深夜冥想，祈求天神可以用我的幸福去对换父母一生的健康与平安。为什么我们的快乐与疼痛总是构筑在别人的身上？然而或许也就是这种甜蜜的痛苦才使得我们精神的光泽得以维系与发扬。

人在什么时候会想家？当身陷困境的泥沼中的时候吧。我们都需要一个港湾，无论它是富丽堂皇还是蓬荜褴褛，终归是可以栖身的。可为何我们都无法抗拒远走高飞的命运。可以逃遁花花世界的人未必可以体味家庭的温暖，人类就像一只笨重的狗熊，一边索取，一边遗失。

3年前我读席慕容，在她有些温柔清浅的字句里憧憬我的爱与幸福，三年后我读于光中，思乡的情愫像静潭中那轮寂寞的水月。我们终究要沐浴在相逢与别离的轮回中，道不清谁是谁的起始，谁是谁的终结。

无论在大漠浩渺的塞北，还是温香玉软的江南，人们的心中都有那样一处柔软而脆弱的创口，思乡是造世者赐予每个生命的软肋。

还有几日便再逢中秋月圆了。很久很久以前，它已被生活的千篇一律所淡漠，此刻却不由得常常提起。记得小时候似乎每一年中秋爸爸都在国外，我和妈妈在家筛选着送来的各色月饼，依旧幸福而无憾，因为爸爸的公差是短暂的。若干年后，当我已经与家庭发生长期，或许是永久性的脱节的时候，也许团圆，也会是一种伤痛了……

想起黛玉，想起那个与我生活在不同的时空坐标里却有着相同心境的女子，是的是的，此刻，我们还是不聚为好，也省了分别时的难过。

在背井离乡的时候，思考一度从我的习惯变成我的痛苦。梦想与思想，究竟该背叛哪一个？

再娇弱的鸟儿也有飞出温巢的时候，再渺小的兽也有奔出暖窝的时候，成长啊，你究竟带给了我们什么？人的一生最难以权衡的便是失去与所得孰轻孰重。然而，本着人类的那种不曾有所动摇的对家人的牵挂，我们依旧有所归属，有所寄托。爱护自己，好好活着，也许我们无法排解思乡的困扰，却可以以这样的方式为爱我们的人宽心。宽恕别人，它将是对自己最大的宽恕。

回家住住吧，听听妈妈的唠叨爸爸的劝诫，平凡的深处，往往隐藏着最真实的幸福。

2007/10/24

Large
Large

邂逅美丽

这是一片心灵的净土。一切都来得突然而急促，虽然春的游弋不定让我感到紧张而多疑，但我还是会因为在一大片连着一大片的枯黄中寻觅到星星点点的嫩绿而感到无比欣喜。我能感受得到温暖的阳光抚摩着我的肌肤，然而我又贪婪地期望着更多的温暖；自私地要求着更多属于我的温暖。这是热爱的自私，它让我近乎疯狂，我不再是那个可爱的我了！我来不及思考你是包容还是苦恼，因为我在不停地追逐着你的脚步，希望这温暖可以更真实，更坚定一些，我真的好害怕，害怕气温会骤降，害怕心灵会被冻结。无理取闹吗？还是对你不够信任？你让我变得自信而美丽，亦让我多了一份自私与怀疑。

其实我与你都是叫做"向往"的孩子，但你潇洒而我多疑。因此也许在上帝眼中，你是毫不吝惜的阳光，无闻，却又渗入了我心里。我像化入咖啡中的方糖一般溶化在你的温暖之中。我总是默默地等待着你的明媚，虽然只是正午的片刻。但，为何你总是在忙于天空的飞鸟，洁白的云朵后才能注意到我，和我那在你看来叫做冷漠的目光？或是我们都有难言之隐？或是早春的明媚本就颠覆了大自然的规律？

你不想解释什么，更没有坚持什么，留给我的是杳无音信的等待。渐渐的，渐渐的，当一次又一次的失望麻痹了神经，化作了叫做麻木的东西，春，就真的变了脸，一切的一切都已成为过去，想要挽回，却不知从何做起。思绪成了乱麻，剪不断，理还乱。

3月的早春本就是不真实的，会有人失去什么，后悔什么，亦有人得到什么，学会什么。并不是所有的幸福都因彻悟得太晚而不堪温习，只要听得到心跳的声音，那么就有权享受快乐！我还会向着你奔跑吗？还是累了，应该停下来歇歇脚？或许我还应重新拾起褪掉的冬衣，等待真实的春天？

我在这个朝气蓬勃，万物复苏的季节沉淀了，消失了。早春啊！多想执子之手，与子偕老，但我们却做不到双方无条件互相投降，那么，我把世界还给你，好吗？而我，任我消失吧，躲到无人的黑夜，慢慢学会长大。

2003/3/18

发表于《稻草人的灵魂》

匆匆

佛说，前世的五百次回眸才会有今朝的一次擦肩而过，也许命运注定我，会在不经意之间与你相遇，你曾用多彩的画笔交织了我美丽的梦，但早春的明媚毕竟会凋零，再回首，已成路人，匆匆。

——题记

那么偶然而又突然地从好友那里得到了你的照片。一张被剪下3/4的独照，你躲在照片的一隅，画面有些虚。整整辍别了3年的思忆就在一瞬间被激起，但离别后的酸涩苦辣却像是麻木了一样，我超乎寻常地平静。照片上的你笑得那么灿烂，似乎阳光一不小心就会从你上翘的嘴角间一泻而下。又回到了那些逝去的日子里，很青涩。

我们都是追逐美好而又狂放不羁的孩子，所以命运注定了两条平行线要在阴差阳错间交于一点，但仅仅是一个不经意的交点而已，我们永远都无法合为一体。其实到现在还无法确定我们曾经的关系，只记得不曾有过轻柔的耳语，甚至未曾勾过小指头。算是初恋吗？其实那仅仅是无上友谊的一种烘托而已。

花开花谢，周而复始，千篇一律却永远都无法绽出走过的绚丽，所以已经擦肩而过了，就不要回头。我们都很清楚，前方就是尽头。但曾经拥有

了，就不要遗憾挽留。我以为自欺欺人就可以打发枯燥的日子，但对你的渴望就像虔诚的教徒渴望梦中的耶路撒冷。也曾守望，也曾期待，你却从未来。

我以为时间可以把心中的眼泪风干，后来才知道，风干了眼泪却会留下泪痕。牵挂维系了3年坚贞的向往。时常，我会想，想你过得好不好；会担心，担心你会不会不开心。

独自坐在曾留下过你的足迹的操场上，沐浴着正午的灿烂阳光。手上拿着你那张1/4的独照，突然有种如释重负的感觉。我们都像融入咖啡的方糖一样融入了不同的空间，我想你的生活一定像我一样，忙碌而又充实。我们在酸涩中成长起来，懂得了珍惜，也学会了用心灵去铸造理智之墙。曾经走过的永远都是美的，就算有残缺，也应将它们好好珍藏。

现在才明白我为何如此平静，也许是充盈的心灵再也找不回幼年的活力与激情。我的多愁善感，我的年少轻狂都随着时间的推移变得黯然，宁静。成熟，就是可以很平和地面对过去。

真好！阔别了3年还可以得到你的消息。我不会再因为主观的情愫而哭泣。我们都有了各自的归宿，学会好好地对待自己。也许若干年后还会相遇，但遇见了你，我还是我自己。生命就是有那么多令人惊诧的际遇。我还是会祈祷守望，怀念过去，但擦肩而过了，就不要后悔哭泣。

2003/9/10

发表于《中国少年作家》、《正着成长　倒着回忆》

写给我的姐妹连

记忆的形态常常以某个特定的时间或地域为线索在人们心中展开的，于是我们驾着情感的列车轮回于生命的宽度与广度之间，冥冥之中却又回到了某个原点。我的列车驶过仲夏，又驶回了记忆的这一点，很多尘封的往事又周而复始地在眼前再现，甚至比曾经更加新鲜清亮。

去年的夏天炎热得有些肆无忌惮，流火的6月在会考的突袭下流露出一丝丝疲惫的光影，我的身边却因出现了三个性格各异然而却都善良纯净的女子而熠熠生辉。那是我最爱的姐妹，才华横溢的小雅，随和恬静的岩岩以及聪敏单纯的透透。

小雅，想着一年前的你，有着干净圆润的面庞，可以与我肆无忌惮地谈天说地，亦可以为情感的某些片断潸然泪下。可以毫无歹意地戏谑，亦可以毫无功利地赞赏。曾经我们为争夺文采的顶峰上那颗绚丽的宝石而暗中较量，相知却让我们携手，在那个争奇斗艳的绚烂舞台上共同谱写友谊的童话。那个时候，你喜欢亲切地叫我宝贝，会在日记中一次又一次写下这样的字句：曾经并不喜欢我身边的这个丫头，然而相知之后却不折不扣地爱上了她。还有还有，每个因为迟到而赶不上吃早点的早晨，你总是拿出自己的那一只小小的蛋糕分给我们三个姐妹，纵然每人仅一两口，我们却都幸福无比，是的，充溢味觉的甜美远低于我们精神的富足。小雅，谢谢你给我的那份久违的友爱，只可惜缘分的丝线太过轻盈，它悠然地划过我们的生命，而后渐行渐远。有时我想，如果那时我也选择学文，那么现在的我们是否仍可以相坐同窗，叙写友谊的诗篇呢？

小雅，分班那天俯在你肩头失声痛哭的情景依稀可见，只是我却不曾告诉你，那些细碎的泪水并不是因为离开十班，而是因为离开你，离开岩岩和透透，离开所有我爱的朋友。上帝曾经送给我一份昂贵的礼物，然而我却因为顽劣无度失手将那些幸福都打翻，于是惹怒了上苍，它将那些幸福都重收于掌心。幸而我还有你们，有你们无条件的爱。或许我是不幸的，却又真切地徜徉在幸福之中。

还有我亲爱的岩岩，你是如此的娇羞温柔，恰若早春初绽的小花，鹅黄色与淡粉的花瓣娇艳欲滴。你随和恬静，可以包容一切世事的纷杂，我却冥冥之中有了更多的怜爱在你的身上，你的善良让我不忍不去保护。

岩岩，你常常对我说，那么聪明的女孩，一定可以回来啊！可是，原谅我的顽劣，又让你们失望了。或许现在的生活方式更能契合我的放纵吧，纵然在这个陌生的地域一切变得小心翼翼，却可以更加肆无忌惮一些。我只是希望你们铭记，铭记我爱你们，不随任何桎梏而变迁！

透透，我曾在瑶的一篇文章中看到对你这样的形容方式：纯净得让人心疼。我想，不会再有比那更恰如其分的描述了吧！你像一块纯美的冰块，纵然没有美彻心扉的外表，却有一种美得不真实的性情与气质。你较调皮，留着男孩子般清爽的发型。你从不为困难而落泪，亦未有过盛怒的情形，然而当姐妹们遭受危害时，我看到的你却是如此锐利。

姐妹们，对于你们的爱不曾明述，然而这份爱却在我的心中愈演愈烈。前些天听范玮琪的《一个像春天　一个像夏天》，不觉中会心地微笑，“如果不是你，我不会相信，朋友比恋人还死心塌地”，那不就是我们最真实的写照么？我的姐妹们，我的快乐，并不来源于别人亦真亦假的肯定，也不来源于物质的富足，而是你们，是你们在难过时第一个想念的人是我；是我能够为你们带来真真切切的幸福；是你们在遭遇困难时会需要我的帮助。你们是我生命中最珍贵的财富！

2006/4/12

发表于《追梦人日记》

病疾小记

就在落笔的前一天夜里，我突发急症，午夜时分被送到医院急诊。在这得到救治前的近两个小时，我似乎就站在死亡与重生的边缘，如此无助。

在深夜里灯火通明的急诊室，看到了面色苍白一身鲜血的男子，脚踝裹着厚厚的纱布仍旧渗出一抹抹殷红的工人，还有走廊里一阵阵凄凉的哭泣。那一刻，我挣扎在痛苦的悬崖，看着送我来医病的人在走廊中穿梭，不禁有一种别样的感情跃然心间——为什么我们活得如此冷漠？

急诊输液室里的病床上躺着断了脚踝的工人，疼痛折磨得他无法入眠，低低呻吟，而他的身边却没有一个陪护的人。伤了头部的男人的家属嬉笑着在交款台等候收银员，而面色铁青的收银员动作拖沓，一笔账单收了不知多久。

白色的医院，白色的墙壁，白色的器具，还有一张张白色的冷漠的脸，冷漠的心。

我记得作家王政在得知身患重病、时日不多时曾写过这样一段话：我真切地感觉到自己正流星一般坠入生命的黑洞。往常笔之于文的那种与生俱来的忧患意识已不再是洇在纸上的泪痕，它已变成了一个从想象的密林里突然跃出的狙击手。我能理解一个将灵魂建筑在对于生命的无尽思考之上的文字工作者，当忽地面临一种，曾经用第三者的角度怜悯地记录过的遭遇时的那种惊异与悲恸，就像我们预测到了灾难的降临却只能束手无措地等待毙命一般的恐惧。但在这个恐惧的过程中，我们却要经历外界的冷漠或是挑衅，就像上面所述的，我所耳目过的人一样寂寞而无助。

然而，彼刻的我，虽不致行将就木，却不比任何形式的痛苦来得轻巧。越是痛苦，也就越是孤单，越是语无伦次。坐在幽暗的病椅上，脑海中默默涌现出许多不相连的过往残片，直到生和死间居然幻化成一片模糊，人生如火车似的蜿蜒一串疑问在苍茫间奔驰。我想起徐志摩的诗句：

火车擒住轨，在黑夜奔

过山、过水、过……

我们就是火车，起点与终点都既定着 ，只有沿途是未知的。

但让我幸福的是，旅程再狼狈寂寞，也有几个让你一辈子去品尝的人陪在身边，也往往是在最落魄的时候，他才能表现出义无反顾的执著。谢谢陪我输液至深夜的人，在静默的急诊室里只有他奔忙穿梭着，不给我的痛苦一丝丝滋长的空间。如果没有他，或许那时那刻我还在冰冷的房间里继续忍耐吧。出于一种思考而非责备地想问：为什么我们只在国殇的大事面前表现出博大的大爱，却常常遗忘了身旁最需要支付一些关怀的小爱呢？

因为这个冷漠的世界着实是太缺乏小爱，所以我们更应该珍惜那样一些人——他在深夜背你到医院，满头大汗地求医问药；抽血打针时他紧紧握着你的手，似乎比你还紧张；输液时候他给你讲笑话、讲故事；痛时陪你痛，累时却决不让你承受，当你忍过了痛楚却发现已抓破了他的手……

灾难或是疾病降临时最能看清世界的真相，如我们常说的——患难见真情。有的人说不出有什么好，却在这一刻，比谁都重要。

珍爱生命，珍爱真爱你的人。

2008/5/19

秋天的故事

在我的印象中，秋天近乎类同于一个属于极端的节气。古人常常以秋季为背景渲染内心的悲愤与郁闷。所以就派生出了“悲秋”这样的字眼。

记得小时候写作文，写到秋天都会千篇一律地写“秋天来了，叶子黄了，树上挂满金灿灿的果实，有梨子、苹果……”孩子们眼里，秋天又成了一种象征丰收的美好时节。

然而我的秋天是平和的，没有悲秋的凄凉，亦没有金秋的喜悦。在这个不知是悲是喜的季节里，有两件事情是尤为值得回忆的。一则是期中考试，二则是我的生日。

说是两件毫无干系的事情却又有着千丝万缕的联系，比如……比如考试后发放成绩的黑色星期一恰是我的生日……是悲还是喜呢？呵呵……生活常常比我们还乐观和从容。

具体拿到成绩后的惨况就不多费笔墨了，不是趋于报喜不报忧的因素，毕竟人都是向往美好的嘛！要稍加详述的是那个基本具有成人意义的生日。

事实上这个生日是我这几年来唯一一个没有兴师动众的，没有异彩纷呈的派对，甚至连蛋糕都免了，这不由得让我想到史铁生的那句话——我们都活得不那么在意了。然而机遇常常是偶然而出乎意料的，升入高中后仅几个月，新的集体，新的生活，本以为没有人会注意到，甚至是不知道我的生日，但我却犯了一个藐视自我的错误，也可以说是上苍所赐予的“惊喜”吧！——同学们的祝福铺天盖地地袭来，让人有些猝不及防。纵然考试成绩像一个个令人窒息的肥皂泡泡，然而那种为爱所包围的幸福感与满足感却确确地充溢了我的身体。

悲哀和快乐都是生命中不可期许的成分，然而朋友却是真真切切存在的。曾经有人说，在你跌跤时将你扶起的不是你的朋友，和你一起奔跑的才是你真正的朋友，仔细想想，未必有些片面。朋友……是在脑海中存留你的讯息的人，是随时都愿意伸出手的人，是一路走过，与之相伴的人。

2004/11/15

给爱的十个理由

喜欢凝视你的双眸，不只是因为它们太过迷人，而是想将你的痕迹深深刻在我的内心；

不会苛责别的女孩对你过分的青睐，不是太过宽容，而是对我们的坚贞的一种肯定；

告诉你好好对待那些她或她，不是无奈的纵容，只为我的爱，不会成为你情感的负累；

不会常常见到你，不是感情的遗漏与疏忽，而是想留给彼此空间，酝酿纯熟的思念；

没有频繁将对你的爱付诸文字，不是平淡削弱了心灵的波澜，却是感动郁结在胸口浓浓得化不开；

不曾给予你任何承诺，不是承担不起情感的重量，只愿用行动证实我的决心；

习惯对你微笑，不是我永远都会那么单纯得天真，而是在你面前，会不由自主地将伤痛藏好，一个人承担它们，不让你担心；

不去考究你的过去，不是没有好奇与醋意，是不愿那些过去的嘈杂迷乱你我追逐幸福的眼睛；

拒绝你说要爱我永远的决心，不是属于离开的未来已经锁定，却怕它们牵连着你到离开的那一刻，让你走得不安心；

原谅我对未来的迟疑，不是否定你专注的神情，只因未来，是我们都无法承受的生命之轻；

我爱你，不是因为期待你情感的回馈，只是因为单纯地想给你幸福，单纯地看你，快乐地走下去。

2007/12/3

下一步的勇气

是谁在窗明几净的冬夜失手打翻了蒹葭一样的霜白？是谁兀自在冻彻脊骨的寒风中踟蹰徘徊？又是谁轻抚灞陵的柳枝，撩拨起游子们踌躇的心境，徒生些许深深浅浅的悲哀。

然而瑰丽的人间童话就是构筑在这样的选择与背弃之间的吧！相信的人，沿着灵魂的轨迹寻觅；怀疑的人，继续着自我的周旋。

很多个因为相信而背负光明前的劫难的故事常常在我的双眸中萦绕，于是它们变得湿润而溢满感恩。朱舜水，一个在历史的青石上略显生涩的名字，却时时隔着时间的铅华遥振我的心室与耳鼓。我无以明澈在那样晦涩的时代的压抑下，一个清癯的文人是以怎样的信念与勇气继续中日文化的传播？当我们几近苍白的民族用尽最后斑驳的气力去愤击日敌时，我敬他的理智，敬他可以将发展与盲目的仇恨相剥离，在同胞鄙夷的目光中弘扬一种刻着中华印记的伟大胸襟与虚怀若谷。然而我相信，他亦曾徘徊在对自己的信念的坚定与否定之间，难以释怀血脉之情的苛责。

是的，他是勇敢而执著的，因为他选择了相信，因此文化的传播没有因为愚昧与固执的阻挡而停滞不前，因此乱世也获得了一种精神引渡。

将历史的记忆回溯到那些泛黄的文字。源于悖逆了信任而转投向怀疑，很多璀璨的文明却被剥蚀得空余离觞。在那幅秦始皇挥师百万，铁骑纵横驰骋的画卷中，一个叫做李牧的才臣显得格外彰显而光鲜。是他，率领兵将一次次抵御了始皇的猛攻，保存了赵国的完好。然而再忠贞的将领，也难抵君王眼眸中尖锐的怀疑。一代忠臣就陨落在信念的偏差之中。

“……自牧以谗诛，邯郸为郡，惜其用武而不终也……”

在生命中每一个寂寞的时刻，我们因为相信而变得勇敢坚毅。相信，两个疏落的字眼却贯彻了多少灵魂的问候与慰藉，在每一个熠熠生辉的时刻，我们不应遗忘，是信任构筑了坚实的精神围城。

生活，因为怀疑而苍白；却因有了相信而怀着感恩继续走下去。

2007/4/21

追梦人

很多时候，我的日子只是仓促的逃亡，我仅是祈求，在它们逝去的时候可以从容一些。我仅是希望，可以捕捉你凸现的影子，让那美妙的时刻无限拉长，如一粒圆润的小石子，激荡的浪花徜徉在我的波心。那是你触不到的痛。

我只是想做一面镜子，将你的喜怒铭刻心间。在你翩然的时候，倒映你明丽的面庞；在你低落时修建你失意的神情。也是让我看清对你无限的眷恋与包爱。当你老去的时候，将它们都还给你。默默渗透你的生命。

守候是我既定的抉择，像枯树上的残生挣扎在你视线中最模糊的角落。我的情感薄如蝉翼，一滴昆虫的泪水即可将它湿透，而你却如冰封的湖面，封锁我最后的洒脱，你说，请你放弃我。

我在回忆匆忙逃窜的时刻，看到零星的光点散落。我将它们拾起，看，会不会有你的侧面浮起在我阴暗的一隅，而你却走得更决然一些。我只好为自己死去的悸动祈祷。痛了，恨了，却依然故我。究竟，我们谁是失败者？

2005/9/28

菊花刀下

冒昧篡用美国人类学家的著名学术著作《菊花与刀》为题，源于我绞尽脑汁也无法找到一个更契合的题目来描述我眼中的日本国。

——题记

菊花是日本国花，象征着这个国家追求沉稳，淡漠，厚积薄发的美好愿望。一如初来乍到的旅者眼中的日本，平和而美好，可知这个国家恰若一泓无声的海啸，于茫茫海水之下隐藏的满是纠结与矛盾的困扰。那些给我极大触动的故事不停地在胸中翻滚着，一定要用文字的形式记录下来，方可得一丝宽慰。

（一）关于城市

飞机在历经了3个多小时的颠簸后终于飞临这个巴掌大的国家的上空。透过稀薄的云层是点点霓虹与温馨的宁静，没有连片的光火的繁荣，反是还了夜空一片真实、安详与坦然。隐约望见脉脉温泉，蒸着的雪白雾朵，也似慵懒。

迈入成田空港关内，犹如一个肥硕的巨兽挤入了小小的火柴盒，喘息都变得虚弱起来。

日本国的小，众所周知，名不虚传。然而究竟有多小呢？以我的朋友卡萨为例，这个在日本摸爬滚打十余年，最后拿她自己的话说，就是“嫁给了纯种小日本鬼子，从经济上侵略他们”的北京女孩，与作为IT人才的日本老公打拼6年，终于贷款买了一套属于日本豪宅的住房——一栋2层的花园别墅——算花园在内共41.5平方米，花园勉强可以停下半辆奥托车。

我所入住的东京银座内的酒店中，一晚花费6位数日元的豪华大房间，用我父亲的话形容就是——“快跟咱们家卫生间大了”……更甚是他们的卫生间，有个3平米便已是奢侈。间内浴盆、洗手池、抽水马桶三位一体，连套出售，形如飞机机舱内的盥洗室，空间利用之完全，无懈可击。所以我想，学建筑与室内设计的人在日本进修些许时日，必定终生受益！

再者，由于地方小，路也净是些蜿蜒曲折的双道小路，最大也不过四道而已。于是卡萨的日本男人第一次来北京，站在大气宽阔、群车驰骋的16道公路上等待红灯时竟拽着卡萨说：“这路太长，一次怎么能过得去呢！”……

然而感受日本的拥挤的最佳地点不是居民区，而是电车站——即我们所说的地铁站。

电车是日本最快捷方便又守时的交通工具，纵然日本国内的车辆价格只有我国的一半左右，但仍有80%的日本人选择电车作为日常工作上学的出行工具。由此，电车站里的拥挤程度可见一斑。

某晚近10点，由东京多摩乘地铁至银座，进入看似有些类于中国公厕的地铁大门，竟瞬间如坠入地下宫殿，一瞬间，灯火通明，人头攒动，川流不息，时不时地将我与同行人挤散，分不清此时是何时何月，白昼或是黑夜。

夹着公文包，西装笔挺的男男女女们如出一辙，在我的周边小跑着穿梭，没有多余的语言，没有多余的表情，只是皮鞋的咔咔作响与电车的呼啸喧然耳畔。所以说地下铁里拥挤嘈杂，却杂乱中不失整齐划一，只需静站一隅，细细观察聆听，便觉这里更像是一个机器人的生产线，而绝非人类的世界。

就是这样一个机械化的国家，刻板的规章可以说是事无巨细，极不人道。甚至连因天气原因造成的堵车迟到或是发高烧请假都会毋庸置疑地被老板罚款，甚至是解雇。

日本人对于时间的准确性十分苛责。打开每个日本的手机，其中地图功能的地位，之于通话、短信功能毫不逊色。你只需输入出发与到达地，相应的数条路线便跃然眼前，每条路线的后面都会注明此条线路需要花费的费用与时间，而时间甚至精确至秒！

再者，日本地面道路通畅，极少出现堵车现象，所以对于一个日本人而言，迟到是一件相当不可理解的事情。但电车的时间准确度再高，也会有延误现象的频频发生，造成这种延误的意外事件正是广为人知的现代日本式自杀——卧轨。

卧轨是日本最高发的危害事件，基本每周一都会出现。一旦发生卧轨，整个地下铁便会瘫痪。但是别以为借此机会便可坦然地多迟到一会儿，因为一旦发生这种情况，电车所属株式会社的社长便会亲自签署印有迟到原因、发生时间以及耽误时间的证明，分发给电车里的乘客，作为迟到证明。所以一旦你迟到时长超过事故延误时间，仍要被处以罚款。

然而就是这样苛刻的规章制度，才促使了这个历史浅薄的小国的经济腾飞。就以电车站维护治安的人员为例，他们的职业规范规定，工作人员在确定等车的乘客没有超出安全线时，无名指必须一个个指过乘客，动作的确有些拙笨可笑，然而每一个工作人员都会兢兢业业地恪守规范，动作极其标准、统一。这种工作习惯导致他们即使在没有乘客等车的情况下也会指着空气，一个个点过去……

再说说日本的食品卫生系统，在日本任何一家餐饮机构消费，无论它是怎样小的私人作坊，皆可以安心享用美食。因为餐饮老板们都会要求员工们懂得，就算是抹布有一个小角接触到地面，都要马上送回消毒间进行2次清洗，1次消毒。饭店里雪白的抹布甚至比有些家庭的擦脸毛巾都干净卫生。日本以食生鲜为主，所有生猛食品，不管是多么昂贵珍奇，都要在晚间10点作销毁处理。而寿司店的食物皆是不允许打包带走的，因为客人无法保证在规定时间内将带有生鱼片的寿司全部食用完，这样就造成了食品安全隐患。

当地的食品安全监察机构也绝非是一个坐满了大大小小的领导，看看报纸喝喝茶就不了了之的地方。越是级别高的领导，越是要天天奔忙于各个食品厂家，亲自试吃生产线上的食品，只有领导们健健康康地满意而归，这些食品才能供国民食用。也正是这种刻板却兢兢业业的工作态度，才能使日本国内没有一起因卫生问题而引起的食品事故。

日本服务业的完善程度是不容小觑的。在日本逛街购物、旅游消费、品尝美食等等，只要以一个消费者的身份出现，无论是否真的消费，都会受到标准的上帝式待遇，哪怕你再挑剔苛刻，哪怕你试遍了整个大卖场的所有衣服却没有买任何东西，售货员依然会面如春风地恭送你。

微笑是日本所有行业的通用技术，所以这种技术的使用者也就自然而然对此变得麻木起来。比如我在迪士尼买门票时，就亲眼看到售票小姐一边撕票一边笑眯眯地看着它们……

还有一些微小的细节也是让我感动备至的。比如，一次我乘车去千叶县，突然发现所有迎面驶来的司机都向我们的司机举起一个手指，于是我好奇地询问那位日本大叔此手势的意思，原来他们是示意我们的司机前方约1公里处有交通事故，无法通行。

出乎于中国式思维的是——这些司机都只是萍水相逢的路人，素不相识。

日本人服务业的完善，公民道德原则性的强烈所带来的益处显而易见。在这个并不多么熟悉的国家里生活，却十分的惬意温暖，少了很多身处异乡的不适。

然而物极必反，日本人对于礼节的过度追求已经发展为了一种病态。以订餐为例——某日和日本友人逛街后准备去附近比较知名的一家料理店吃饭。朋友提前一段时间打了预订电话，到了快就餐的时间，酒店打回电话来确定用餐：

酒店：您好，我是×××酒店。非常抱歉在您百忙之中打扰了您。

朋友：哪里哪里，您太客气了！

酒店：非常谢谢您长时间以来的关照，希望以后您还可以多多关照！

朋友：不不，是您长时间关照我，还请您以后多多关照！

酒店：您太客气了！那么冒昧地请问今天中午是3人用餐吗？

朋友：是的！

酒店：好！十分不好意思在百忙之中打扰您，给您添麻烦了！还请您今后多多关照！

朋友：哪里哪里！是您太客气了！还请您今后多多关照！

酒店：那么就不给您添麻烦了，失礼了！请允许我先挂电话……(在日本先挂电话表示自己失礼)

朋友：不不，还是让我来先挂……

酒店：不不……让我让我！

…………

就这样争抢下去，解决一个30秒的问题却至少花费5分钟。

再如日本的机场安检处，规定安检人员要向每个乘客讲解飞机上不允许带的物品。就算你是外国乘客，对日语一窍不通，他们仍要字字句句仔细讲解，无论你是否能够理解。

所以说日本人并非聪明，甚至是死板得有些愚笨。过于追求形式与对效率的严重忽视导致日本人每天都必须无偿加班至深夜，周六仍要正常工作。

长辈们常常以日本人的合作精神来教育我们，有言道"一个日本人只是一条虫；三个日本人却是一条龙"，仔细推敲，为什么日本人的合作能力如此之强呢？因为日本的企业使用的都是年工制，即按照工龄分配工资职务，有着严格的长幼尊卑，礼仪节律，严重压制了个人的能力才华，加之资本主义的剥削，培养出的是一个国家的机器人！

当然，就客观方面而言，这也是由于日本社会贫富差异不大，民众矛盾较小的原因，促使了每个工作者都可以心平气和，友好相处。

中庸主义——这是日本一直在塑造的一种国民意识形态。正是这种意识导致了日本人的死板与碌碌无为。因此日本人唯有依靠合作才能真正走向成功。

然而我始终认为，个人可以完美解决的问题又何必兴师动众，大动干戈呢？集体主义确是可以集思广益，然而并不是一味地以不变应万变，只有灵活处之，因地制宜才能最好地利用时间，提高效率。

（二）关于生活

前面讲到日本人形式死板，这种死板严重导致了工作效率低，然而从某些方面而言，这种死板也是十分有益的。比如，这个离中国不过3小时距离，每年都要承受中国沙尘暴风险的小国的环境质量却高得令人咂舌，这种现象便是得益于此。

在日本是长时间不需要擦鞋的，因为空气中尘埃的含量很低，即便是风尘仆仆地跑上一天，鞋子还是锃亮如新。

为什么呢？首先，日本人极为注意保护森林植被。日本是一个资源严重匮乏的国家，但日常饮食、家具饰品、包装纸张等众多生活消耗品都是由木材制成的，可知这些木材几乎完全是由中国进口的。日本政府说："我们不怕花钱，但我们害怕不能给自己的子孙留下一片绿色！"正是这种手段阻险、目光长远的信念促使这个建一座迪士尼乐园都要花巨资填海的弹丸之地拥有70%有余的植被面积！

值得我们深思的是，为了迅速崛起我们付出了怎样惨痛的代价？这种崛起最终真的将会繁荣下去么？抑或只是空中楼阁，昙花一现呢？我们常常基于一种民族感情极端地批判否定这个邻国，然而换个角度思考，无论手段的善恶，它终究是触到了胜利的巅峰，它的人民终究拥有了便捷完善的生活条件与健全的社会保障。古人有云："量小非君子，无毒不丈夫"，反复斟酌，着实是应该透彻地汲取我们祖先的大智慧了。

继续刚才的话题，除去保护资源，还有一点功不可没——垃圾分类。千万不要以为就是我国近年来兴起的垃圾分类模式，事实上日本的垃圾分类之细腻，才于真正意义上达到了它的目的。

援引卡萨的一段话："我就一度以为我老公是学废品回收的，自从我嫁给他以后，就发现他天天跟那些垃圾过不去。每天就死缠着那些瓶瓶罐罐不放！就因为这个我没少跟他吵架。"为什么？因为日本要求垃圾分类回收，并非一般的所谓分为可回收不可回收这样两类的分类方式，而是将垃圾分为纸张、塑料、金属、残羹剩饭、搪瓷瓦罐、植物等等极其详细的条目。"在刚来日本的时候，我就曾经将垃圾混在一起扔过，侥幸以为没人看到，可以蒙混过关。谁知道第二天房东太太就来敲我的门，质问我这些混杂的垃圾是不是我干的？我怯怯说是因为不懂得分类的原因，她便把两袋垃圾往我家门口一倒，说，‘好，你不懂那么我就来教你。’于是就耐心地用手将各色的垃圾一件件分好类，一边分，一边告诉我这个属于哪类，那个又是哪类，一点不怕脏怕累的……从此以后我就再也不敢混扔垃圾了。

“后来我和现在的老公住在了一起，他这个人脾气好得很，可就因为这事常常骂我。比如说，周一早晨我因为睡懒觉没有把半个星期的垃圾送去给垃圾回收车，那么我们就要忍受垃圾的恶臭半个星期之久！”这是由于日本的垃圾车一周只来社区两次，而其他时段是绝对不允许扔垃圾的。值得一提的是，在日本路边几乎见不到垃圾桶一类的设施，因为人们都是将手中的垃圾塞入包内带回家，分类后统一被回收。

“再比如说，我吃完一罐鱼罐头，把它扔进放金属的袋子里，那么我老公就会把它捡回来，把残留的鱼肉汁水倒入残羹剩饭的袋子里，把罐头的塑料盖拆下来放进硬塑料回收袋中，把罐头包装纸撕掉，放入纸制品回收袋，最后把瓶身放入金属回收袋……

“那么下一次我注意了吧——我喝了一罐橙汁，把瓶身的包装纸撕掉放好，再把剩余的果汁倒掉，最后把塑料瓶子扔进塑料回收袋里，结果我又被他抓住了！他把塑料瓶捡回来对我说：‘瓶盖是硬塑料，瓶身是软塑料，瓶盖里有橡胶制品，怎么能放一起呢？’……”

这就是“死板”的日本人，也就是这种死板，才让他们拥有清澈的蓝天，葱郁的森林。

除了这些非常突出的特征外，还有一些小的细节是令我十分惊叹的，比如在景区为游客准备的公用餐桌上吃完自己带的零食，这里的人不但会将零食垃圾带走，还会掏出手帕，将桌子擦干净，再将散落于地面的零星渣子捡走。

这样的例子不胜枚举，让我在这里的每一天都溢满了感动之情。纵然如每一个资本主义社会一样，这里的情感是十分淡漠的，每个人都笑脸盈盈，但转身之间就成为了陌路，但对于我这样一个匆匆而至又匆匆离去的过客而言，着实是很愉快的。这样细细比较下，只能将在国内的消费比作“处处碰钉子”了。

这些主观营造的服务是暖彻心田的，但资源的匮乏毕竟多多少少都将对百姓的生活造成影响。以最简单的饮食为例，虽然日本水产丰富，基本一日三餐都少不了鱼，但就蔬果方面确实匮乏得可以。

在这里购买水果是一项非常大的开销，一块西瓜的售价折合人民币便要七八十元，所以当日本市民看到中国人竟至少半个半个地买西瓜，无疑会大为惊讶。日本只自产一种水果——橘。这种橘个头大，肉肥美多汁，也十分廉价。但除此之外的水果几乎都是价格昂贵了。就此，日本人的日常生活中是很少食水果的——所以当我们文中的日本女婿来北京看望丈母娘时，老太太摆了一大桌子水果，惊得他竟不知如何下手是好……

除了水果以外还有一种东西在日本极其昂贵——北京烤鸭。日本人款待客人的最高礼遇也不过是北京烤鸭了。将薄薄一块烤鸭的酥皮切成4个小片，每一小片就至少要花费2000多日元。说到这儿便不由得想起4年前我的日本朋友来北京，家人在全聚德宴请他们，看着金黄泛着油花的两只烤鸭，他们不禁乱了阵脚，连连地窃窃私语，面色似乎都带着小小的恐惧。

（三）关于民众

关于民众的部分是我计划了最多笔墨的，我将它分为男、女、老、少四个小节，以便细细剖析日本国的潜规则。

(1)男人篇

从日本回国后我便一直主张身边的姐妹都要“迎娶”个日本男人进家门，不仅如卡萨所言“从经济上侵略他们”，更确切的是日本男人身上所具备的品质。

在日本社会中，男人是最辛苦的角色。按照日本惯例，家中男子一旦到了18岁，便必须离开这个家，自己租房子、打工、上学，这其中高昂的支出全部由自己承担，父母毫无抚养义务。这些生活的重担扛在年轻学生的身上，使得他们的生活毫无中国大学生的闲适愉快，而是工作学习连轴转，几乎没有休息的时间。

然而大学毕业后并不意味着一个痛苦磨砺的结束，一切不过刚刚开始……

大学毕业后，找到了固定的工作，事业初步有成，那么爱情问题便提上了日程，但可知，正是为了爱情才使得日本男人们如此之憔悴。

我们首先从追求爱情开始说起。日本人行为含蓄，尤以女人为主，即不会将心中所想表露在嘴上，心中自有一套章法。例如某君A结识了女子B，一日晚上，他约B去晚餐，B君平素甚爱海鲜，A君问：“我们今天去吃海鲜料理呢，还是中餐呢？”B美女如每一个日本女人一样，必定会温柔体贴地说：“听你的，亲爱的……”于是乎A君便随意选择了去吃中餐。女方虽然不会表现出不悦，但不出意外的话，第二天必定与男方分道扬镳。

恋爱可谓是日本男人的鬼门关，但若不幸顺利通关，走向婚姻殿堂，那么就毫不异于堕入阿鼻地狱了。

日本女人将虚荣发挥到了极致，而又因为社会经济状况相似，贫富差距不大，所以导致女人们为了显示自己生活富裕，只能频繁购买奢侈品。如在日本银座一类世界顶尖奢侈品牌聚集的场所购物的人群，绝大多数都是二十出头的小姑娘，那么毫无疑问，她们的经济来源大都只有男友或是老公。

对于一个日本男人而言，养家糊口，供自己的女人尽享生活是最基础的要件，所以他们只能每日天还没亮透便早早出门，凌晨才回家。

日本的工作压力是极大的，如我前面所讲，可能一个职员只是因为累计迟到3次，或是发烧40度无法工作而请假便遭到了解雇之灾。就算勉强在白领阶层挣扎，每日强大的工作压力也会前赴后继地追逐着他们。

日本采用年工制，即按照年龄分配工资职务，甚至没有加班费这个字眼。在公司内，尊重上级是被严格恪守的一项标准。就算是交代工作中领导出了明显漏洞，你依然要连连点头称是。那么上下级又通过何种方式交流呢？这里便要引入一个新的词汇——居酒屋。

居酒屋是一种类似于酒吧的夜会场所，但没有灯红酒绿的潮流耀目，却更像是喧闹的中国大排档。在居酒屋里聚集的都是一群群男人们，多数情况下会是同一个公司的职员与老板。在喝酒时大家是没有长幼尊卑之分的，也正是这时，平日的任何的建议或是不满都可以畅言。

所以日本男人晚上即便是没有工作也不会回家，因为早早回家意味着此人没有能力。对一个中国妻子而言，如果丈夫到了很晚还没有回家，必然会关心地打电话过去询问，以防丈夫遇到意外；但日本妻子们却恰恰相反，她们一旦发现自己的丈夫晚上八九点便回来了，就会担心地询问为什么会回来如此之早，难道在公司难以立足了不成！？

日本的男人除了每天去居酒屋的买酒钱和坐电车的费用以外是没有零用钱的，家庭一切支出由女主人掌管。有时男人在外陪老板喝酒至深夜，没有了电车，那么她的妻子决不会催促他尽快打车回家，而是冷冷地说：这么晚了，不要打车了吧，就住胶囊旅馆吧！

什么是胶囊旅馆呢？即是提供的房间类同于中国医院太平间里的停尸房一样的便利旅馆——打开房门便是一张狭窄的小床，鞋子都要脱在门外。这样一个房间一晚的花费大概在2000日元左右，而在日本搭出租车的价格是：起步接近500日元，每公里的加价接近800日元。日本的妻子们毫不在乎自己劳累在外的丈夫身体与心灵上的双重疲惫，只是一味追求自己生活的富足。

卡萨在和现在的丈夫交往期间就发生过这么一件事情：她发现他总是不换衣服，一件衬衫总是穿上几个星期，发黄了也不在乎。终于有一天，忍无可忍的卡萨拉着一个月没有换衬衫的男友跑到商场选衬衫。这位日本好男人对为他细心挑选衣服的卡萨悄声耳语道，衣服太贵了，我们还是别买了吧！谁知这话顿时激发了标准北京女孩的大脾气，卡萨拉着他换上新衬衫接着就把那旧衬衫扔进了垃圾桶。可是日本男人都是有些大男子主义的，在外人面前尤为要面子。回家的路上卡萨不禁犯起了嘀咕——在这么多人面前丢了他的衣服，这下肯定要把我休了吧……

谁知到家后，卡萨先生的一句话竟让她泪眼迷离了——他说："亲爱的，你对我真好……"——日本妻子认为，作为我的男人，只要你可以供给我安乐富足的生活，那么最好你能少花钱则少花钱，至于是不是对自己的身体或是形象不利，这与我毫无干系。

正是事业与家庭的双重包袱负荷在他们的肩膀，才造成每个黑色星期一卧轨自杀事件屡发不绝的状况。而在电车中也经常可以看到面色苍白的年轻男子昏倒在人群之中，过劳成为日本男人们最大的身体隐患。

正是因为这种种原因，才导致越来越多的日本男人都渴望能娶到一位中国妻子。前一段时间便有一位日本男士在报纸上刊登广告，愿用100万人民币迎娶一名中国太太。所以那些常常抱怨中国女人如何如何的男士们，请珍惜你们的幸福吧！因为至2010年，我国将新增2000万婚龄光棍，加之外国的爱情侵略，你们真的还有时间抱怨吗？

(2)女人篇

说完男人我们再来讲讲日本的女人，或许看了前面的文字你会认为日本的女人面和心恶，着实可憎。然而她们的内心中却也有着不为人知的隐痛——寂寞。用我很喜欢的一首歌曲的歌词来描述就是："我一个人吃饭旅行，独自走走停停；也一个人看书写信，独自对花谈心……"

所谓"士为知己者死，女为悦己者容"，再娇艳的花朵没有雨露的滋润也会萎靡；再美丽的容颜没有欣赏的追随也会黯淡。日本女性下至13岁上至60岁都有不画浓妆不出门的习惯，然而无悦己者，容又何为呢？

虽说购物是日本女人极大的癖好，但另一角度而言，这也是她们排解寂寞的极佳方式。但当寂寞压抑成了心灵的扭曲，就会有很多可怕的事情发生。就在我赴日的这段时间，报纸上就报道了一起年轻妈妈将自己襁褓中的孩子掐死的骇人听闻的事件。只因这位母亲心中寂寞悲伤，听到孩子哭泣不断，怒火中烧，便失手残害了他的生命。

但只是寂寞还好，如果不幸嫁给了标准的日本式大男人，那么生活便又多了一层压制。

日本男人的大男子主义随着时代变迁也演变了很多，已不再明显，然而只有日本九州岛上的居民还残存着这种传统的意识。九州的男人是将这种大男子主义精神发挥到了极致。例如，丈夫今日10点上班，那么妻子就要早晨6点爬起来准备先生的洗盥用具、早点咖啡、饭后点心。先生吃饭的餐具要一样不差，规规矩矩地摆放到位，丝毫不可怠慢。待先生起床，要帮他穿衣服，在一边等他吃过早点去看报纸，妻子再将餐具收拾干净。丈夫出门时，妻子要将公文包双手交到丈夫手中，向着他的背影微笑着鞠躬道"请您走好！"

待晚上先生准备回家前，会提前一个小时给妻子电话通知，这时无论妻子在哪里都要准时赶回家做准备，保证丈夫到家后一开门便看到妻子守在门口，微笑盈盈地鞠着躬道："您辛苦啦！"此时九州丈夫们通常会毫不理睬，一边向屋内走，一边把衣服脱掉扔上一路，妻子必须小心翼翼地跟在后面一件件捡起。等替他打理干净，他却早已酣然入睡，甚至没有吞吐一个字眼……

在日本，男人和女人，都承受着各自的辛苦。

(3)老人篇

日本人60岁退休，但却要等到74岁才可以安享养老金，这期间生活开销来源于何处呢？——只有男人们辛勤打工糊口。载我们四处游走的司机便是一位处在这个阶段的日本大叔。或许你曾经在公司里名声大造、显赫一时，也许你曾荣膺过怎样的嘉奖或是头衔，然而一旦到了这个思想、体力都已透支殆尽，生活又毫无保障的年龄段，男人们便要收起所有的光荣与骄傲，为生活低下头颅。

也许你会问，为什么他们不依靠儿女呢？在这个亲情淡漠的资本主义社会，一旦儿女离家成人，便如断线的风筝一般消失了音信，给父母的一通电话都被认为是“打扰”。我的一个日本朋友在离家后的10年间甚至没有回去探望过一次，也极少打电话问候，而他的家离现在居住的城市，坐新干线也不过八九个小时而已。但，请不要惊讶，这就是资本主义的情感生活，屡见不鲜。

那么这个年龄段的女人们呢？没有丈夫的陪伴，更没有子女们的往来，陪伴她们的只有用一辈子时间积攒起来的不菲的存款。于是她们便将所有关于爱的梦想与期待寄托在虚拟世界中。

就在去年，北京首都国际机场于同一天共接待了6300名来自日本的妇女，年龄介于60至80岁之间。她们不是来旅游的，只在北京驻足短短3天。那么她们来做什么呢？——就在那天，素有“少奶杀手”之称的韩国明星裴永俊抵京开办个人演唱会，这6300个奶奶们扎在裴永俊入住的北京饭店周边的高档酒店里，只为能在他回国前看上一眼。有的心理承受力差一些的奶奶，远远望上一眼偶像便尖叫着晕了过去。而此时他们的丈夫呢？或许在辛劳地工作赚钱，或许看到空空的房间与冷冷的饭锅，而后黯然走到附近的居酒屋，要一些廉价的冷餐，独自消磨无尽的黑夜……

(4)少年篇

写了这么多人性的悲凉，现在转换笔锋，书几段明朗。

在日本生活得最明朗快乐的莫过于处在小学至高中阶段的孩子们。他们堪称世界上最幸福的学生。以小学生为例：包括吃饭和休息在内，他们每天只有上午10点至下午14点这4个小时的时间呆在学校，课业轻松，而补课与作业则是明令禁止的。

每年日本学生都要享受春假、暑假、寒假三个大假期，再加上平时常有的小假期在内，每一年都有将近半年的时间是可以自由支配，供休息娱乐的。

那么日本的学龄前儿童呢？作为一个人口负增长的国家，日本政府积极鼓励公民们多多生养，凡妇女怀孕至生产，幼儿从出生到上幼儿班，政府都会源源不断地送来各类补助和附加待遇，其条款之周全，也不枉小日本们细致的好名声了！

但这种闲逸的生活交错着社会的压迫，在他们小小的心灵下播种着些许邪恶，滋衍着不尽的扭曲。2008年4月2日，一名高中生将某等车的陌生男子推下电车车轨，致其当场毙命，后来警察询问作案动机，他说只为寻求刺激；

仍是不久以前，一名6岁女孩将同伴绑在椅子上，用小刻刀割破她的喉管，将其杀死……

我隐隐地看到，那片宁静下邪恶的汹涌不息，在一代代日本人心中滋蔓，滋蔓……

尾声

娓娓讲述了那么多日本的生活，然而这着实不是一场文字的倾诉，却更像是描绘一幅水彩，渲染的菊绽放着宁静而祥和，菊的下面却暗自埋着一把锋利，一把看不到的锋利，刺伤花根，刺短花茎，等待，菊的宁静中的荼靡；不觉间的枯萎……

后记

卡萨说，再过些时日，等卡萨先生的中文流利些，他们就要一同归国寻求发展了，祝福他们。

2008/4/23

角落

三点一刻的阳光，横竖不齐地洒在落地窗前的秋千上，不甚清澈。在厚重的窗幔一隅蜷缩着，让精神再度进入神游的放空状态，那是我最惯常的方式——一个自闭而纯净的孩子。

原谅我在你们眼中孤傲的冷漠，然而那拳拳不过为一种羞涩，只因我的骨髓深处掩埋着自闭，而我的生活与快乐，亦不过是在悉心掩埋一段自闭，所以快乐，更多时候是一种无尽的空洞。我的性格是一类叫做Shooter的烈性鸡尾酒，外表是坚冰一般的冷漠或烈焰一样的刚烈，然而内心不过是一杯鸡尾酒——脆弱、随和、恬静。

很多陌生的指责或是嗤之以鼻常常在我毫无防备的情况下袭来，曾经我因委屈而向隅而泣，现在我更倾向于用冥性的思考来冲刷那些俗不可耐的东西。我们喜欢一些人，厌恶一些人，但终究不能成为一个千面玲珑的角色，或许人生的宿命即在于永生不可为一切人所认可。

低调，这是生活对我最好的告诫。恰如小提琴的丝弦，承载了很少触碰的音律，却起着举足轻重的作用。张小娴曾说，爱情可以遗忘时间，时间也可以遗忘爱情。那么时间是否亦可以遗忘年少的轻狂?或许爱情的痛楚置于体肤，轻狂的孽报置于骨髓。岁月注定我今生烙在那些几面之缘的人的脑海中的名字叫做冷漠么?

然而我只是羞涩而纯净的孩子，被动地等待接近，等待宽恕。喜欢一个人在深夜写作，喜欢在不会被认出的地方游荡，喜欢夏日里的单独旅程。无需使用过多的言语，只消用眼睛来凝视那些并不属于我的快乐，而后随之快乐。

我的身边有形形色色的人，他们有着不同的肤色与迥异的个性，纵然命运都会委派挫败来光顾我们的生命，然而我却冥冥之中更加痛苦。一个完美主义最大的悲哀莫过于看着自己的不完美却要装作熟视无睹。朋友常常对我说，追求完美是人生中最沉重的负担。然而我却兢兢业业地背负着思想的重担，甚至津津乐道。有时会扪心自问，如若我不曾有文采果腹，没有走向文学的道路，是否对生命的思索就不会如此执著而苦痛？于是想到了他们：史铁生、周国平、米兰·昆德拉、戴维丹比等等一切在人类思想史上做得比较透彻的文豪们，纵然在精神上享有无尽的高尚，他们的生活也逃不过凡夫俗子的模式。

命运犹如山洪，努力颠覆他人，络绎不绝，沉浮不定，浮在上面的人用思想驾驭命运，沉在下面的人用堕落宣泄不满。所以读这些文学家的文字，了解宣泄不过是抽烟、喝酒或是哭泣，仅此而已。细细探究，它们似乎也都是雷同的，野性而亲近人类的本性。

有人说，知识是一种耻辱，有如夏娃在偷吃禁果后了解了一丝不挂的丑陋。然而我说，知识是走向耻辱又走出耻辱的一个历程，因而在科技高度发达的今天，人体由丑陋、私密，走向了一种自然之大美。我们用亲近的方式来表达心中的爱恶。那么回归我的主体，自闭是不是一种缺乏亲近的映射呢？

自闭，所以早慧。

偶尔去酒吧闲坐，三里屯、后海、烟袋斜街，往往最灯红酒绿、纸醉金迷的地方才可将我的自闭发挥得淋漓尽致。要穿上最冷艳的衣裙，让冷漠将整个身体包围，然后冷眼旁观大千世界的荒诞。其实逃避是自闭的另一种表示，因为害怕伤害而拒绝整个世界，只求一个人独占一个角落。其实自闭也是一种品质，是遭遇世态时心灵最佳的避风港。

或许每个人都常常受到别人的伤害，所以也会有意无意地伤害别人。

2005/4/7

发表于《45度缅想》

站在未名湖畔

未名湖是少有的几个、曾留下过我无拘无束的童年回忆的地方。若说它景色若世外桃源，那着实有些夸张了。然而未名湖的匠心之处在于真实——人工修葺的手笔早已在岁月中冲刷得混沌而模糊了，这种背着历史的厚重与坦然，静观四周林立的高楼大厦的姿态，使人兴致盎然，自然也就少了一分防范与戒备。

年幼的时候，我只晓得这是一潭静谧的湖水，母亲和阿姨坐在湖边的野石上谈天，我一个人踩在临水的小石上兴奋地看着水中姿态摇曳的小鱼，伺着合适的时机便猛地将手扎入水中，然而每一次这些小鱼都惊惶而敏捷地从我手心上四散而逃，每一次都是一无所获。可是那样的失败，对于一个好奇心充盈而调皮的孩童而言，非但不可说是打击，反是兴致倍增。

其实成长与磨砺并不是让我们学会放弃的理由，我们适时地放弃一些信仰与追求，只因对他失去了满分的爱与忠贞。

似乎那潭静谧而慈祥的湖水终是没有赠我一条灵动的小鱼儿，我却赤手空拳捉了一只“怪物”，那怪物到底是小水蛇还是鳝鱼泥鳅，现在已模糊了，唯记得我将它抓出水面时，在附近幽会的一对情侣中的女子矫揉娇嗔地尖叫起来，那男子虚着胆怯的心借势将女子一搂，却也掩饰不住面孔上的惊慌。我费解地望着他们，但那个时候我不懂——孩子和大人的区别其实很简单，他们只是给孩子眼中的这个世界加上了一层隔膜，加上了一层目的。

或许那时我也应尖叫的，我应该因为看到那些大人们的“刻意”而感到恐惧。最后我把那软而滑腻的小怪物放了，没有任何原因。如果现在硬要我加个理由的话，我想我只是不愿玷污那小生命的纯净吧，或者，它不适宜人类世界的这个舞台。

是的，莎翁曾说“生活是一个舞台”，而从某种角度讲，我们都逃不过做“丑角”的宿命。

关于未名湖的记忆很短，几个小时，却若避世了千年。记忆里颓废的石板，破败的矮房，还有随着岁月一层层剥落的墙皮，像人类最初的信仰一样，都已垂垂暮老。这一切就像一台老得走不动的挂钟，牙齿掉了大半，再也咬不住时间的手指。三三两两的学子疾步穿过湖面上架着的古朴小路，无心留恋。这晦涩的氛围时时刻刻都在与一张张生机勃勃的面孔作着艰巨的斗争。

活在当下的人是幸福的，因为他们不必去计较既往与来兹的得失；可他们也是不幸的，就像曾经与我擦肩而过的那些明朗而蓬勃的面孔，辉煌也好失意也罢，总有一天，棱角不再，却凭空多了些许捉摸不定的神采；澎湃的鲜血，也难免渐迟缓，渐凝结。

早生华发不是为多情。

留在孩子记忆里的未名湖，湖面上闪烁的是快乐，湖水底涌动的还是快乐。后来，我离那段回忆越来越远，即便是记忆犹新，但那种快乐却已失了真。后来我在父亲的书房中捕捉到了“海子”这个名字，又因为这名和那湖千丝万缕的联系而记忆深刻。当我每一次仰望无际的大海和蓝天时，那句澎湃的“面朝大海 春暖花开”就会轰然滚上心头，这样的眺望每多一次，便对那惨绝人寰却又汹涌壮烈的死亡多了一分体恤与谅解。稚拙的孩童长大了，也洞彻了，原来那湖，还蕴了一池的寂寞。

我闭上眼睛，与那佯狂的诗人如此逼近，他张开自由的双臂，摆出飞翔的姿势。他的面庞在火车呼啸着驶来的刹那绽放出幸福而洁白的光芒，那皎洁的颜色惊艳四方，我在这耀目的绚烂中看到了芦花妹妹的娇羞，看到了喷薄着的梵高的麦田。

那幸福的海子，从明天起，他不必再为信仰去冲击文学与生命的极限，不必感受那些不解其意的世人的菲薄的批判。在前世与来生十指相接的一刻，金黄与猩红的躯体瞬间崩裂，溅在活着的人的思想里——金黄是解脱与希望，猩红是鄙夷与漠视。明天，他就要做一个幸福的人，“就是要成为太阳的一生”在这个时刻圆满了，他将永登极乐。

我想着那燕园竹梅筛月影的平静与博大，她慈祥的微笑，看着她的孩子激烈地生存激烈地死去。我却抑制不住的热泪汹涌，在这寒冬孤寂的未名湖畔，我却又畏惧自己的鲁莽，会惊醒了这冰层之下的，诗人的灵魂。

这一刻，寂寞如寒冬的风雪，凛冽地向我袭来。

后来我知道了于杰，一个曾多次让我将他与海子混淆了的男子。他站在未名湖畔，目及之处，是海子曾眷恋过的琉璃一样破碎的水月亮；落脚之处，是沉淀了无数馨香的历史的黄土。他履着薄冰自由地奔跑，不想却踏碎了冰层，慌乱中他抱紧这苍凉的湖面上唯一的石雕，那石雕坚定地立着，似与这凝固的命运作最后的挣扎。于杰就那样拥着石雕，分享它冰冷的体温，却流下了滚烫的泪水。他嘶问：“瀚海就是天堂吗？清醒就是沉醉吗？”那声音在冰面回荡了千遍，直击我的耳鼓与心灵。

我们都是孤独的流浪者，纵使有那么多路人交叉着在生命里出出没没，你讲不清来由，也看不见去处，终于，我们还是寂寞的，只为不曾寻到一缕青丝可以彼此纠结甘成永恒。谁能奈何青丝注定斑白的宿命？

当文酸的写手，借徐志摩的离异发出软弱而腐朽的批判，又意欲崭露头角的时候，徐志摩却得到了世间最大的幸福，在这幸福面前，怎样坚固的思想，都会自视无颜。十里烟花场上风骚的陆晓曼，身为大蒋妇却不能守节红杏出墙的陆晓曼，世人骂她怜她嫌她怨她皆不顾，她就是可以牵扯志摩一生的女人，她肤浅，却又有足够的重量填补一个诗人心灵的空缺。

当信仰成为寂寞的替身，我们，又怎能漠视“那交汇时互放的光亮”？！

很多年后我又拾起关于这潭静水的思考，这思考纠缠着我，定要是将它们写下来，付诸了身形才肯罢休。当真写下了，我又对词藻框架多生不满，怎么品，也差些灵气。后来我在胡适之先生的文萃中寻到了一丝启发。再怎么狂热于那些残损的记忆，缺了时间的沉淀，也捉不到处世不惊、刚柔并济的品质。这品质浑若天成地融在湖泊的妥帖里，融在石雕的耿介上，让我在焦灼或是疲惫的时候，都能找个契合的支点，支撑着我，在未知的寂寞里，寻他个明白……

2008/01/18

且行，且珍惜

多好啊！在这样一个初秋的雨夜。凉爽的风扑在淡雅的纱帘上，吹鼓了，像是即将成为母亲的女子，腹中满载的，尽是幸福。

电脑上的好友头像都闪烁着，有的是旧知己，有的是新朋友。寂静了很久的“初三(7)班群——雄杰天下”也似乎是突然地喧闹了起来。怎么去形容呢？阔别了很久的夕日同窗间丝毫没有生疏之感，反而更亲密无间了，就像是AS和文静那样的死对头今天也可以轻松地开开玩笑一样。呵呵，也许时间真的可以抚平曾经的纠葛与过节吧！

牙签那种“愤Q”族也很意外地上了线。记得那时我们是一对“欢喜冤家”，经常打冷战，好起来，又十足地一双“亲兄弟，铁哥们儿”。然而今天，当他忽然很认真地对我说“乐乐，我真的很想你！”的时候，只是想哭，真的。我们似乎从未如此真挚地交流过。不是心中少了这样的悸动，只是被庸庸碌碌的生活锁得紧紧的，未曾袒露过。

牙签现在在十五中的文科实验班学习，他说我们班来了好多“乐乐”啊！上作文课真的好郁闷!!笑。仿佛是很久没有如此亲切了，也就不由得怀念起那些“战火硝烟”的时代来。

阿菘的对话框突然跳了出来，他说：“乐乐你最近还好么？”鼻子猛地酸了，像是久别的亲人重逢，有道不尽的辛酸与委屈。可这时这刻，我除了“好”却什么也说不出来……

杰子打开视频向我展示着他那流放后的“尊容”，瘦了，高了，更帅了。想想这个曾经与我齐平的小男孩今天蹿到了1.81米，很惊讶。我该为他高兴吧！怎么又不觉地多了一分惆怅呢？

奕奕这个假小子也“情窦初开”了，她娓娓地向我诉诸着那些少女们独有的心灵的芬芳，像是一株雨后的百合，洁白的花瓣上映射出某个“他”的影子。生命中的第一个春天就这样的不期而遇，想，她是慌张还是羞涩呢？

暂缓疲惫的双眼，打开窗，我深吸了一口雨后的芬芳与凉爽。望着窗外那一片片耐得住严寒的碧绿，嘴上不由得露出一抹会心的微笑。时间真的是一个很奇妙的孩子，它可以用自己的魔法棒将几个月前调皮的少年变成现在的成熟青年。昨天那些漫不经心的调侃今天却变成了推心置腹的交谈，我们都长大了吧！

原来成长真的是一种很微妙的东西，在不知不觉中让我们经历了那么多艰辛坎坷，然后一点点地磨平年少的锐气，让“平和”取代“偏激”。于是我渐渐地领悟到，原来人终其一生所要追求的，不过是“宁”、“静”二字，这才是这世上最简单的幸福。

窗外起了波澜，草丛间几株名贵的花木在风中尽情舞动着，我也不由得打了个寒战。忽然发现楼下有人正在向我的窗口张望，既而想起了那首卞林的《断章》。或许，或许我也可以装点他今夜的梦境么？或许这也就是所谓的偶然了。就像我和这些好朋友，我们在茫茫人海中偶然地相遇，然后成为了知己，相伴走过了“青春”这本百科书中最绚烂的章节。

佛说：“前世的五百次回眸，修得今世的一次擦肩而过。”那么我们又是花了几世的修为才迎来了相交线呢？

那么多美好的回忆，昨天还是进行时，今天却收录成为纪念册，时间多快啊！在我还不明确该珍惜什么的时候它却已悄悄溜走；在我彷徨失意的时候，兴高采烈的时候，它都没有放慢步伐。或者我是被动者，或者时间的存在不过是为了验证事事物物的真伪，或者我们活在这世界上不过是为了“珍惜”二字而与时间抗衡……

我闭上双眼，在心中默念：“愿同行的伙伴们一路顺风！”

2004/9/30

伟大或是卑微

在我开始冗繁的叙述前，请先看一看下面这一组统计数据。

2008年春节期间，中国南方爆发历史上从未有过的大雪灾，道路被封、铁路停运、机场停航、供电中断、食品告急、供水中断、受灾人口数以亿计，损失惨重。

2008年伊始，股市暴跌，由六千多点跌至两千。

2008年3月14日，台独问题尚未解决，达赖藏独集团发难，组织了骇人听闻的“3·14”砸抢烧事件。然而一波未平、一波又起，疆独东突随之抬头，策划了自杀性爆炸事件，企图干扰奥运的正常进行。

2008年4月奥运圣火在法国传递途中被熄灭四次，法国政府及民众公然阻碍北京奥运圣火传递；此时美国政府及CNN电视台谣言辱骂中国国家及民众。

与此同时，手足口病在我国大面积传播，导致全国众多省份，数以千计的儿童身染重病。

2008年4月28日，安徽胶济火车相撞，此事件一发生便一跃成为新中国成立以来最大的火车相撞事故，人员伤亡惨重。

接着，物价飞涨，使得众多拮据的人民群众的生活雪上加霜。

2008年5月12日，四川汶川发生大地震，余震波及大半个中国，目前死亡人数已达数万，直接经济损失高达千亿。

而这天——5月12日，与北京奥运会的开幕，正好间隔88天。

这是中国建国史上最不平凡的一年，所有人都在不同的劫难后真心地为这个蓬勃向上又历经磨难的国家祈福着。就在地震后的48个小时，周遭的朋友全将聊天软件上的签名改为了对遭遇劫难的同胞的祝福；就在这短短的48个小时里，我们的总理在最前线夜以继日不顾危险地作战指挥；中央军委共调动武警官兵、人民警察等军警力量10万余人，竭其所能地投入到了救灾抢险过程之中。全国上上下下的社会团体纷纷组织募捐，范围从现金、衣物至紧缺的血源应有尽有。截至落笔的一刻，全国的募捐总额已达到近6亿之多。笔者的家中也毫不犹豫地捐出了现金并捐献了告急的AB型血液。

纵然灾区离我们并非咫尺可及的地界，甚至无法体察他们的遭遇痛苦，然而，缘着一脉民族的情感，我们都感同身受，心情也随之抑郁起来。新闻中24小时连续报道着灾区的一线境况，我看到孤儿收容所里的孩子们，还有他们脸上稚嫩的忧伤。就在这一天的中午，或许他们还是在爸爸的呼唤与妈妈做的可口的午餐中度过的，然而只是几分钟的距离，最亲爱的家人却遭遇了家毁人亡，生死两隔的劫数。孩子的泪水混着脸上的泥水滚落到衣襟上，留下一道道浑黑的印记，却再不会有妈妈一边柔软地责怪，一边又认真地帮他们洗净身上的尘渍了。

还有年愈八旬的老人，透过浑浊的目光射来的，是无尽的痛苦与落寞。破败凋敝的家园映在他们不纯粹的眸子里，还有血色的残阳。一行泪水在老人脸上深深的沟痕里迂回着，流下来的是时间的沧桑与命运的多舛。

不知怎的，眼眶中的泪水竟汹涌得无法拢在里面，我想想自己干净的童年，是在母亲无尽的庇护与父亲无尽的宠爱里度过的，阳光常常溶溶地洒在上面，不知道忧伤是怎样的情愫。而那些劫后余生的孩子，却忽地承担起失去双亲，无家可归的遭遇。究竟是怎样一种命定的不幸割断了他们的快乐？为什么我们的祖国要在成长中经受如此多的艰险？然而就在无尽的遭难与荣耀中，我们却依附着冥冥中不败的气血，继续坚持着，这种坚持让一道道劫数也成了一种宏大，一种蓬勃！

然而，我们的祖国是什么？

我曾以为，中国便是月下李白的那一壶老酒，杜甫叹息着吹起的一根白发，是张继对愁而眠的一江渔火，或是王国维的一部《人间词话》；

我曾以为中国便是始皇的威仪，武则天的牡丹，杨贵妃的荔枝，张择端的《清明上河图》里的文化；

我曾以为中国便是落霞与孤鹜齐飞，秋水共长天一色，或是晴天沥沥芳草萋萋，是轩辕台的雪花烟雾迷离的俏江南。是蓬勃的河川与山岳，庄严与温柔。

后来，我又以为，她是戊戌变法的炮火连连，南昌起义的惊雷四起。是杨柳荫下诀别的战士，是湖湘稚儿的夜半啼哭；是伪政权的起起伏伏，大革命的波涛汹涌。

1840、1856、1859、1901……一串串数字记录的不只是时间，却印证了中国人的血气与坚强不息。然而2008这个数字，亦不能被历史忘记。在这个数字统治下的中国史上，灾难不应是阻止我们成长的障碍，而是印证了民族气节的一把尺。在它的见证下，我们——这些历史洪流中不堪重负的芦苇，却凝聚成共同的力量，一齐解析旅顺血泊里的忠诚、屈辱、愤怒或是坚强。

我想起那样一首诗：

如果海洋注定要决堤
就让所有的苦水都注入我心中
如果陆地注定要上升
就让人类创新选择生存的峰顶
新的转机和闪闪的星斗
正在缀满没有遮拦的天空
那是五千年的象形文字
那是我们凝望未来的眼睛

子曰："不义而富且贵，与我若浮云。"孟子曰："自认以天下之重。"捧着书本，隔着千百年的时空翻读古人之高义，灵魂之洁美，我们怎能不为这尊贵的精神所激励，所震撼？那一刻我想：或许真的天将降大任于斯人也，必先苦其心志，劳其筋骨，在我们跃入第一世界的征途中终归要历经种种磨砺与考验，只有在这个时候，中国人的精神才能被结集成峥嵘的灵魂。

祝我热爱的这片美丽的土地，一切都好。

2008/5/14

隔世情缘

我写的这位民国奇女子外貌素雅而秀丽，性情温顺而执著，内心细腻而宽阔，她叫林徽因。

我读过一些林徽因小传，主要都是以其性格顽强，随夫四处颠簸，为了民族文化与爱国事业孜孜不倦，从未因风沙与岁月凋蚀了她的容颜而顾影怜形；没有因体弱多病，命运多舛而怨天尤人的大女人精神而落笔的。

数年前一部《人间四月天》让这位女子名噪一时，在历史长河中悠然浮出水面。剧中徽因柔情似水，才华横溢，在徐志摩与梁思成的情感纠葛中常常面色忧郁而楚楚动人，好一副小家碧玉的容貌！

然而我私下里却认为：或是传记、或是影视剧，对其描写都有所曲解，在观众或读者中产生了理解片面化的不良后果。

那么林徽因究竟是怎样一个女子？

如传记上描写的一般，她确凿是性格顽强的一株山花，任沙石淘洗，却坚不可摧。冥冥中隐了一股非凡的男子豪气在这瘦弱的身躯中。她有着非凡的心胸气度，一生追随美的事物，纵然是在战乱中的昆明城，病入膏肓的她仍能对着病榻花窗痴迷地喃喃道：昆明永远这样美，无论是晴天还是下雨。我窗外的景色在雷雨后显得特别动人。

但她也是多情的，情感细腻而丰富。她曾如是说：凡是在横溢奔放的情感中时，我便觉得抓住一种生活的意义，即使这横溢奔放的感情所发生的行为上纠纷，是快乐与苦辣对掺的性质，我也不难过不在乎。丰富的情感固然容易诱发多彩的际遇，但却绝非有后人所曲解的志摩、徽因恋的发生。

我们从时间的角度重塑历史。在民国年代的剑桥校园中结识的两人，一个是乡下富商子弟，商贾之气尚未脱尽；一个是初出国门的书香千金，两人年龄相隔七八岁之遥，加之徐志摩家妻所累，又怎会有那般轰轰烈烈的风花雪月之事？徐志摩在伦敦邂逅了才貌双全的林徽因，不禁为之倾倒，竟然下决心跟发妻离婚，后来追林徽因不成，失意之下又掉头追求陆小曼。

一切故事只不过是志摩的一场没有回音的单恋，而徽因真正倾慕过的人，是金岳霖。

那么金岳霖又是何许人也？

金岳霖1914年毕业于清华学校，后留学美国、英国，又游学欧洲诸国，回国后主要执教于清华和北大。他从青年时代起就饱受欧风美雨的沐浴，生活相当西化。西装革履，加上一米八的高个头，仪表堂堂，极富绅士气度。然而他又常常不像绅士。他酷爱养犬斗鸡，屋角还摆着许多蛐蛐缸。吃饭时，大斗鸡堂而皇之地伸脖啄食桌上菜肴，他竟安之若泰，与鸡平等共餐。听说他眼疾怕光，长年戴着像网球运动员的一圈大檐儿帽子，连上课也不例外。他的眼镜，据传两边不一样，一边竟是黑的。而在所有关于金岳霖的传闻中，最引人注目的一件事，是他终生未娶。阐释的版本相当一致：他一直恋着建筑学家、诗人林徽因。

一直以来，关于金岳霖对林徽因感情上的依恋我是有所耳闻的。林徽因、梁思成夫妇都曾留学美国，加之家学渊源，他们中西文化造诣都很深，在知识界交游也广，家里几乎每周都有沙龙聚会。而金岳霖孑然一身，无牵无挂，始终是梁家沙龙座上常客。他们文化背景相同，志趣相投，交情也深，长期以来，一直是比邻而居，常常是各居一幢房子的前后进。

偶尔不在一地，如抗战时在昆明、重庆，金岳霖每有休假，总是跑到梁家居住。金岳霖对林徽因人品才华赞羡至极，十分呵护；林徽因对他亦十分钦佩敬爱，他们之间的心灵沟通可谓非同一般，这是我早有所闻的。不过，后来看了梁思成的续弦林洙先生的文章，更增添了具体了解。据她说，一次林徽因哭丧着脸对梁思成说，她苦恼极了，因为自己同时爱上了两个人，不知如何是好。林徽因对梁思成毫不隐讳，坦诚得如同小妹央求兄长指点迷津一般。梁思成自然矛盾痛苦至极，苦思一夜，比较了金岳霖优于自己的地方，他终于告诉妻子：她是自由的，如果她选择金岳霖，祝他们永远幸福。林徽因又原原本本把一切告诉了金岳霖。金岳霖的回答更是率直坦诚得令凡人惊异："看来思成是真正爱你的。我不能去伤害一个真正爱你的人。我应该退出。"同时，金先生立誓终身不娶。

遭遇这一解难，三人非但不曾有所芥蒂，感情更是倍加牢固，金岳霖仍旧跟他们比邻而居，相互间格外信任，甚至梁思成、林徽因吵架，也是找理性冷静的金岳霖来仲裁。在林徽因与梁思成相继逝世后，孤单的金老搬与梁家长子梁从诫一家同居，我曾见过这样一段新闻记载：在拜访金岳霖时，我们不时听到他提高嗓门喊保姆："从诫几时回来啊？"隔一会儿又亲昵地问："从诫回来没有？"他的心境和情绪，没有独身老人的孤独常态。他对我们说："过去我和梁思成林徽因住在北总布胡同，现在我和梁从诫住在一起。"我听从诫夫人叫他时都是称"金爸"。梁家后人以尊父之礼相待，也难怪他不时显出一种欣慰的神情！

然而谈及徐志摩与林徽因之间扑朔迷离的情感纠葛，金老却是这样说："徐志摩是我的老朋友，但我总感到他滑油，油油油，滑滑滑——"这些话语不免让人有点愕然，他竟说得有点像顺口溜。继而他又说，"当然不是说他滑头。"经他解释，我才领会到，他是指徐志摩感情放纵，没遮没拦。他接着说："林徽因被他父亲带回国后，徐志摩又追到北京。临离伦敦时他说了两句话，前面那句忘了，后面是'销魂今日进燕京'。看，他满脑子林徽因，我觉得他不自量啊。林徽因梁思成早就认识，他们是两小无猜，两小无猜啊。两家又是世交，连政治上也算世交。两人父亲都是研究系的。徐志摩总是跟着要钻进去，钻也没用！徐志摩不知趣，我很可惜徐志摩这个朋友。"他说："比较起来，林徽因思想活跃，主意多，但构思画图，梁思成是高手，他画线，不看尺度，一分一毫不差，林徽因没那本事。他们俩的结合，结合得好，这也是不容易的啊！"

徐志摩、金岳霖、林徽因、梁思成之间都有过感情纠葛，但行止却大相径庭。徐志摩完全为诗人气质所驱遣，致使狂烈的感情之火烧熔了理智。而金岳霖自始至终都以最高的理智驾驭自己的感情，显出一种超脱凡俗的襟怀与品格，这使我想起了柏拉图的那句话："理性是灵魂中最高贵的因素。"

1955年，林徽因因病于北京同仁医院去世，时年仅51岁。那年，建筑界正在批判"以梁思成为代表的唯美主义的复古主义建筑思想"，林徽因自然脱不了干系。虽然林徽因头上还顶着北京市人大代表等几个头衔，但追悼会的规模和气氛都是有节制的，甚至带上几分冷清。亲朋送的挽联中，金岳霖的别有一种炽热颂赞与激情飞泻的不凡气势。上联是："一身诗意千寻瀑"，下联是："万古人间四月天"。此处的"四月天"，取自林徽因一首诗的题目《你是人间四月天》。这"四月天"在西方通常指艳日、丰硕与富饶。金岳霖"极赞"之意，溢于言表。金岳霖回忆到追悼会时说："追悼会是在贤良寺开的，我很悲哀，我的眼泪没有停过……"他沉默了下来，好像已把一本书翻到了最后一页。

金岳霖对林徽因的至情深藏于一生。林徽因死后多年，一天金岳霖郑重其事地邀请一些至交好友到北京饭店赴宴，众人大惑不解。开席前他宣布说："今天是林徽因的生日！"顿使举座感叹唏嘘。

林徽因死后金岳霖仍旧独身，我们无从得知这一行为背后意识观念层面上的原因。不过，后来在一篇金先生的访谈中了解到了一件事——有个金岳霖钟爱的学生，突受婚恋挫折打击，萌生了自杀念头。金岳霖多次亲去安慰，苦口婆心地开导，让那学生认识到：恋爱是一个过程，恋爱的结局，结婚或不结婚，只是恋爱过程中的一个阶段，因此，恋爱的幸福与否，应从恋爱的全过程来看，而不应仅仅从恋爱的结局来衡量。最后，这个学生从痛不欲生精神危机中解脱了出来。由此联想到金岳霖的一生，对他的终生未娶，幡然产生了新的感悟。

1983年末，人民出版社的专家们在经历了漫长的搜寻过程之后，终于使淹没在"文革"这场文化大劫中的林徽因的诗书遗迹重见天日，并编纂成册，公开发表。

我记得当时的编辑在拜访金老时央求他为林徽因写些东西。然而，金岳霖却金口迟迟不开。就那样等待着，等待着，时间一秒一秒地过去了，空气中似乎也凝结了沉重的色彩。

我无法看到当时他的表情，只能感觉，定是半个世纪的情感风云在他脸上急剧蒸腾翻滚。然而终于，他一字一顿、毫不含糊地告诉那位编者：“我所有的话，都应该同她自己说，我不能说，”他停了一下，显得更加神圣与庄重，“我没有机会同她自己说的话，我不愿意说，也不愿意有这种话。”他说完，闭上眼，垂下了头，沉默了。

林徽因早已作古，对一切都不会感知了。但金岳霖仍要深藏心曲，要跟林徽因直接倾诉。大概，那是寄望大去之日后在另一个世界里两个灵魂的对话吧……

此情只应天上有，今闻竟在人世间。我想，林徽因若在天有灵，定当感念涕零，泪洒江天。

就在此书出版后的两年，金老仙逝，据记载。林徽因1955年去世，因其参加国徽和人民英雄纪念碑设计有贡献，建坟立碑，安葬于八宝山革命公墓二墓区。梁思成“文革”中含冤去世，“文革”后平反，因其生前是全国人大常委，骨灰安放于党和国家领导人专用骨灰堂，跟林徽因墓只一箭之遥。最后去世的金岳霖，骨灰也安放于八宝山革命公墓。他们三个，在另一个世界里，又比邻而居了。金岳霖从人间带去的话，终有机会跟林徽因说了……

2008/5/11

You've got
HIPSTER
my heart
in your
pocket,

后记

我提笔的时候正值北京的仲夏，天气一如我对文字的热情一般不停歇地升温。10岁那年我开始用文字来记录我的生活、我的思考，9年以后我学会了用文字去记录对生活的思考。这9年是灵魂与形体相融合的一个阶段，亦让我领悟到其实时代不过是一个物体，要用人类的青春去购买。当有一天我们都已垂垂暮老、行将就木了，我们的时代呢？早已不再。

人生犹如2046的列车，你永远不知道下一站有谁会等候、有谁会离开。每个人都是别人的过客，陪伴自己的，只有灵魂与信仰。所以我将文学拜作信仰，它承载了我的喜怒哀乐、承载了我对生活的态度。我捧着它，犹如捧着一本厚重的历史，在自己的历史中，自成千古。

每个人都要起飞，每个人也都会降落。

我很喜欢在机场的透明落地窗前仰望飞机起飞的姿态，你看它多么挺拔而坚强啊，由不得一丝犹豫与踟蹰，就那么直挺挺地去挑战它的蓝天、它的高空。每当这个时候我都会告诉自己，人要活得坚强、活得挺拔，才能活出色彩与希望。

关于人生与飞翔，胡适先生也提出了类似的见解。他在一次于北平空军司令部的讲话中，一开场便提到：1903年12月17日，美国的莱特兄弟试飞成功，自此，每年的这一天被订立为飞行节。胡适的生日恰巧也时逢次日，这注定了他今生与飞行结缘。顺着飞行，他又讲到人生，“人生很短，上寿不过百年，完全可用手脑做事的时候，不过几十年。”

屹立在这几十年的隘口，我努力创造一些万古的东西让人生这一遭不致太过儿戏。有言生命好比空杯一只，人们努力让它装满水，但装满了，一定要倒出一些，这样才能让新的水注入。只有如此反复倒进、倒出，水才是活的。于是我选择记录，我想以这种方式用我心中的“水”滋养别人，哪怕只是一个人，我的生命便不再孤单了。

那么文字究竟有怎样的力量？为什么它可以冲淡人生的苍凉与孤寂？为什么他被高尔基誉为饥饿时的面包，被爱因斯坦誉为进步时的阶梯？我想它的力量是破坏性地强大，坚不可摧。比如希特勒的《我的奋斗》就引起了历时数年的战争。胡适先生的书中亦曾记录过这样一则有趣的故事：一日他去一个外国人家中做客，出门时鞋带松了，那个外国人提醒了他，并告诉他“把结头底下绕一个弯就不会松了”，照做，果然。自此以后但凡他遇到别人的鞋带松掉，便会告知此法，如此一传十十传百，很多人都知道了这个方法。几十年过去了，他回忆说：“那个外国人早已过世了，可他的话却发生了不可磨灭的影响。”

在孔夫子小时候，有一位鲁国人曾说：人生有三不朽，即立德、立功、立言。立德就是树立最伟大的人格；立功就是对社会有贡献；而立言则是留下思想与文学。诚然，我鄙陋的文字绝不敢斗攀如此境界，但目的与愿望都是美好而努力朝此发展的。所以当我面对思考与写字时，就如面对着一尊弥勒的千年不移的笑嗔，只为冥求性灵的完好和诚挚的皈依。

缘着这种诚挚我写下此书，要给几年的心血写一个结束着实是难而又难的事情，书中纰漏较多，自然怎样个结束都是充满遗憾的。然而，书结束了，也就意味着另一个阶段的创作的开始、进步的开始。

感谢一直予以我支持的妈妈爸爸、外婆，感谢为这本书付出汗水的叔叔伯伯、阿姨老师们，感谢在我的成长与创作中给了我无尽帮助的朋友、同学。这本书的诞生是大家共同努力的成果，是每一个人的言行激发了我的思考，而我所做的就是将这些生活中平凡却伟大的细节组合起来，让它们去慰藉那些处在相同境遇中的不同的人。像上文所述，是大家不经意的举动言行，给予此书不可磨灭的印记。

几年前这本书的编写工作开始起飞，现在它即将降落，有一个完满的结局，愿我搭载过的乘客在我的世界中旅行愉快，愿美丽的中文不老！

2008年8月5日

于北京寓所

图书在版编目(CIP)数据

月色倾城／孔乐乐著．－北京：文化艺术出版社，2009.5

ISBN 978-7-5039-3636-4

Ⅰ.月… Ⅱ.孔… Ⅲ.散文－作品集－中国－当代

Ⅳ.I267

中国版本图书馆CIP数据核字(2009)第048521号

月色倾城

著　　者　孔乐乐

责任编辑　胡　晋

装帧设计　刘宝华

责任校对　方玉菊

责任印制　王敬华

出版发行　文化艺术出版社

地　　址　北京市朝阳区惠新北里甲1号　100029

网　　址　www.whyscbs.com

电子邮箱　whysbooks@263.net

电　　话　(010)64813345　64813346(总编室)

　　　　　(010)64813384　64813385(发行部)

经　　销　新华书店

印　　刷　国英印务有限公司

版　　次　2009年4月第1版

　　　　　2009年4月第1次印刷

开　　本　710×1000毫米　1/16

印　　张　16.375

字　　数　250千字

书　　号　ISBN 978-7-5039-3636-4/I·1643

定　　价　28.00元